les INCORRIGIBLES ENFANTS
de la famille Ashton

MARYROSE WOOD

les INCORRIGIBLES ENFANTS de la famille Ashton

En route pour Londres !

Illustré par
JOHN KLASSEN

Traduit de l'anglais par Noémie Grenier

Flammarion jeunesse

Titre original : *The Incorrigible Children of Ashton Place*
Book 2 : *The Hidden Gallery*

87, quai Panhard et Levassor – 75647 Paris Cedex 13
ISBN : 978-2-0813-3125-9

Pour mes deux frères incorrigibles, Thomas et James.
Nous n'avons pas été élevés dans la forêt,
mais nous vivions bien dans le bois.
— M. W.

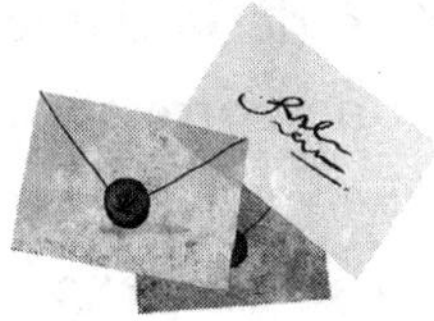

Chapitre un

UN ACCÈS DE COLÈRE SE HEURTE À UN EXCÈS DE COURAGE.

— Mais les ouvriers ont juré que les réparations de la maison seraient terminées avant aujourd'hui !

Les cercles roses qui coloraient habituellement les joues de lady Constance Ashton étaient, à ce moment, aussi écarlates que deux nectarines mûres.

— Je n'arrive pas à comprendre comment trois simples enfants, aussi incorrigibles soient-ils, ont pu causer tant de dommages. Rien que d'y penser, je risque dangereusement de céder à un accès de colère !

« Je crois que lady Constance est montée sur ses grands chevaux, se dit Penelope, debout devant la porte du salon privé de la dame. Je ferais peut-être mieux de revenir une autre fois. »

Comme vous le savez peut-être, « monter sur ses grands chevaux » est une expression utilisée pour décrire une personne qui se met en colère. (Ne soyez pas l'un de ces orateurs imprudents qui disent « monter sur ses grands cheveux ». Une personne pourrait bien sûr monter sur ses grands chevaux si on montait sur ses grands cheveux, mais c'est bien le seul lien possible entre les deux.)

Cette vieille expression tire son origine des anciens chevaliers qui partaient à la bataille en chevauchant de grandes montures, mais elle se prête depuis fort longtemps à toute personne qui s'emporte, que cette personne soit ou non déjà montée à cheval. En réalité, seule une personne extrêmement chanceuse, patiente et de bon caractère peut traverser la vie sans jamais monter sur ses grands chevaux, ce qui était aussi vrai à l'époque de mademoiselle Penelope Lumley qu'aujourd'hui.

Sans aucun doute, la plupart des gens considéreraient lady Constance Ashton comme étant extrêmement chanceuse : en plus d'être jeune et jolie, elle était mariée à l'infiniment riche lord Fredrick Ashton et, par le fait même, la maîtresse d'une demeure grandiose entretenue par des domestiques (y compris la servante en chef, madame Clarke, qui était à ce moment la personne malchanceuse se faisant gronder au sujet des réparations de la maison). Pourtant, aucun observateur attentif ne serait porté à considérer que lady Constance Ashton était patiente et de bon caractère.

Penelope ne risquait surtout pas de penser cela. Au contraire, elle trouvait les fréquentes tirades de lady Constance plutôt pénibles. Malgré son jeune âge, la gouvernante de quinze ans pouvait voir qu'un tel comportement était ridicule, alors que lady Constance était une femme mariée de presque vingt ans ! Et cette manie de blâmer les Incorrigibles pour toutes sortes de choses qui n'étaient tout simplement pas de leur faute (du moins, pas entièrement) était vexante, à tout le moins.

Par ailleurs, Penelope se tenait devant la porte du dressing de lady Constance depuis un quart d'heure, attendant le moment de placer un mot, et ses pieds commençaient à lui faire mal. Si elle n'arrivait pas à faire sa demande très vite, afin de pouvoir retourner à la nursery pour s'installer dans un fauteuil confortable et faire la lecture à ses trois élèves attentifs réunis autour d'elle, elle courait le danger, elle aussi, de monter sur ses grands chevaux.

— Je suis certaine que les ouvriers font de leur mieux, madame.

Madame Clarke était le genre de femme solide, forte de taille et de caractère, et pourtant sa voix avait tremblé lorsqu'elle avait répondu à sa maîtresse.

— Il faut se rappeler que c'est une très vieille maison, et donc qu'en réparant une chose, on risque d'en briser une autre. Ma foi, qui pouvait savoir que l'installation de nouveaux rideaux dans le salon entraînerait l'effritement du plâtre autour des fenêtres ? Ou que le sablage du plancher révélerait une colonie de termites ? Ou qu'en frottant les taches de vin sur les tapis anciens, nous ferions d'horribles trous ? Ou que...

— Des excuses, des excuses *et encore* des excuses ! hurla lady Constance. Vous allez me dire ensuite que la maison est maudite ! Oh, ma tête ! Allez me chercher une compresse froide, je vous prie, je suis vraiment à bout de forces... et du thé... et du chocolat. Faites vite ! Toute une boîte de chocolats !

— Comme vous voudrez, madame.

Madame Clarke sortit de la pièce à reculons à une vitesse surprenante. En effet, avant même que Penelope ne puisse intercepter son regard et lui faire un signe de sympathie, elle avait déjà parcouru tout le couloir au trot, rythmé de « pfff ! » et de « ouf ! »

Lady Constance s'agrippa au rebord de sa coiffeuse en pantelant de désarroi. Ce n'était pas l'occasion idéale de demander un service, mais « celui qui attend le moment parfait pour agir ne fera jamais son virage à une intersection à circulation dense », comme l'avait fait un jour remarquer une femme d'une sagesse inégalée dénommée Agatha Swanburne. Et donc Penelope fonça.

— Pardonnez-moi, lady Constance, dit-elle de la voix apaisante qu'elle utilisait pour calmer les Incorrigibles devant un petit rongeur appétissant, ou à la pleine lune, ou si le passage particulièrement saisissant d'un poème les excitait (les trois élèves de Penelope n'étaient pas à proprement parler des enfants ordinaires, mais nous y reviendrons plus tard). M'accorderiez-vous la permission de vous parler ? J'ai une petite demande à vous faire, qui nécessite une réponse rapide.

— Une réponse rapide, vous dites ? Une réponse rapide ? C'est *précisément* ce qu'il m'est impossible d'obtenir ! Depuis le jour de Noël, ma maison est tout sauf habitable, et tout ce que je demande est une réponse rapide ! *Quand* les réparations seront-elles terminées ? *Quand* les ouvriers seront-ils partis ? *Quand* le martelage et le vacarme cesseront-ils ? Le bruit, la poussière, l'odeur de térébenthine...

Si vous vous êtes déjà trouvé sur une balançoire après en avoir enroulé la corde sur elle-même jusqu'à ce qu'elle soit entortillée de haut en bas, vous avez une idée du tourbillon de désarroi ascensionnel, déchaîné et étourdissant dans lequel lady Constance était prise.

— Et lord Fredrick est tellement blasé de toute cette histoire. « Chaque chose en son temps », dit-il, indifférent comme toujours. Mais bien sûr, il est à son club la plupart du temps ; rien de ce qui se passe au domaine Ashton ne le dérange donc, évidemment, puisqu'il n'y est jamais !

— J'ai reçu une lettre, continua Penelope.

Elle n'avait pas du tout envie de connaître les problèmes conjugaux de lady Constance, ni de personne d'autre d'ailleurs.

— Une lettre de mademoiselle Charlotte Mortimer, mon ancienne directrice d'école.

Soudainement épuisée de ses propres lamentations, lady Constance s'affala dans son fauteuil.

— École ? marmonna-t-elle. Quelle école ? Ah, vous voulez dire Swanbird ; qu'en est-il ?

Dans les faits, l'école portait le nom de sa fondatrice, la précitée Agatha Swanburne, mais pour éviter de perdre du temps, Penelope laissa l'erreur passer.

— Mademoiselle Mortimer se rendra bientôt à Londres et elle aimerait savoir si je pourrai y faire un bref séjour pour aller la voir. Je ne l'ai pas vue depuis plusieurs mois, en fait depuis que j'ai été embauchée comme gouvernante, ici au domaine Ashton. Ce serait donc un grand plaisir de lui rendre visite. J'emmènerais les enfants, pour qu'ils ne causent pas d'ennuis dans la maison durant mon absence. Et, bien sûr, vous pourriez déduire mes jours de voyage de mon salaire, si vous le désirez.

Penelope avait ajouté ce dernier mot au sujet d'une retenue éventuelle sur son salaire parce qu'elle savait que c'était le type d'argument qui convaincrait lady Constance. Mais en son for intérieur, elle se disait qu'il serait plutôt injuste d'accepter sa proposition. Qu'ils fussent à Londres, à Budapest, à Tombouctou, elle était toujours la gouvernante des enfants. Et il suffisait de penser à toutes les activités éducatives qui s'offriraient à eux dans une grande ville comme Londres ! Il y aurait des bibliothèques partout, des théâtres et des musées, des parcs et des palais... Enfin, ce serait comme on le décrivait dans les livres !

En fait, pour elle, c'était seulement ce que l'on décrivait dans les livres, car Penelope n'était jamais allée à Londres. Toutefois, elle avait lu un tas de choses sur le sujet : une ville bruyante et malodorante noyée dans la brume, où les lampes à gaz rendaient la nuit aussi claire que le jour, mais où la suie de charbon épaississait l'air au point où le jour paraissait aussi sombre qu'au crépuscule ; où les orphelins pauvres risquaient fortement de faire des rencontres terrifiantes avec des évadés de prison, mais où ils avaient autant de chances d'hériter d'une fortune colossale léguée par un parent éloigné qu'ils n'avaient jamais connu. Un endroit si paradoxal valait certainement la peine d'être visité.

Et voir mademoiselle Mortimer ! Ce serait la meilleure partie du voyage. Penelope se dit que ses yeux s'embueraient peut-être même de larmes au moment où elle retrouverait son enseignante et amie bien-aimée, qui lui avait tant manqué. Mademoiselle

Mortimer verserait peut-être, elle aussi, des larmes de joie, car parmi les nombreuses sans-le-sou brillantes de l'Académie Swanburne pour les filles pauvres mais intelligentes, Penelope avait toujours été l'une de ses préférées.

Le souvenir de sa directrice aussi stricte que gentille poussa Penelope à se tenir un peu plus droite.

— Lady Constance, j'aimerais envoyer une réponse par courrier à mademoiselle Mortimer immédiatement, car elle aura besoin de temps pour organiser notre séjour et prévoir un logement. Puis-je obtenir votre permission pour le voyage ?

Lady Constance enfouit sa tête dans ses mains. Sa voix brouillée s'écoula d'entre ses doigts, chaque mot s'égouttant syllabe par syllabe.

— Londres... Logement... Logement à Londres... Lumley... Londres... C'est brillant !

Elle releva la tête. Ses yeux de poupée tout ronds reflétaient une joie étrange, une joie presque démente.

— Mademoiselle Lumley, vous venez de trouver la solution parfaite à mon dilemme !

— Cela signifie-t-il que nous pouvons y aller ?

Penelope s'apprêtait à tirer sa révérence pour courir à la recherche d'une feuille de papier et d'une plume, car deux heures approchaient ; le domestique qui apportait le courrier en ville partait à deux heures et demie, et elle était déterminée à envoyer une lettre à mademoiselle Mortimer ce jour même, si c'était encore possible.

— Cela signifie, mademoiselle Lumley, que nous devrions *tous* y aller !

Lady Constance bondit sur ses pieds et voltigea à travers la pièce de chassés en pas de bourrée, comme une ballerine éméchée.

— Je demanderai à lord Fredrick de nous louer une maison adéquate à Londres. Rien de trop sophistiqué. La plus belle maison de Kensington fera l'affaire, aménagée avec tout le confort moderne et quelques antiquités précieuses, bien sûr. Nous vivrons en ville et nous nous amuserons comme des gens civilisés, jusqu'à ce que cet endroit minable soit de nouveau habitable.

Ses mains pâles se jetèrent sur sa bouche.

— Oh là là ! Je sais que c'est vilain de décrire le domaine Ashton comme un endroit minable, car c'est irrespectueux envers Fredrick, sans parler de ses pauvres ancêtres, qui ont tous connu une mort effroyable, mais vous me comprenez.

— Je n'en suis pas certaine.

Penelope ne pouvait décider si l'idée soudaine de sa maîtresse, c'est-à-dire reloger le foyer au complet, était une excellente nouvelle ou la pire tournure des événements possible.

— Si je vous ai bien comprise, madame, vous voulez dire que lord Ashton et vous, les enfants et moi, nous irons tous à Londres ? Et nous habiterons dans une maison que lord Ashton louera ?

Lady Constance n'écoutait plus un mot de ce que disait Penelope.

— Naturellement, je devrai emmener une douzaine de serviteurs du domaine Ashton. N'importe quelle maison un tant soit peu décente fournit ses propres domestiques, mais on n'a jamais trop d'aide, et j'aime m'entourer de visages familiers. Toutefois, je ne pense pas rester beaucoup à la maison, une fois qu'on sera au courant de ma présence en ville ! J'ai beaucoup, beaucoup d'amis à Londres, tout comme lord Fredrick, bien que je trouve la plupart d'entre eux ennuyeux, comme cette affreuse baronne Hoover ; cette femme a quelque chose qui me donne tout simplement la chair de poule. Mais assez parlé ! Je dois écrire à tous ces gens pour leur annoncer notre venue. Ce sera une ronde sans fin de déjeuners, de goûters et de soirées. Et de tournées dans les magasins, évidemment !

Elle secoua la tête, jusqu'à ce que ses bouclettes beurre frais rebondissent comme des ressorts.

— Vraiment, ce sera si merveilleux d'être en ville ! Je déciderai peut-être de ne plus vouloir que ces horribles ouvriers achèvent de réparer la maison. Et tout cela grâce à ces affreux enfants incorrigibles !

Penelope baissa la tête pour cacher sa gêne. Alexandre, Beowulf et Cassiopée, les Incorrigibles, étaient ses élèves. C'est ainsi que lord Fredrick les avait baptisés. Personne ne connaissait leurs vrais noms, puisqu'ils avaient été trouvés nus, errant et hurlant dans la forêt. Toutes les apparences de ce trio d'espiègles qui aboyaient, se mordillaient et pourchassaient les écureuils portaient à croire qu'ils avaient été élevés par des loups, et c'est pourquoi ils n'étaient pas, à proprement parler, des enfants ordinaires.

Hélas, le souvenir de la façon dont les Incorrigibles s'étaient comportés (ou, plus exactement, avaient échoué à bien se comporter) au bal de Noël de lady Constance était encore beaucoup trop frais à la mémoire de Penelope.

— En effet, madame, dit-elle docilement. Si vous voulez bien m'excuser, je vais tout de suite écrire à mademoiselle Mortimer pour lui annoncer la bonne nouvelle.

Malheureusement, tout comme un soufflé sort du four brûlant, rond et gonflé tel un ballon de baudruche mais se flétrit de manière désolante au contact de l'air frais, l'enthousiasme de lady Constance avait cédé sous un nouvel accès de colère à sa propre mention de « ces horribles ouvriers ».

— Des ouvriers horribles, maladroits et incompétents ! Je devrais tous les mettre à la porte ! fulmina-t-elle. Encore mieux, je devrais les faire arrêter pour atteinte à la tranquillité. Ils constituent une nuisance à la tranquillité de mon foyer. Mademoiselle Lumley, vous devez appeler un constable[1], vite !

---

1. En Grande-Bretagne, un constable est un officier de police (*N.d.E.*).

Rappelez-vous que Penelope avait peur de manquer la levée du courrier. Elle était également réticente à faire arrêter les gens sans bonne raison. Aussi, elle décida à cet instant de faire quelque chose de très rare et de très courageux. Quelque chose que vous-même pourriez trouver nécessaire de faire un jour, si vous n'avez pas encore eu de raison de l'essayer. Bref, elle décida de tenir tête à une figure d'autorité qui était montée sur ses grands chevaux.

— Avec tout le respect que je vous dois, lady Constance, je ne ferai pas une chose pareille.

Penelope avait usé de sa meilleure voix, à la fois ferme et gentille, exactement comme mademoiselle Mortimer l'aurait fait.

— C'est une situation très gênante, sans aucun doute, mais les ouvriers font de leur mieux, et c'est certainement tout ce que l'on peut exiger d'eux.

Lady Constance se retourna et regarda Penelope en face, les mains sur les hanches. Sa robe était comme un parfait couleur crème garni de volants et de boucles, mais son expression, si gaie et animée un moment plus tôt, avait maintenant cédé la place à un air pincé, furieux. Elle ressemblait à un gâteau de mariage grincheux sur deux pattes.

— J'ai remarqué, mademoiselle Lumley, que vous étiez encline à l'*optimisme*.

En prononçant le mot « optimisme », lady Constance avait plissé le nez comme le fait une personne qui détecte une mauvaise odeur.

— C'est une très fâcheuse habitude, et je souhaite sincèrement que vous arrêtiez.

— Je tâcherai, répondit Penelope en appuyant sa réponse d'une révérence.

Et tandis qu'elle sortait de la chambre de lady Constance, elle ajouta dans l'intimité de ses pensées : « Mais croire que je pourrais réellement arrêter serait bêtement optimiste de la part de madame. »

C'était seulement la vérité. L'optimisme, la détermination et la capacité à réussir les tâches impossibles avec grâce, malgré les faux départs et les ennuis, un mélange de valeurs utiles que résume parfaitement le mot « courage », se trouvaient au cœur de l'éducation que Penelope avait reçue à l'Académie Swanburne pour les filles pauvres mais intelligentes. Il y aurait bientôt un an qu'elle avait reçu son diplôme de cette école hautement réputée. Bien qu'elle ne fût plus à Swanburne, le courage faisait toujours partie de la nature de la jeune gouvernante, ce qui n'était pas près de changer.

En effet, peu importait où le destin, le hasard ou sa soif de voyage la mèneraient, Penelope était une fille de Swanburne, jusqu'au bout des ongles.

Chapitre deux

LES ENFANTS POUSSENT LE BOUCHON UN PEU TROP LOIN.

Lorsque lady Constance avait dit « et tout cela grâce à ces affreux enfants incorrigibles », elle avait fait allusion aux événements de la fête de Noël, qui avait eu lieu seulement quelques mois plus tôt. C'est lors de ce bal mondain, qu'elle avait elle-même organisé, qu'Alexandre, Beowulf et Cassiopée, après s'être fait demander de présenter aux invités un _tableau vivant_*[1], avaient réussi à transformer la maison en une véritable ruine en traquant un écureuil en fuite.

---

1. Les mots en italiques suivis d'un astérisque sont en français dans le texte original (_N.d.T._).

Pendant toute cette aventure, ils portaient leurs tenues de bal, qui furent malheureusement, elles aussi, ruinées.

Qu'un écureuil ait pu se retrouver au beau milieu de la piste de danse était toujours un mystère. Madame Clarke avait pensé que l'inepte rongeur s'était simplement introduit par une fenêtre ouverte. Mais Penelope soupçonnait une manigance, car certains événements étranges survenus dans la soirée semblaient avoir été prévus dans le but de provoquer l'instinct sauvage des enfants : une série de divertissements sur le thème des loups, par exemple (qui avaient été, comme l'avait ensuite découvert Penelope, commandés par une personne portant l'initiale *A*).

Quoi qu'il en soit, l'apparition fatidique de cet écureuil créateur de chaos fut la goutte qui avait fait déborder le vase. Les enfants avaient pourchassé le minuscule fauteur de trouble jusqu'en haut de la maison, pour finalement découvrir le son d'un faible hurlement mystérieux provenant d'une pièce secrète dans le grenier, dont la porte avait été camouflée sous un papier peint d'un goût douteux.

Depuis, Penelope réfléchissait à ces mystères chaque jour et elle avait même rendu une visite surprise ou deux au grenier, pendant que les enfants étaient occupés. Elle n'y avait rien entendu d'inhabituel, bien que la scène de l'étrange forêt obscure peinte sur le mur lui fût, à ce moment, devenue très familière.

La peinture murale avait été endommagée ici et là par l'application de nombreuses couches de papier peint qui la recouvraient. Penelope était donc incapable de distinguer la signature de l'artiste. Cependant, après avoir consulté quelques livres poussiéreux sur l'histoire de l'art, dans la bibliothèque de lord Fredrick, elle avait conclu qu'il s'agissait d'un exemple de troisième ordre de l'école de peinture des paysages sinistres, qui n'était jamais devenue populaire auprès des critiques, ou même du grand public, et qui avait été rapidement remplacée par d'autres styles un peu moins déprimants.

Ce paysage sinistre en particulier, qui présentait le terrifiant personnage d'un loup aux yeux jaunes, le sang dégoulinant de ses crocs, venait ajouter une énigme de plus à la liste des mystères troublants. En fait, tout ce casse-tête était très inquiétant. Ce serait un soulagement de quitter le domaine Ashton un certain temps... Et pour Londres ! Quelle merveilleuse aventure ce serait !

De retour à la nursery, Penelope réunit les enfants et leur annonça le projet de lady Constance. Elle s'attendait bien sûr à ce que leur enthousiasme se mesure au sien. Qui ne serait pas enchanté de visiter Londres, domicile de la reine Victoria et du prince Albert, capitale du pays, siège de l'Empire et, pourrait-on le faire valoir, carrefour économique et culturel du monde ?

Cassiopée, la plus jeune des Incorrigibles, leva vers Penelope ses yeux verts de lutin.

— Noisettaou vient aussi à Londahouu ? demanda-t-elle de sa voix douce.

Penelope n'avait pas pensé à Noisettaou, ce même écureuil qui avait causé le chaos au bal de Noël. Le filou duveté avait trouvé le moyen d'éviter de se faire réduire en lambeaux par les enfants et il était devenu subséquemment l'animal de compagnie adoré de Cassiopée ; il vivait désormais dans un arbre vis-à-vis des fenêtres de la nursery. Depuis leur poursuite glorieuse du petit coquin (ou de la petite coquine ; Penelope n'était pas certaine de la manière dont on pouvait reconnaître le sexe d'un écureuil et elle n'avait pas l'intention d'étudier la question), les enfants s'étaient plus ou moins « immunisés » contre les caractéristiques appétissantes de Noisettaou, et ils étaient à présent capables de coexister tranquillement avec la petite créature nerveuse. Hélas, les autres individus de l'espèce de Noisettaou ne bénéficiaient pas de ce privilège. Aux yeux des Incorrigibles, ils demeuraient des proies légitimes.

Cassiopée regardait sa gouvernante de ses yeux implorants, exigeant une réponse. Que faire ? Noisettaou ne pouvait venir à Londres, c'était évident. Mais comment convaincre Cassiopée ? L'enfant était si attachée à son animal remuant aux yeux de perles.

— La ville n'est pas un endroit pour les écureuils, affirma Penelope.

Mais elle se ravisa, car bien sûr, les nombreux parcs de Londres étaient sans doute envahis par ces petites bêtes.

— Noisettaou n'a pas l'habitude de voyager et il pourrait prendre froid, commença-t-elle, avant de s'interrompre une fois de plus, car l'animal n'avait rien fait d'autre de toute sa vie que de survoler les vastes forêts du domaine Ashton en sautant d'un arbre à un autre ; si on considérait la distance parcourue, il avait probablement voyagé beaucoup plus que Penelope, et par tous les temps possibles.

Beowulf et Alexandre s'accolèrent à leur sœur. Les trois enfants levèrent leurs yeux brillants vers Penelope, et l'un d'eux (elle ne pouvait dire lequel) émit un gémissement implorant. Ils lui rappelèrent cet après-midi pas si lointain où elle les avait découverts enfermés dans l'écurie du domaine Ashton, négligés, non instruits et indomptés. Tant de choses avaient changé depuis ce jour ! Et tant de choses ne changeraient pas de sitôt, comme ce Beowulf qui commençait à baver en anticipant la réponse de Penelope.

— Noisettaou, dit-elle finalement, ne possède pas de bagages pour voyager.

Les trois Incorrigibles dévisagèrent leur gouvernante comme si elle n'avait pas l'air tout à fait bien. Cependant, Penelope avait déjà suivi un cours intitulé « Les grands discours de l'Antiquité » à l'Académie Swanburne. Elle avait dû mémoriser des discours célèbres prononcés par des généraux et des politiciens des temps anciens. De cet exercice, elle avait retenu que lorsque la tâche consistait à convaincre le peuple d'un argument futile, parler fort et ne pas laisser de temps pour les questions était la meilleure stratégie à adopter.

— Pas de bagages. Voilà ce qui règle le problème, mugit-elle. Noisettaou restera ici pour veiller sur la nursery. Passons à la géométrie ! Prenez votre papier quadrillé, s'il vous plaît.

Les yeux de Cassiopée se brouillèrent de larmes.

— Ce sera un court voyage, et vous ne verrez pas le temps passer, ajouta Penelope sur un ton un peu moins ferme.

— Carte postale ? demanda la fillette en reniflant, pour Noisettaou ?

Penelope voulut expliquer que Noisettaou ne savait pas lire, mais elle se contenta de pousser un soupir. À quoi bon s'obstiner ? Après tout, ces trois enfants avaient vécu dans les bois avec pour seuls compagnons des animaux sauvages qui avaient pris soin d'eux. S'ils avaient pu apprendre, à l'aide de consignes patiemment répétées et de récompenses savoureuses, à vivre à l'intérieur, à manger de la nourriture cuite (généreusement recouverte de ketchup, il va sans dire), à apprécier les rudiments de la poésie et même à exécuter une série de pas de danse compliqués, chose que les Incorrigibles avaient déjà accomplie avec brio, qui sait si ce cher Noisettaou, dans les profondeurs de son simple cerveau d'écureuil frénétique, ne serait pas heureux de recevoir une carte postale imagée de Londres ? La vilaine boule de poils écrirait peut-être même une lettre en retour.

— Bien sûr que nous lui enverrons des cartes postales. Et nous lui rapporterons aussi un cadeau. En fait, continua-t-elle grâce à sa capacité à transformer une leçon en un loisir amusant et vice-versa (que possède toute bonne gouvernante), vous vous exercerez tous les trois à l'écriture en rédigeant un journal de notre voyage, afin que Noisettaou soit au courant des choses que nous faisons chaque jour. Vous verrez, lorsque nous serons de retour, il aura l'impression d'être allé à Londres lui-même ! Il fera envie à tous ses petits amis écureuils.

Penelope ne pouvait savoir d'aucune façon si cette dernière affirmation était vraie. Les écureuils ressentaient-ils l'envie ? Désireraient-ils visiter Londres ? Noisettaou avait-il même des amis ? Afin de considérer les réponses possibles à ces questions, Penelope aurait dû faire ce qu'on appelle « partir dans une digression », qui est une autre manière de dire « dévier du sujet ». Partir dans une digression est toujours une manœuvre risquée, parce qu'une fois qu'on est parti, il est souvent étonnamment difficile de revenir sur ses pas. Penelope le savait très bien. Aussi elle décida de tenir bon, sans dire un mot de plus, et d'attendre.

Heureusement, son explication au sujet de Noisettaou ne prit qu'un moment à faire l'effet escompté sur les enfants.

— Images ? demanda Beowulf.

Beowulf adorait dessiner et il était d'ailleurs très talentueux.

— Oui, vous pourrez inclure des dessins dans le journal.

De peur de rendre le projet trop facile, Penelope ajouta :

— Mais les légendes devront être écrites en grec. Assez discuté maintenant. « Parler deux fois trop revient à faire les choses à moitié », comme le disait Agatha Swanburne. Oubliez le papier quadrillé. Nous étudierons la géométrie en calculant le volume de nos valises et en organisant nos bagages en conséquence.

Les enfants obéirent en hâte et rassemblèrent leurs effets personnels en piles bien droites, qu'ils commencèrent à mesurer. Alexandre se jeta sur sa pile et la renversa à quelques reprises avant de se mettre au travail, et Beowulf ne pouvait s'empêcher de mâcher sa règle, sans que cela ne dérangeât toutefois ses calculs. Cassiopée, même si elle était la plus jeune, excellait en mathématiques. Elle termina donc l'exercice avant ses frères.

Pendant tout ce temps, Penelope les entendait se murmurer des choses au moyen de petits grognements amusants, lesquels, supposait-elle, représentaient leurs efforts pour apprendre ce qu'ils pouvaient du grec en prévision du voyage. Elle ne s'attendait pas à ce qu'ils y arrivent facilement, puisqu'ils s'habituaient encore à

s'exprimer en anglais (au lieu d'aboyer et de hurler), mais le défi les aiderait à se tenir occupés et, espérait-elle sincèrement, à rester sages.

— Je vous le dis, mademoiselle Lumley, c'était exactement comme regarder l'un de ces Espagnols dans leurs costumes moulants et leurs drôles de chapeaux, ceux qui s'avancent dans l'arène, devant un taureau enragé, et qui crient « *Toro ! Toro !* » tout en agitant leur couverture rouge dans tous les sens.

Madame Clarke utilisa son grand tablier (taché de rouge cerise pour la circonstance, puisqu'elle venait de préparer une tarte) pour recréer la scène.

— *Toro ! Toro !* lança-t-elle avec verve. Sauf que cette fois, lady Constance faisait le minotaure, et lord Fredrick était le taureau, pardonnez l'expression.

— Je crois que vous parlez d'un matador, corrigea gentiment Penelope.

Madame Clarke ne sembla pas prêter attention à sa remarque. Elle était trop occupée à savourer son propre spectacle, une reconstitution théâtrale de la négociation entre lady Constance et son mari, au cours de laquelle la dame lui annonçait qu'il devait louer une maison de ville sans tarder.

Selon madame Clarke, la rencontre ne pouvait être qualifiée que de toréadorique : les menaces directes et les retraites feintes, le tourbillon provocant des jupes rouges de lady Constance, le piaffement et l'ébrouement des protestations de lord Fredrick...

Finalement, la *torera* rusée avait fait la morte. Puis, au moment où le taureau avait baissé les armes, elle avait brandi le poignard pour donner le coup final.

Dans le cas de lady Constance, le coup final signifiait une crise de larmes déchirante, suivie par la menace qu'elle succomberait à quelque chose qui s'appelle une « crise d'hystérie », si lord Fredrick n'acceptait pas son plan à l'instant même. Penelope ne savait pas si une crise d'hystérie consistait en un état pathologique grave, mais elle doutait que ce soit plaisant à subir, et encore moins à observer.

Lord Fredrick devait être du même avis, car il avait rapidement changé d'idée. Une maison serait louée en ville, un bataillon de domestiques y serait installé, et lady Constance recevrait une généreuse allocation pour commencer sa tournée des magasins.

— Ce sera un changement de décor agréable pour le personnel, de toute façon, décida madame Clarke, dont le visage était rougi par l'effort et l'excitation. Mais si lady Constance ne permet pas les dimanches alternés comme demi-journées de congé pour les serviteurs, il y aura beaucoup de grincheux, croyez-en ma parole.

— Il serait difficile de voir les attractions de Londres en une demi-journée, protesta Penelope, mais elle fut interrompue par un bruit effrayant qui semblait provenir de tout près.

— *Torohouuuuuuuuuuuuuu ! Torohouuuuuuuuuuuuuuu !*

C'étaient les Incorrigibles. Penelope avait eu l'impression qu'ils s'étaient retirés au fond de la nursery pour leur sieste de l'après-midi ou peut-être pour se concentrer sur une activité tranquille comme les échecs (auxquels les garçons aimaient beaucoup jouer) ou les calculs sur le boulier (l'un des passe-temps préférés de Cassiopée). Ils se livraient plutôt à un jeu déchaîné de tauromachie en bondissant d'un lit à l'autre. Alexandre jouait le rôle du matador, tandis que Beowulf et Cassiopée le chargeaient tour à tour. L'un des rideaux de velours rouge servait de *muleta* au matador.

— Arrêtez, les enfants ! s'écria Penelope, alarmée. C'est assez, vous trois. Le pauvre rideau ! Les passants sont tous déchirés. Nous ne pourrons le suspendre avant de le réparer complètement.

Les enfants, dont seule la volonté de plaire surpassait leur tendance à se laisser emporter, avaient l'air déconfit.

— Désolé, Lumahouu, souffla Alexandre, la mine basse.

Les deux autres présentèrent aussi leurs excuses au moyen de phrases socialement utiles qu'ils avaient étudiées si assidûment :

— Toutes mes excuses ! Mes salutations distinguées ! Cela ne se produira plus !

— Curieux, n'est-ce pas ? dit madame Clarke en aparté. Trois créatures sauvages qui s'amusent à imiter des animaux féroces. Vous penseriez qu'ils en auraient eu assez de ce genre de chose dans la forêt où ils ont grandi.

Évidemment, c'était madame Clarke qu'ils imitaient. Comment auraient-ils pu connaître quoi que ce fût de la corrida et des matadors ? Il était peu probable qu'un taureau eût vécu dans les bois du domaine Ashton. Il était aussi peu probable que les enfants méritent d'être qualifiés de « créatures sauvages », surtout après tout le travail que Penelope avait accompli avec eux. Les créatures sauvages connaissaient-elles leurs tables de multiplication ? Appréciaient-elles les poèmes de Henry Wadsworth Longfellow ? Pouvaient-elles répéter de courtes phrases en latin ? Certainement pas, alors que les Incorrigibles savaient faire toutes ces choses, plus ou moins bien.

Mais ils étaient effectivement enclins à faire des bêtises, surtout lorsqu'ils étaient d'une humeur joyeuse.

« Comme la plupart des enfants, pensa Penelope avec résignation, ce qui n'est pas une excuse pour un comportement destructeur. »

— Vos excuses sont acceptées, les enfants, répondit-elle. Allons, rangeons maintenant ce désordre.

— Madame Clarke dit « Torohouu », l'interrompit Alexandre, insinuant on ne peut plus clairement son objection.

— Et agite jupe, renchérit Cassiopée en montrant le geste avec le rideau déchiré.

Beowulf n'ajouta rien à ces arguments, mais il serra les lèvres, mécontent, dans le but de s'empêcher de mâcher le rideau. Les enfants avaient présenté leurs excuses, mais il était évident qu'ils se sentaient victimes d'une injustice : pourquoi devaient-ils être grondés, alors que la servante ne l'était pas ?

Penelope entreprit d'expliquer :

— Je sais que madame Clarke vient tout juste d'imiter un matador et un taureau, et je comprends que vous avez pensé que c'était une idée splendide et une belle façon de passer le temps. Et c'est effectivement une bonne idée, mais dans les limites du raisonnable, comprenez-vous ?

Les Incorrigibles échangèrent des regards perplexes. Manifestement, ils ne comprenaient pas, et pouvait-on les blâmer ? « Dans les limites du raisonnable » n'était pas le genre de lieu qu'on pouvait facilement trouver sur une carte géographique ; en fait, son emplacement pourrait changer considérablement d'un jour à l'autre. C'est seulement en tentant d'expliquer de telles notions aux Incorrigibles que Penelope comprenait à quel point il était déplorablement difficile de décrire précisément le sens de « se laisser emporter », « y aller un peu fort », « pousser les choses un peu loin » et autres figures de style semblables. Hélas, une fois la chambre sens dessus dessous, les rideaux déchirés et les oreillers vidés de leurs plumes, leur signification n'était devenue que trop claire.

Mais madame Clarke essaya, elle aussi, d'éclaircir le sujet.

— C'est vrai, je disais « *Toro, toro* », mais seulement pour décrire à mademoiselle Lumley quelque chose qui s'est produit entre notre maître et notre maîtresse. Je ne jouais pas à la corrida, voyez-vous ? Je racontais une histoire. C'est tout à fait différent.

— Métaphore ? s'enquit Cassiopée.

— Minotaure, idiote ! répondit madame Clarke en caressant la tête de la petite affectueusement. N'es-tu pas une petite coquine intelligente, toi ?

Penelope trouvait que l'heure était venue de mettre fin à cette conversation.

— Peu importe, les enfants, vos excuses sont acceptées. Allons, faites vos lits, comme ils étaient avant votre jeu de minotaure... pardon, métaphore-matador ! Et pliez soigneusement le rideau rouge pour que je puisse le donner à Margaret afin qu'elle le recouse. Si vous arrivez à faire tout cela et à vous installer calmement près du foyer en, disons, quatre-vingt-dix secondes (elle sortit une montre gousset de sa poche pour minuter la course), je vous ferai la lecture.

Pendant que les enfants se précipitaient pour accomplir ce qu'on leur avait demandé (car, comme la plupart des enfants, ils adoraient qu'on leur fasse la lecture), Penelope fourra la main dans sa poche de tablier et en sortit un petit livre.

— Mon ancienne directrice, mademoiselle Mortimer, nous a envoyé un guide touristique qui décrit toutes les grandes attractions de Londres. Grâce à ce livre, nous pourrons bien nous préparer aux choses à voir et à faire pendant notre voyage.

— Les sons et lumières sont très intéressants, mais personnellement je préfère savoir où se trouve la boutique de chapeaux pour dames, dit madame Clarke d'un air rêveur. Et la boutique du confiseur. Un peu d'argent de poche et une demi-journée de congé tous les deux dimanches est tout ce qu'il me faut pour bien me préparer à voir Londres.

Que madame Clarke eût vraiment besoin de trouver ou non la boutique du confiseur était une question d'opinion, mais Penelope était trop occupée à chronométrer les enfants pour commenter ce sujet.

— Quatre-vingt-huit, quatre-vingt-neuf, quatre-vingt-dix. Beau travail ! Maintenant, venez vous asseoir et commençons. *Guide Hixby de Londres copieusement illustré : avec références historiques, descriptions architecturales et allusions littéraires,* lut-elle sur la couverture. Quel merveilleux cadeau !

— Allhouuuuuusions ! hurlèrent en chœur les Incorrigibles.

Puis les quatre élèves (car madame Clarke aimait secrètement qu'on lui fasse la lecture) se rassemblèrent autour de Penelope pour écouter.

Chapitre trois

LES INCORRIGIBLES VOYAGENT EN MACHINE À VAPEUR, ET LES CHOSES FINISSENT PAR CHAUFFER.

Le *Guide Hixby* avait été envoyé illico, après que mademoiselle Charlotte Mortimer eut reçu la lettre confirmant que Penelope et les enfants iraient la rejoindre à Londres. Il s'agissait d'un cadeau pratique, en plus d'être à la mode. En effet, les guides faisaient fureur à cette époque, et il en existait une panoplie sur tous les sujets imaginables : du guide *Les Oiseaux d'Amérique* d'Audubon à la *Taxonomie des blaireaux et de leurs petits rehaussée de données précises* de Zachary.

Les amateurs de fougères pouvaient choisir parmi des douzaines de titres à succès, y compris *La Ptéridomanie pour les débutants,* avec une préface sur les spores du Dr Ward, de Frondson. (Il est à noter que les fougères étaient extrêmement populaires au temps de mademoiselle Penelope Lumley, beaucoup plus qu'aujourd'hui.)

En ce qui a trait aux guides de voyage, il y avait les guides *Touriste pittoresque* de Black pour l'Angleterre, l'Écosse et le pays de Galles, et les indispensables de Harvey : *L'Économe : Le tour du continent avec cinq pence par jour.* Peu de gens auraient risqué de traverser l'Atlantique sans un exemplaire du *Compagnon du train et du bateau à vapeur : Le guide du voyageur des États-Unis d'Amérique, du Canada, du Nouveau-Brunswick et de la Nouvelle-Écosse,* avec des cartes géographiques indiquant les routes des États du nord, du centre et de l'est, d'Appleton, un livre dont le titre était aussi grandiose et présomptueux que les descriptions du Nouveau Monde qu'il présentait.

On pouvait trouver une multitude de livres sur Londres, naturellement, mais dans la note accompagnant son cadeau, mademoiselle Mortimer assurait à Penelope que le *Guide Hixby* était de loin le meilleur, et qu'il valait mieux n'en utiliser aucun autre pour trouver son chemin dans la ville. Comme l'annonçait le titre, le volume était copieusement illustré par des images réduites d'aquarelles, dont la plupart représentaient des prairies de fleurs sauvages et des pics de montagnes enneigés. Il était peu probable que ni l'un ni l'autre de ces paysages ne fût une caractéristique dominante de la ville. Cependant, les images étaient attrayantes, et Penelope les aimait beaucoup. Elle se trouva à les admirer longuement dans la voiture de chevaux qui les menait à la gare d'Ashton, où elle et les Incorrigibles allaient bientôt prendre le train pour Londres.

— En fait, dit-elle aux enfants une fois qu'ils furent dans la queue pour acheter leurs billets, ces aquarelles miniatures sont si ravissantes que j'ai envie de commencer nos excursions par le British Museum. Selon monsieur Hixby, précisa-t-elle en feuilletant le livre jusqu'à la page désirée, nous devons « éviter les foules qui se pressent vers les œuvres les plus populaires et se concentrer plutôt sur les galeries obscures aimées des visiteurs avisés ».

Elle montra la page aux enfants pour qu'ils puissent admirer l'illustration : un très joli paysage comprenant un lac.

— Monsieur Hixby décrit la *Dix-septième galerie : Abus du symbolisme dans les portraits historiques mineurs* comme étant un « incontournable ».

— Donc, nous ne pouvons la contourner, répondit Alexandre.

Pour appuyer son commentaire, Beowulf émit un petit jappement. Penelope le corrigea du regard, après quoi il prononça, tel un écolier modèle :

— En effet, à ne pas contourner.

Cassiopée, encore triste des adieux larmoyants qu'elle et Noisettaou avaient échangés au domaine Ashton, restait silencieuse. Elle demeura muette jusqu'à ce qu'ils eussent terminé d'acheter leurs billets et qu'ils fussent sortis sur le quai pour attendre leur train. Et tout à coup, elle se mit à bondir sur place.

— Torohouuuu ! lança-t-elle en pointant le doigt. Torohouuuu !

— Je doute que vous voyiez un matador sur le quai, fit remarquer Penelope. Peut-être, si l'on prenait un train pour l'Espagne. Ou à destination d'un bal masqué.

Mais c'était la locomotive à vapeur qui avait surchauffé l'imagination de la fillette. C'était une Bloomer, une machine sophistiquée toute clinquante et des plus dynamiques. (Un dernier point sur le sujet des guides : pour des données techniques sur la Bloomer, la meilleure référence est sans contredit le *Guide opiniâtre Craswell des locomotives à vapeur britanniques*. Hélas, les exemplaires sont notoirement difficiles à obtenir.)

Les garçons, qui pointaient aussi le doigt vers la locomotive, se mirent à crier comme leur sœur tout en se bousculant gaiement :

— Torohouuuu ! Torohouuuu !

Penelope aperçut le train, et même si elle ne cria pas « Torohouuuu ! », elle fut tout aussi impressionnée que les enfants. La locomotive était d'un rouge vif étincelant et elle arborait un intimidant chasse-pierres noir comme de l'encre. Deux cheminées dorées et brillantes la surmontaient fièrement. Il était vrai que l'apparence de la Bloomer rappelait assez bien celle d'un taureau rouge sang aux imposantes cornes jaunes scintillantes et au museau noir, qui s'ébroue et qui pousse des bouffées de vapeur par les narines et ses grandes cornes brillantes.

Lorsque le conducteur fit sonner trois sifflements plaintifs et assourdissants, les enfants se couvrirent les oreilles et hurlèrent de plus belle en guise de protestation.

— Tout le monde à bord ! annonça le conducteur. Ligne de Londres et du Nord-Ouest, train local de onze heures sept vers Londres, train local ! Le dernier arrêt sera la gaaaare d'Euston !

En serrant leurs billets de deuxième classe, Penelope aida les enfants à monter les étroites marches métalliques. Ils voyageaient seuls ; lady Constance et lord Fredrick se feraient conduire à Londres en voiture privée dans un jour ou deux, dès que lord Fredrick aurait réglé ses affaires. Les domestiques les avaient devancés en emportant les bagages pour s'installer et préparer la maison en vue de l'arrivée de la famille.

— Métaphore ! Métaphore ! s'écria Cassiopée en montant à bord du train.

La fillette avait doublement tort. En premier lieu, elle voulait dire « matador », et en deuxième lieu, il n'y avait pas de matador, seulement une locomotive à vapeur rouge vif. Mais d'une certaine façon (que l'on pourrait même qualifier de métaphorique), elle avait parfaitement raison, puisqu'un train balaie ses passagers d'un endroit à un autre, de la même manière qu'une métaphore transporte une idée vers une autre (comme on compare une querelle entre mari et femme à une corrida, par exemple).

Si Penelope avait été vraiment attentive, elle aurait possiblement tiré profit de la situation afin d'éveiller l'intérêt des Incorrigibles pour les métaphores. Mais son esprit voyageait lui-même vers le passé.

« Comme c'est intéressant, songea-t-elle en installant les enfants dans leurs sièges. Le domaine Ashton m'était tout à fait inconnu lorsque j'ai quitté mon Académie Swanburne adorée pour prendre un train pas très différent de celui-ci. Et maintenant le domaine Ashton est mon foyer, et c'est Londres qui est la destination inconnue. »

Puis, dans sa rêverie, elle rencontra une autre pensée : comment se sentirait-elle en revoyant mademoiselle Charlotte Mortimer ? Penelope sentait qu'elle n'était guère la même qu'à Swanburne. Elle n'était plus une étudiante ; elle était désormais une enseignante comme mademoiselle Mortimer. Elle avait grandi et même forci un peu ; ses vêtements devenus un peu plus serrés le lui avaient révélé.

« Mon Dieu, j'espère qu'elle ne me demandera pas de l'appeler Charlotte, pensa Penelope, inquiète. Ce serait terriblement étrange, après l'avoir appelée mademoiselle Mortimer toutes ces années. Mais je suppose que c'est ainsi que va la vie. »

Et elle ferma les yeux, car elle avait soudain sommeil.

« Les choses qui nous sont étrangères deviennent familières avec le temps, et les choses qui nous sont familières deviennent étrangères, comme c'est curieux, et – bâilla-t-elle – comme c'est fatigant simplement d'y penser. »

Déjà le train exerçait son effet somnifère inévitable. Les trois Incorrigibles s'étaient assoupis, blottis en tas sur les sièges, et Penelope s'apprêtait à suivre leur exemple. Au son du cliquetis des roues, sa tête bascula petit à petit vers l'arrière contre le dossier de son siège. Ses paupières devinrent de plus en plus lourdes et se fermèrent enfin après quelques derniers battements de cils.

Son *Guide Hixby* se dégagea lentement de sa main détendue. Il était à ce moment posé sur ses cuisses et glissait d'avant en arrière à chaque embardée du train, jusqu'à ce qu'il tombe inévitablement sur le plancher dans un bruit sourd...

— *Grr !*

Penelope se réveilla en sursaut et découvrit une scène des plus surprenantes, dans laquelle les trois Incorrigibles jouaient un rôle de premier plan.

Alexandre montrait les dents de manière très agressive. Beowulf grondait comme un animal enragé, et Cassiopée avait refermé les mâchoires sur la manche d'un homme vêtu d'un long manteau noir, qui tentait en vain de la décourager en agitant le bras.

— J'vous d'mande pardon ! s'écria l'homme, outré, avec un accent prononcé. Mademoiselle, app'lez donc vos enfants ! La fille, elle va m'mordre au sang !

Son accent était difficile à identifier.

— Mais qu'est-ce qui vous prend, les enfants ! clama Penelope.

— Homme vole livre, déclara Alexandre d'une voix grave et menaçante.

Ses yeux ne lâchaient pas l'intrus. L'homme était grand et grassouillet, et il avait un nez difforme. Il portait son chapeau baissé sur les yeux.

Penelope jeta un œil sur ses genoux. Son *Guide Hixby* n'y était plus. Prise de panique, elle regarda autour du siège et sur le plancher. Puis ses yeux s'élevèrent sur le bras de l'étranger, toujours tenu en otage par les dents de Cassiopée, bien enfoncées dans sa manche. Le livre branlait entre ses doigts.

— Je vais reprendre ceci, merci, dit-elle sèchement en lui arrachant le livre.

— C'tait tombé par terre, mam'zelle ! Je voulais seul'ment le ramasser pour le r'mettre à vos côtés pendant qu'vous dormiez, répondit-il de son accent

5

curieux. L'plancher est tel'ment sale et mouillé que ç'aurait été endommagé.

— Merci bien pour votre aide.

Du coin de l'œil, Penelope remarqua que les enfants étaient toujours sur le qui-vive.

« Quels instincts animaux possédaient-ils, songea-t-elle, pour reconnaître ainsi le danger ? »

— C't'un livre ridicule, de toute manière, continua l'homme. Plein d'erreurs et trop vieux. Si vous voulez, j'vous donne ma *Brochure illustrée de la ville de Londres et ses environs,* deuxième édition, de Parson, et j'vous débarrasse de c'livre inutile.

— Il n'y a qu'un instant, vous aviez peur qu'il ne soit endommagé et maintenant vous dites qu'il est inutile. Je trouve vos arguments quelque peu contradictoires.

Penelope sourit d'une manière qui n'était pas du tout amicale ; c'était une astuce qu'elle avait apprise de lady Constance, mais elle n'avait jamais eu de raison de l'utiliser auparavant.

— Je vous remercie de votre aide. Bonne journée.

— Bonne journée, répéta Alexandre en montrant les dents (quoique socialement utile, la phrase ne fut pas très bien prononcée).

— *Grr*, au revoir, dit Beowulf de façon très désagréable.

— Lâchez la manche du monsieur, chère, ordonna Penelope.

Cassiopée obéit à contrecœur. Il y avait une petite déchirure et une empreinte mouillée en forme de demi-lune sur le tissu, là où sa bouche s'était refermée. En des circonstances un peu plus amicales, Penelope aurait peut-être offert de réparer le manteau, mais les circonstances actuelles étaient tout autres. Elle attira les enfants vers elle et considéra l'homme d'un regard qu'elle voulut sévère et froid.

L'homme s'attarda brièvement, comme s'il souhaitait dire autre chose. Après un regard d'adieu sur le *Guide Hixby* (c'est ce qu'imagina Penelope, ou était-ce un regard avide, envieux et cupide ?), il partit.

Cassiopée s'essuya la bouche avec l'ourlet de sa robe. Une minuscule plume d'un vert clair se dégagea de ses lèvres. Elle la tint entre deux doigts, puis souffla dessus. Penelope et les enfants regardèrent, hypnotisés, la touffe duveteuse flotter dans un sens et dans l'autre, jusqu'à ce qu'elle disparaisse sous le siège.

— Beurkaou ! commenta Cassiopée, avant de se blottir de nouveau contre ses frères. Même goût qu'oreillers.

Les garçons se rendormirent rapidement. Quant à Penelope, elle resta bien éveillée. Elle demeura anxieusement en alerte pour le reste du voyage et serra avec ténacité son *Guide Hixby* contre elle. Et pour tout dire, elle était prête à l'attaque.

« Londres, gaaaaare d'Euston ! »

— Tenez-vous par la main, les enfants, tenez-vous par la main !

Les passagers se ruèrent à l'extérieur du train comme un troupeau de vaches en retard pour un rendez-vous de traite de lait très important. Penelope agrippa sa valise d'une main et les doigts moites d'Alexandre de l'autre main. L'aîné serra fermement sa main sur celle de la benjamine, et celle-ci serra fermement sa main sur celle du cadet. Leurs jointures ainsi blanchies par leur prise ainsi ferme, les trois enfants ensommeillés et leur gouvernante nerveuse se faufilèrent à travers la foule, à la recherche d'une sortie.

Penelope ne pouvait s'empêcher de chercher du regard l'homme qui avait tenté de s'approprier son *Guide Hixby.*

Elle ne le trouva pas, mais dans une foule si dense, il aurait été presque impossible de trouver qui que ce fût. Cette pensée lui fit serrer la main d'Alexandre si fort que le garçon glapit.

« Ce n'est qu'un incident désagréable, rien de plus, pensa-t-elle bravement. Les voleurs à la tire et les voyous sont chose courante à Londres. Nous devons simplement rester sur nos gardes. »

Dès lors qu'elle avait mis cette pensée derrière elle, Penelope tourna son attention vers un souci plus urgent : trouver son chemin vers le numéro douze, Muffinshire Lane, c'est-à-dire l'adresse de la maison que lord Fredrick avait louée. Elle savait que Londres était une grande ville, bouillonnante d'activités et déroutante ; si elle prenait la mauvaise direction, elle et les Incorrigibles pourraient facilement se retrouver à errer dans d'obscures rues pavées se terminant sur des abattoirs nauséabonds et des établissements de mauvaise réputation, au bord de la rivière. Toutefois, il y avait une carte pliante au dos de son guide, et les enfants étaient de fins traqueurs, du moins dans la forêt.

Une fois que le quatuor eut frayé son chemin à force de coups de coudes pour sortir de la station, Penelope essaya de trouver ses repères en tenant la carte ouverte et en la faisant tourner, jusqu'à ce qu'elle reconnaisse plus ou moins bien le labyrinthe de rues entrecroisées déployé devant elle. Les trottoirs à l'extérieur de la gare Euston étaient encore plus bondés que l'intérieur de l'édifice. Les passants bousculaient Penelope de tous les côtés, si bien qu'elle avait du mal à garder le livre ouvert à la bonne page. Par ailleurs, la carte pliante était si joliment garnie de charmantes plantes alpines qu'il était impossible de lire le nom des rues.

— Excusez-moi, lançait Alexandre ostensiblement aux gens qui les percutaient sans cesse au passage, plusieurs d'entre eux lâchant en plus des remarques désobligeantes.

— Pardonnez-moi. Je vous demande pardon.

— Je suis tout à fait d'accord, Alexandre, appuya Penelope dans un dernier effort futile pour lire la carte, avant de la ranger. Il y a un manque de bonnes manières flagrant autour de nous. Mais ce n'est pas une raison pour gronder si fort, Beowulf. Quelqu'un pourrait mal le prendre.

Penelope n'était pas encore tout à fait certaine de la bonne direction à suivre. En menant les Incorrigibles devant elle, elle avança vers l'intersection la plus proche. Des omnibus dévalaient la rue à une vitesse effarante, et une file de fiacres attendaient au bord de la chaussée. Les conducteurs rôdaient le long du trottoir dans le but d'attirer des clients.

— Besoin d'un fiacre, mademoiselle ?

— Où allez-vous, mademoiselle ?

— Je vous emmène, mademoiselle ? Moitié prix pour les enfants.

Penelope pensa qu'elle avait peut-être assez d'argent dans son sac à main pour la course, bien qu'elle n'eût aucune idée de combien il lui en coûterait, puisqu'elle n'avait jamais pris de fiacre. Mais les conducteurs lui semblaient quelque peu menaçants, avec leur attitude faussement amicale et leurs offres de charlatans. Peut-être n'était-ce dû qu'à l'anxiété persistant depuis l'incident désagréable survenu dans le train, mais elle s'écarta de la file de fiacres et empoigna les enfants encore plus vigoureusement.

— Nous allons marcher, annonça Penelope aux Incorrigibles. Je suis certaine que Muffinshire Lane ne peut être très loin d'ici. Et il y aura tant de choses intéressantes à voir en cours de route.

À cet instant, un vent violent se leva et faillit projeter les quatre voyageurs devant un omnibus approchant à toute vitesse. Penelope attendit que le vent retombe avant de continuer, cette fois en retenant son chapeau d'une main.

— Agatha Swanburne l'a dit un jour : « Pourvu que vous soyez sur la terre sèche, la meilleure façon de découvrir un endroit est à pied. Autrement, utilisez un canoë. ». Venez, les enfants.

En réalité, Agatha Swanburne n'avait jamais dit une chose pareille, pour autant que sache Penelope. Mais d'une certaine façon, le fait de le prétendre apaisait un tout petit peu sa nervosité, alors qu'elle et les Incorrigibles s'apprêtaient à naviguer dans les rues inconnues.

Chapitre quatre

UNE VIEILLE FEMME ÉTRANGE ET UN JEUNE HOMME PARFAITEMENT GENTIL.

Si vous avez déjà eu la malchance de vous perdre dans une ville surpeuplée, vous connaissez sans doute ce fait surprenant dont on parle peu : plus nombreux sont les gens à qui on pourrait éventuellement demander des indications, plus il est difficile d'obtenir l'aide dont on a besoin.

Les scientifiques qui étudient le comportement humain désignent ce phénomène par le syndrome « Qui, moi ? ». Par exemple, si vous étiez terriblement malchanceux et que vous vous retrouviez avec un bout d'os de travers de porc coincé dans la gorge pendant que vous dîniez seul dans un restaurant où il n'y a qu'un autre client, ce dîneur solitaire, un parfait étranger, se lèverait fort probablement sans perdre une seconde pour effectuer la manœuvre de Heimlich, dès que vous auriez fait le signe universel d'étouffement. (Si vous ne savez pas en quoi consiste ce signe, veuillez consulter l'affiche au mur de la salle à manger – si l'on tient pour acquis que vous êtes toujours conscient, bien sûr.)

Pourtant, si le même incident survenait dans un restaurant plein à craquer, vous seriez peut-être déjà devenu bleu et tombé par terre avant d'arriver à attirer l'attention sur votre problème urgent. Puis, vous vous retrouveriez malheureusement dans un vilain bourbier car, au lieu de réagir promptement, les spectateurs de vos simagrées discuteraient longuement pour déterminer qui est le mieux qualifié pour vous venir en aide. Certains d'entre eux suggéreraient le bouche-à-bouche, tandis que d'autres s'efforceraient de se remémorer les épisodes d'une série médicale télévisée qui auraient ou non un lien avec votre situation. Quelques-uns téléphoneraient pour obtenir de l'aide, d'autres paniqueraient et demanderaient une assistance médicale pour eux-mêmes, et beaucoup, hélas, seraient simplement agacés du fait que leur dîner ait été interrompu, et laisseraient par conséquent un pourboire médiocre à leur serveur.

Maintenant que vous êtes au courant de ce phénomène, vous choisirez peut-être à l'avenir de dîner seulement dans des restaurants peu fréquentés.

Penelope n'avait malheureusement pas cette option à disposition. Londres était surpeuplée, et elle n'y pouvait rien. Chaque nouvelle rue qu'elle longeait péniblement, tirant de son mieux ses trois protégés lourds de fatigue, semblait encore plus remplie de gens peu obligeants que la précédente. Après une heure d'errance sans but, Penelope savait qu'elle et les Incorrigibles s'étaient perdus, mais chaque fois qu'elle s'arrêtait pour demander son chemin, ses questions restaient sans réponse dans le vacarme et le va-et-vient de la foule.

Proche de l'épuisement, Penelope attira les enfants dans l'embrasure sombre d'une porte. Elle espérait y faire halte pour reprendre son souffle et élaborer un semblant de plan. Cependant, l'entrée était déjà occupée par une vieille femme au dos voûté qui se fondait naturellement dans la pénombre.

En usant de ses dernières réserves de courage, Penelope aborda la femme.

— Excusez-moi, madame, savez-vous par hasard où se trouve Muffinshire Lane ? Il y a probablement des boutiques luxueuses à proximité.

Penelope ne savait pas s'il y avait des boutiques luxueuses à proximité, mais en tenant compte du penchant de lady Constance pour la dépense, elle se disait que c'était une supposition raisonnable.

La femme demeura muette. Elle avait quelque chose d'exotique, remarqua Penelope : elle était vêtue à la manière d'une gitane diseuse de bonne aventure, avec ses nombreux foulards colorés enroulés autour de la tête et un châle aussi coloré enveloppant ses larges épaules courbées. De grands anneaux pendaient à ses oreilles, et chacun de ses doigts noueux portait une bague gravée d'écritures mystérieuses en guise de talisman. Ses yeux renfoncés étaient aussi sombres et brillants que deux olives noires.

— Je suis désolée de vous avoir dérangée.

Penelope avait parlé d'une voix dépitée. Elle avait froid et elle était fatiguée, et elle savait que les Incorrigibles devaient être dans le même état. Pire, elle avait épuisé ses réserves de petits gâteaux, ce qui l'inquiétait sérieusement, car si les enfants devenaient affamés, elle aurait du mal à les empêcher de se lancer à la poursuite des membres les moins agiles de la population locale de pigeons : un scénario aussi catastrophique que désagréable qu'elle préférait de loin éviter.

La situation devenait désespérée, ce qui, selon Penelope, justifiait l'emploi de mesures désespérées. Elle prit une grande bouffée d'air et s'adressa aux Incorrigibles :

— Les enfants, je veux que vous attendiez ici. Nous devons obtenir les bonnes indications sans tarder. Je vais aller trouver un policier qui pourra nous aider. Ce sera plus rapide si j'y vais seule, mais vous devez promettre (et là, elle les regarda d'un air très sévère), *solennellement* promettre de ne pas bouger d'ici d'un poil.

Penelope se tourna vers la vieille femme.

— J'espère que cela ne vous ennuie pas si je laisse les enfants ici ? Je suis certaine qu'ils ne vous gêneront pas.

Elle n'avait toujours pas la certitude que la femme puisse la comprendre. Mais apparemment, la vieille chouette l'avait entendue.

— Ne vous inquiétez pas, mademoiselle. Je garde vos bébés, répliqua-t-elle d'une voix rauque.

— Merci.

Penelope poussa un soupir, marqué par la fatigue plus que par le soulagement.

— C'est très gentil de votre part. Je reviendrai dès que j'aurai obtenu de l'aide. Alexandre, vous êtes le plus grand. Veillez à ce que personne ne s'éloigne.

Sur ce, avec une certaine appréhension, mais ne sachant que faire d'autre, Penelope laissa les trois Incorrigibles entassés dans l'entrée.

— Gentils bébés, dit la vieille femme.

Puis elle arbora un large sourire. Elle possédait environ la moitié des dents qu'on s'attendrait à voir dans la bouche d'une personne adulte. Ce n'était pas une vision très rassurante.

Cassiopée pleurnicha, et Beowulf saliva d'anxiété. Alexandre était aussi mal à l'aise que son frère et sa sœur, mais comme il avait été chargé de veiller sur eux, il les réconforta comme il savait si bien le faire.

Il les saisit par la peau du cou et les secoua juste assez vigoureusement pour qu'ils se mettent à glapir et à se mordiller joyeusement, exactement comme le feraient des chiots.

La gitane posa un long regard curieux sur chacun des enfants, l'un après l'autre. Tout à coup, elle fourra sa main sous les nombreux plis de son châle et en fit apparaître un grand jeu de cartes rectangulaires.

— Coupe, ordonna-t-elle en présentant les cartes à Alexandre.

— Pardon ?

L'aîné lança un regard nerveux en direction de la silhouette disparue de Penelope.

La femme lui montra comment couper le jeu de cartes, puis elle le lui présenta de nouveau. Il fit exactement ce qu'elle avait fait. Elle battit les cartes, retourna la carte du dessus, puis la surprise lui coupa le souffle.

— *Hoooooooo*, geignit-elle sinistrement.

Les enfants étaient tout à fait interloqués. Cassiopée commença à hurler une réplique anxieuse.

— *Haouuuuuu* ?

Mais un pincement de désapprobation de son frère aîné la découragea. Les trois Incorrigibles savaient que Lumahouu (nom qu'ils donnaient en privé à leur mademoiselle Lumley adorée) ne leur permettait pas d'aboyer ou de hurler en public, s'ils étaient capables de s'en empêcher.

— Étranges bébés, psalmodia la femme. Bébés loups ! Attention !

Elle tapa sur la carte de son long index crochu.

— Le chasseur rôde dans les parages.

Puis elle couvrit la carte de sa main, et ses yeux roulèrent vers le haut de manière alarmante, si bien qu'ils disparurent presque dans son crâne.

— La chasse est ouverte !

— La chasse ? commença Alexandre, mais la femme sursauta et dressa l'oreille pour écouter.

Elle enfouit ses cartes dans son châle en deux temps trois mouvements et recula furtivement, disparaissant dans la pénombre comme si elle ne s'était jamais trouvée dans l'embrasure de la porte.

Un instant plus tard, Penelope revenait vers les Incorrigibles. Elle marchait avec entrain par habitude, même si elle apportait de mauvaises nouvelles :

— Il n'y a pas une seule âme à Londres qui puisse nous diriger vers Muffinshire Lane, on dirait, annonça-t-elle sur un ton faussement gai. Il semble que nous séjournions dans un quartier si huppé que personne n'en a jamais entendu parler. Mais que se passe-t-il, les enfants ? Vous avez l'air d'avoir vu un fantôme !

Après quoi, ils ne purent se contenir une seconde de plus. Ils hurlèrent et hurlèrent et hurlèrent de plus belle, leurs longues plaintes retentissant avec force, comme si le ciel contenait mille et une pleines lunes.

— Allons, allons.

Penelope leur tapota le dos tour à tour.

— Aviez-vous peur ? La vieille femme vous a-t-elle laissés seuls ici ? Cela m'apprendra à vous confier à de parfaits inconnus... Allons, allons, tout ira bien.

— Hé, ho !

Un jeune homme avait sorti la tête d'une fenêtre, deux étages plus haut.

— Qu'est-ce que c'est que ce tapage ? Est-ce que tout va bien ?

— Oui ! lança Penelope.

Mais les enfants continuèrent à hurler de manière absolument effrayante.

— *Haouuuuuuuuuuuuu !*

— *Haouuuuuuuuuuuuu !*

— Quoi ? cria le jeune homme vers le bas, d'une voix encore plus forte. Quelqu'un est-il blessé ?

— Nous allons très bien, merci.

— Quoi ? Je ne vous entends pas.

— *Haouuuuuuuuuuuuu !*

— *Haouuuuuuuuuuuuu !*

— *Haouuuuuuuuuuuuu !*

— Je descends !

La tête du jeune homme disparut derrière les fenêtres. Tout de suite après, il y eut un grand vacarme, suivi d'un bruit sourd et d'un fracas laissant deviner une collision. Si l'on se fiait à ce vacarme, on aurait cru que ce garçon dévalait les marches quatre à quatre.

« Mon Dieu, pensa Penelope, prise de panique, si le gentleman dépose une plainte en raison du bruit, nous finirons par obtenir l'attention d'un policier, après tout, mais pas comme je l'espérais. »

Le jeune homme sortit en trombe de l'édifice et s'arrêta dans un dérapage. En le voyant, les trois Incorrigibles cessèrent de hurler et l'observèrent.

— Oh ! s'exclama-t-il en retirant son chapeau, vous n'êtes que des enfants. C'est bon, alors, désolé d'avoir crié. Les voyous du coin organisent parfois des combats de chiens pour gagner de l'argent avec leurs paris. En ce qui me concerne, je ne supporte pas de voir les chiens se battre. Laissez ces polissons se donner des coups, s'il le faut ! Mais le chien est le meilleur ami de l'homme.

Cassiopée sauta à ses côtés et lui lécha la main. Avant que Penelope ne puisse expliquer son élan d'affection et s'en excuser, le jeune homme sourit à sa nouvelle amie et lui dit chaleureusement :

— Je vois que vous aimez les chiens, vous aussi. Quel est votre nom ?

— Cassaouaf, répondit-elle fièrement.

— Joli prénom ! Je m'appelle Simon.

Il essuya le dos de sa main sur sa veste avant de la tendre à Penelope.

— Enchanté de faire votre connaissance, mademoiselle. Simon Harley-Dickinson, à votre service.

J'habite en haut, dit-il en indiquant d'un brusque mouvement de la tête la fenêtre depuis laquelle il avait d'abord manifesté sa présence. C'est un peu à l'étroit, je ne le sais que trop bien, mais c'est la vie de l'artiste affamé, que voulez-vous !

— Je m'appelle Penelope Lumley. Enchantée de faire votre connaissance.

Penelope se raidit et lui serra la main fermement. Il lui était difficile de garder son calme après tant de surprises survenant l'une après l'autre, mais elle était une fille de Swanburne, faut-il le rappeler, et les bonnes manières passaient avant tout.

— Permettez-moi de vous présenter Alexandre, Beowulf (les garçons s'inclinèrent), et vous avez déjà fait la connaissance de Cassiopée.

— Ravi de faire votre connaissance.

Le jeune homme serra la main des garçons et fit un clin d'œil à la fillette.

— Et qu'est-ce qui vous amène tous les quatre par ici ? Vous n'êtes pas dans le meilleur quartier de Londres, vous savez ? Vous feriez mieux de rentrer à la maison, si vous me permettez de vous donner un conseil.

— Je souhaite que vous nous donniez un conseil, en fait.

Penelope était soudainement au bord des larmes. Si ce jeune homme aimable ne pouvait les aider, elle ne saurait vers qui se tourner.

— Nous sommes à la recherche du numéro douze, Muffinshire Lane, et nous nous sommes perdus. Personne n'a su nous indiquer comment nous y rendre. Avez-vous une petite idée de la direction à prendre ?

— Muffinshire Lane ?

Le garçon se frotta le menton en réfléchissant.

— Muffinshire Lane ? répéta-t-il. Ce nom ne me dit rien, malheureusement. Mais n'ayez crainte, mademoiselle Lumley. J'ai un don pour la navigation. C'est dans mon sang : dans ma famille, les hommes se font marins de génération en génération. Mais auriez-vous par hasard une carte avec vous ? Je parie que je peux vous aider à retrouver votre route, si vous me laissez y jeter un œil.

Après un bref moment d'hésitation (elle n'avait pas oublié l'incident désagréable survenu dans le train), elle lui tendit le guide.

— Merci beaucoup, lui dit-elle le plus sincèrement du monde. Êtes-vous marin, vous aussi ?

— Moi ? Pas du tout. J'écris des pièces. Je suis un homme de théâtre. Un barde, si vous voulez. Désolé, je sais que ça fait snob, dit de cette façon. Mais c'est vrai. Je suis peut-être même un peu génial, en fait ; je sens ce quelque chose de spécial ici et là. Mais pour être honnête, j'ai du mal à mettre mes mots sur le papier, dernièrement. (Il retourna le guide dans ses mains.) *Guide Hixby de Londres copieusement illustré*, hein ? C'est nouveau.

— On m'a dit que c'était le meilleur guide de la ville, confessa timidement Penelope.

— Je n'en ai jamais entendu parler, affirma-t-il en feuilletant les pages. Des images épatantes. Des paysages alpins vivifiants. Pas très utile pour trouver votre chemin dans la ville, par contre… ah, voici la carte. Voyons voir où se trouve ce Muffinshire Lane…

Après environ un quart d'heure d'observation, ponctué de « hum… », de « voyons… » et de « bien… », prononcés au moins une douzaine de fois chacun, suivis d'une course à l'étage dans sa mansarde pour aller chercher un sextant antique en cuivre plutôt impressionnant, puis d'un autre quart d'heure passé à attendre que le soleil se pointât à travers le brouillard épais de Londres pour procéder à ses relèvements, ce jeune homme parfaitement gentil, prénommé Simon, savait précisément comment se rendre à Muffinshire Lane.

Au grand soulagement de Penelope, il insista pour les accompagner, elle et les enfants, en disant que c'était plus ou moins sur son chemin, comme il n'allait nulle part en particulier, et qu'il craignait qu'ils ne se retrouvent complètement déboussolés de nouveau s'il les laissait livrés à eux-mêmes. Tout en marchant, il leur raconta des histoires amusantes de la vie au théâtre, qui inspirèrent Penelope au point de souhaiter ardemment avoir la chance d'assister à une pièce avec les enfants pendant leur séjour à Londres. Elle n'avait aucune idée de la manière d'obtenir des billets ni du prix qu'ils pouvaient coûter, mais elle résolut de se pencher sur la question dès qu'elle en aurait l'occasion.

— Muffinshire Lane, annonça-t-il, après un moment qui sembla étonnamment court. Mais êtes-vous certaine que c'est le numéro douze que vous recherchez ?

— Oui, c'est le numéro douze, mais, grands dieux ! c'est ce que l'on considère comme une maison de ville à Londres ?

Penelope admira la magnifique propriété qui se dressait devant ses yeux. Après avoir vécu au domaine Ashton, le luxe ne la scandalisait plus, mais tout de même, le numéro douze était quelque chose à voir.

— Je serais porté à dire que c'est un château, mais bien sûr, nous, les bardes, sommes habitués aux humbles habitations. Dites, vous n'êtes pas des membres déguisés de la famille royale, hein ? Des cousins secrets de la reine ? Des prétendants au trône ? Ce qui ferait une bonne intrigue pour une pièce.

Il sortit un morceau de papier et un bout de crayon de sa poche et griffonna quelques notes à la hâte.

— Une jeune princesse mystérieuse et les trois véritables héritiers... bien sûr, vous êtes beaucoup

12
12

trop jeune pour être leur mère, bien que je constate une certaine ressemblance.

— Oh non ! Nous sommes loin de faire partie de la monarchie, et les enfants et moi n'avons aucun lien de parenté.

Penelope ne pouvait s'empêcher de sourire en pensant à la possibilité du contraire.

— Et cette résidence n'est assurément pas notre maison. Je suis leur gouvernante. Je suis employée par lord et lady Ashton, du domaine Ashton.

— Les Ashton ! Du domaine Ashton ! C'est vrai ?

Il laissa échapper un sifflement tout bas.

— Ils ont un tas de fric, ces gens. Vraiment, tout un tas de fric !

Penelope trouvait qu'il ne serait pas approprié de donner son opinion au sujet de la fortune des Ashton, elle se contenta donc de répondre :

— Vous avez entendu parler de cette famille, alors ?

— J'ai entendu parler de leur argent. Qui n'en a pas entendu parler ? Et mon grand-oncle Pudge mentionnait leur nom de temps à autre. Il y avait un amiral Ashton qu'il connaissait du temps qu'il était marin. Il y a de ça une éternité, bien sûr.

Penelope hocha la tête. Elle avait déjà vu un grand portrait intimidant de l'amiral Percival Racine Ashton, suspendu au mur du bureau rempli d'animaux empaillés de lord Fredrick.

— Je crois que l'amiral était l'arrière-grand-père de lord Ashton, qui est actuellement le maître du domaine, expliqua-t-elle. Quelle coïncidence que votre grand-oncle l'ait connu !

— C'est un océan très vaste pour un marin, répondit Simon d'un air pensif, mais un monde petit, il n'y a pas de doute. Dites donc, c'est pas mal, hein ?

Il prit en note ce bon mot avec son bout de crayon. (Comme vous le savez peut-être, un « bon mot » est une expression ingénieuse. Agatha Swanburne serait un bon exemple d'une personne experte dans la création de bons mots, mais Simon Harley-Dickinson faisait preuve, lui aussi, d'un certain talent dans ce domaine.)

Penelope jeta un œil par-dessus son épaule sur la demeure majestueuse marquée du numéro douze. Elle savait qu'il était grandement temps d'installer les enfants dans leur nouveau foyer temporaire, de leur donner à manger, de leur faire prendre leur bain et de leur lire une histoire avant de les border. Mais elle n'était pas pressée d'y entrer. Et les garçons étaient affairés à pêcher un bout de ficelle à l'aide d'un bâton dans une flaque d'eau sur le bord du chemin. Ce serait sûrement trop dommage de les interrompre.

— Monsieur Harley-Dickinson, si votre grand-oncle est un vieil ami de la famille Ashton, peut-être aimeriez-vous l'amener un jour pour prendre le thé ?

Elle avait proposé son offre précipitamment, avec une certaine imprudence, car elle savait qu'elle n'était pas la personne la mieux placée pour lancer des invitations à prendre le thé. Malgré tout, elle était prête à user de n'importe quelle excuse pour que ce fascinant Simon ait une raison de revenir au numéro douze, Muffinshire Lane.

— Oncle Pudge, venir prendre le thé ? Impossible, malheureusement ! Il se trouve à la résidence des vieux marins, à Brighton. Il n'a plus toute sa tête, mais il y a plus d'histoires de marins dans sa caboche grise que vous pourriez l'imaginer. Vous êtes drôlement gentille d'y penser, toutefois.

Simon enfouit ses mains dans ses poches et se dandina légèrement, puis il laissa échapper :

— Dites, mademoiselle Lumley… vous aimez aller voir des spectacles ?

— Certainement ! s'exclama-t-elle avec un peu plus d'enthousiasme que ne l'exigeait la question. C'est-à-dire, c'est mon premier voyage à Londres, je n'ai donc pas encore eu l'occasion de voir de spectacles, mais en théorie, je crois que j'aimerais beaucoup en voir un.

— C'est bon à savoir. Théoriquement parlant, j'entends.

Il gigotait encore dans tous les sens.

— Je pars, donc.

Cassiopée, qui était restée à ses côtés tout ce temps, s'étira le bras pour tirer sur sa manche.

— Ressembhouu ?

Simon fronça les sourcils.

— Ressemb-quoi ? Qu'est-ce que vous dites ?

Penelope sourit.

— Cassiopée veut dire qu'elle aimerait que vous précisiez le commentaire que vous avez fait un peu plus tôt, au sujet d'une certaine ressemblance entre les enfants et moi.

Simon se gratta la tête.

— Vous avez compris tout ça avec ce qu'elle vient de dire ? Impressionnant. Tout ce que j'ai voulu dire, c'est que vous vous ressemblez un peu, tous les quatre. Vous avez presque la même couleur de cheveux, pour commencer.

— Pommes, acquiesça Cassiopée.

Elle voulait dire que leurs cheveux tiraient sur le roux, bien qu'une personne plus habituée à parler de cheveux les eût probablement décrits comme étant d'un auburn riche. Les trois Incorrigibles portaient tous la même ravissante teinte auburn. Aussi loin que Penelope puisse se souvenir, sa propre chevelure était foncée et terne, mais au cours des derniers mois, elle avait tranquillement pris une nuance similaire (et un peu plus attrayante), depuis qu'elle avait arrêté de la traiter avec le cataplasme pour les cheveux de Swanburne. En y réfléchissant, toutes les filles à Swanburne avaient les cheveux foncés et ternes. Peut-être le cataplasme repoussant les poux et revitalisant le cuir chevelu altérait-il la couleur ? Penelope nota mentalement la question, qu'elle se promit de poser à mademoiselle Mortimer.

— Pommes ? J'aime les pommes, bien sûr, qui ne les aime pas ? C'est très joli, par ailleurs. Les cheveux, bien sûr.

Simon paraissait soudain gêné.

— Eh bien, bonne journée, conclut-il. Ravi de vous avoir rencontrés.

— Merci encore pour votre précieuse aide. J'espère pour vous que vos difficultés créatives seront bientôt résolues. En fait, je crois qu'elles le seront, ajouta Penelope sur un coup de tête.

— C'est très gentil. Merci.

Il souleva son chapeau en signe de salut, puis s'en alla.

Penelope rougit. De jolis cheveux ? Elle n'avait pas l'habitude de recevoir des compliments de ce genre, surtout des compliments provenant de la gent masculine. Comme on peut s'en douter, l'Académie Swanburne pour les filles pauvres mais intelligentes manquait déplorablement de garçons, et pour cette raison, Penelope n'en avait presque jamais rencontré de sa vie.

« Mais si Simon Harley-Dickinson est un modèle représentatif de son genre, se dit-elle, ragaillardie par un sentiment de satisfaction agréablement enivrant, les garçons doivent être une espèce absolument charmante ! Je dois faire en sorte d'en rencontrer d'autres, si l'occasion se présente. »

Chapitre cinq

UNE PROMENADE AGRÉABLE FRÔLE LA CATASTROPHE À CAUSE D'UN SIMPLE CHAPEAU.

Si vous avez déjà pris un vol de nombreuses heures vers un endroit que vous rêviez de visiter depuis très longtemps, vous avez peut-être souffert d'une affection douloureuse connue sous le nom de « fatigue des vacances ». Ce phénomène se produit généralement après avoir passé des semaines à faire des emplettes trépidantes pour trouver le chapeau de paille et les valises qu'il vous faut, dressé des listes d'effets à emporter et des listes de choses à laisser derrière, fait provision d'insectifuges et consulté les prévisions météorologiques, puis voyagé à pied, en avion, en bateau à vapeur, en montgolfière ou en ce qui vous plaît. Vous arrivez ensuite enfin à Mahi-Mahi ou Alhou-Alhou, ou toute autre destination exotique et spectaculaire, puis vous découvrez, au bout du compte, que vous préféreriez de loin être à la maison.

Vous n'êtes pas devenu fou. Vous vous souvenez parfaitement de votre nom, vous savez en quelle année vous êtes et vous pouvez nommer correctement les capitales d'au moins quelques pays européens de taille moyenne. Pourtant, votre soif de voyage semble s'être étanchée de manière précoce. Les hauts à motifs hawaïens réclament presque en hurlant que vous les portiez, et l'écran solaire dégage un agréable parfum de noix de coco. Vous passez malgré tout la journée au lit, collé au téléviseur de l'hôtel. Au lieu d'étrenner vos crampons et votre piolet en escaladant le mont Margarine colossalement glissant, un exploit que vous aviez tellement hâte de réaliser, vous dégringolez le couloir jusqu'au distributeur automatique pour vous procurer une friandise rassise et un soda tiède. Même cette activité exige bientôt que vous déployiez plus d'énergie que vous n'en êtes capable.

Personne n'est immunisé contre la fatigue des vacances, qui est par ailleurs contagieuse : un voyageur grincheux peut donner le cafard au reste de son groupe, avant même que la voiture familiale ne quitte l'entrée du garage. Penelope ne montrait encore aucun symptôme de cette maladie. Elle avait dormi comme une bûche dans la petite chambre à coucher de l'étage supérieur située à côté de celle des enfants, et elle s'était réveillée fraîche et dispose. Elle avait passé les premières heures de la matinée à planifier sa première journée complète à Londres, passionnément captivée par son *Hixby*, dans ce type d'humeur exaltée qui pousse les gens à faire des listes de choses longuement anticipées en sifflotant des airs enjoués sans même s'en apercevoir.

Hélas, les Incorrigibles étaient d'une tout autre humeur.

— Pas Londres. Aller maison, annonça Cassiopée lorsque Penelope lui demanda une deuxième fois de passer un peigne dans ses cheveux.

— Mais nous n'avons même pas commencé à visiter Londres, répliqua Penelope, légèrement inquiète.

— Avons vu Londres. Trop de Londres. Des milles et des milles, bâilla longuement Beowulf.

Il s'était déjà habillé, sauf qu'il avait inversé ses chaussures. C'était une erreur qu'il n'avait pas commise depuis quelques semaines, mais qu'il ne semblait pas pressé de corriger.

Quant à Alexandre, s'il avait de quoi se plaindre, il le gardait sous silence, mais c'était bien parce qu'il refusait toujours de sortir du lit. Les couvertures étaient tirées par-dessus son visage. Seul l'écheveau de ses cheveux en bataille, qui dépassait des couvertures, révélait sa présence.

Penelope n'aimait pas du tout ce triste tableau. Grâce à monsieur Hixby, elle avait conçu un itinéraire de marche qui lui permettrait de déposer au bureau de poste une lettre destinée à mademoiselle Charlotte Mortimer, avant de profiter d'une excursion rapide au parc Saint-James, où elle prévoyait de donner à ses élèves une brève leçon d'identification des plantes. Les quatre touristes se dirigeraient ensuite vers le palais de Buckingham, afin d'arriver à l'heure où la lumière se prête le mieux aux esquisses. Par la suite, thé et *crumpets*[1] dans un café abordable, puis une longue balade en boucle qui les ferait passer devant les deux chambres du Parlement, la grande cloche Big Ben, le pont de Londres et la cathédrale Saint-Paul. Leur marche se terminerait au tout nouveau British Museum, où ils passeraient le reste de l'après-midi à visiter les galeries et où ils feraient peut-être un saut ou deux dans une conférence.

Son projet était ambitieux, il va sans dire, surtout en ce qui a trait aux conférences au musée ; c'était forcer un peu la chance. Mais Penelope était impatiente de voir la collection sur l'abus du symbolisme dans les portraits historiques mineurs que le *Guide Hixby* recommandait si vivement. Aussi, elle voulait à tout prix la caser dans ses activités du jour. Et,

1. Le *crumpet* est une pâtisserie anglaise que l'on consomme généralement avec du beurre (*N.d.E.*).

avec tant d'endroits si merveilleux à découvrir, comment pourrait-elle reporter la visite de l'un ou l'autre jusqu'au lendemain ?

La gouvernante croyait avoir planifié judicieusement chaque quart d'heure de sa journée, mais elle n'avait pas prévu que les enfants auraient le vague à l'âme. Elle comprit donc que son plan devait subir quelques modifications. Elle prit une grande inspiration, puis demanda :

— Qui veut un petit-déjeuner ?

Cette suggestion ragaillardit légèrement les trois Incorrigibles, mais ils étaient toujours trop maussades pour répondre.

— Eh bien moi, j'ai faim ! dit-elle en s'approchant de la porte. Je vais descendre pour aller chercher à manger. À mon retour, je m'attends à ce que vous soyez tous les trois sortis du lit, les cheveux peignés, le visage lavé et habillés de la tête aux pieds. Si vous êtes prêts avant que je revienne, exercez-vous à écrire vos lettres cursives. J'ai déjà fixé au mur un schéma qui vous sera utile.

Encore une fois, l'optimisme de Penelope se manifestait, car les deux plus jeunes Incorrigibles avaient une écriture débraillée même lorsqu'ils s'appliquaient, Cassiopée avait beaucoup de peine à épeler son propre nom, et même Alexandre était enclin à confondre ses *p* avec ses *q*.

Cependant, Penelope avait la conviction que la meilleure stratégie consistait à mettre la barre haut et à encourager les enfants à sauter pour l'atteindre. C'était de cette façon qu'elle avait elle-même appris, après tout. Agatha Swanburne l'avait un jour fait remarquer : « Lorsqu'un grand saut est nécessaire, un départ avec élan fait toute la différence, alors élancez-vous ! ».

Elle partit sans attendre de réponse. Penelope n'avait aucune idée de ce qu'elle pourrait trouver dans la cuisine ; elle n'avait pas encore vu madame Clarke, et tous les domestiques préparaient frénétiquement la maison en vue de l'arrivée de lord et lady Ashton.

« Mais même si le petit déjeuner n'a pas été préparé, se dit-elle avec détermination, une voie portant le nom de Muffinshire Lane sera certainement munie d'une charmante petite boulangerie à proximité. »

Puis elle descendit à la cuisine, depuis l'étage des logements des domestiques et des enfants, en passant par des paliers et des paliers de salons et de séjours, de bibliothèques aux panneaux sombres et de chambres d'invités. Il y avait tout un étage destiné à l'usage du maître et de la maîtresse de la maison, avec des chambres à coucher spacieuses, des dressings et des cabinets de toilette dernier cri à couper le souffle, qui comportaient même des toilettes avec une chasse d'eau et des baignoires sabots pouvant chauffer l'eau du bain.

Elle parvint finalement à l'étage du bas, qui était le domaine du cuisinier, des bonnes de l'arrière-cuisine et des blanchisseuses. Bien que le cuisinier ne fût nulle part en vue, Penelope découvrit une grosse casserole de bouillie d'avoine gardée au chaud sur le feu de la cuisine. Elle remplit elle-même les bols, les saupoudra de cannelle et de sucre et, comme elle ne savait pas comment faire fonctionner le monte-plats, elle transporta le repas sur un plateau de service en gravissant les nombreux étages.

À son grand soulagement, les enfants l'attendaient dans sa chambre. Ils avaient revêtu leurs habits, mais affichaient toujours un air morose. Alexandre avait obstinément gardé sur ses épaules sa couverture, qui l'enveloppait comme une cape, et personne ne s'était essayé aux lettres cursives. Penelope attendit que les Incorrigibles aient terminé leur bouillie d'avoine avant de parler.

— N'était-ce pas délicieux ? dit-elle en empilant les bols vides sur le plateau. J'aime tellement le goût de la cannelle. Maintenant, lavez vos mains et mettez vos manteaux, vite, vite ! Nous avons une journée fascinante devant nous !

Il y eut des gémissements de protestation. Penelope les ignora.

— Je veux d'abord envoyer une note à mademoiselle Mortimer, pour lui faire savoir que nous sommes arrivés à Londres et que nous avons hâte de la voir. Nous irons la porter nous-mêmes au bureau de poste. Après...

Elle s'arrêta, car elle-même se doutait que son projet grandiose du jour pousserait n'importe qui à courir se cacher sous les couvertures.

— Nous irons explorer, conclut-elle. J'ai créé un itinéraire de marche. Ce sera très éducatif.

— Sextant ? demanda nerveusement Beowulf. Astrolabe ?

— Non, nous n'avons pas besoin d'un sextant ni d'un boulier. Cassiopée, rangez-le, s'il vous plaît.

Penelope donna deux petites tapes de confiance sur le *Guide Hixby*.

— La journée d'hier a été un gâchis en quelque sorte, mais je crois avoir les choses en main maintenant. Après notre visite au bureau de poste, nous nous dirigerons vers le palais de Buckingham.

Elle crut percevoir un brin d'intérêt sur les visages de ses trois élèves et ajouta :

— C'est là où la reine Victoria et le prince Albert habitent, vous savez ?

Sous la table, où il croyait sans doute passer inaperçu, Beowulf retira ses chaussures pour les remettre aux bons pieds.

— Carte postale du palais ? demanda Alexandre en laissant sa couverture tomber sur le plancher.

Cassiopée se leva d'un bond à la suggestion de son frère.

— Noi... Noisette... Noisettaouuuuuuuuuu ! hurla-t-elle d'excitation, et elle tendit son manteau à Penelope.

— Bonne fille ; pense à ce que nous allons écrire à Noisettaou. Il serait certainement déçu si nous avions fait tout ce voyage jusqu'à Londres pour ne rien faire, à part nous morfondre dans la maison.

Penelope se sentait un tantinet ridicule de prétendre qu'elle se souciait de l'opinion de Noisettaou. « Après tout, pas même Edith-Anne Pevington n'écrivait de cartes postales à Arc-en-ciel, ce brillant poney, pensa-t-elle en aidant la petite fille à entrer ses bras gigotants dans les manches. Mais l'imagination des enfants doit être satisfaite. »

(En fait, Penelope avait tort, car il y avait un livre à la fin de la série « Allez hop, Arc-en-ciel ! » dans lequel l'héroïne Edith-Anne Pevington, éperdue de son poney, envoyait bel et bien une carte postale imagée à Arc-en-ciel lors d'un voyage autour du monde avec sa tante excentrique. Hélas, *Edith-Anne fait un voyage tandis qu'Arc-en-ciel reste à la maison* n'était pas l'un des livres à succès de la série populaire, ce qui explique peut-être pourquoi Penelope ne l'avait pas lu.)

De toute façon, son nouveau plan avait fonctionné : grâce à un petit déjeuner chaud, une petite manipulation à la fois ferme et gentille et un petit coup de pouce utile (bien qu'imaginaire) de la part d'un écureuil, les trois Incorrigibles avaient réussi à se débarrasser de leur fatigue des vacances, et ils étaient alors prêts à se risquer à sortir.

En descendant les premières marches de l'escalier, Alexandre tendit la main vers Penelope pour lui offrir de se charger du *Guide Hixby*.

— Don pour la navigation, se vanta-t-il en imitant plutôt bien ce jeune homme parfaitement gentil équipé d'un sextant, Simon Harley-Dickinson.

Penelope réprima un sourire en pensant à sa nouvelle connaissance. Quelles étaient les chances qu'ils le croisent de nouveau ? Londres était une ville énorme, c'est vrai, mais quelque chose lui disait que sa première promenade avec Simon ne serait pas la dernière.

Et bien qu'elle fût un peu nerveuse à l'idée de laisser le *Hixby* hors de sa vue (comme vous vous en souvenez sûrement, elle n'avait toujours pas oublié l'incident regrettable du train), elle remit le guide à Alexandre avec un tout petit soupçon d'hésitation.

— Très bien, mais assurez-vous de garder l'œil dessus, Alexandre. Et maintenant, les enfants, allons-y. Au bureau de poste, puis (elle eut des papillons dans l'estomac rien qu'en prononçant ces mots) le palais de Buckingham !

Le bureau de poste principal de Londres était si impressionnant que Penelope avait du mal à imaginer comment le palais de Buckingham pourrait le surpasser, c'est-à-dire jusqu'à ce qu'elle et les Incorrigibles arrivent devant la grande demeure. Puis elle comprit que c'était tout à fait possible, car il y a une différence significative entre un bureau de poste et un palais (il ne faut surtout pas entendre par là un quelconque manque de respect envers les facteurs professionnels, qui remplissent un rôle indispensable dans la société moderne et qui sont reconnus à juste titre par tout rédacteur de lettres raisonnable).

— Regardez ! montra Cassiopée. Maison !

— Non, ce n'est pas le domaine Ashton, rectifia Penelope, bien que Cassiopée eût raison de le croire.

Le palais de Buckingham et la maison du domaine Ashton étaient tous deux d'excellents exemples de l'architecture néoclassique. Autrement dit, ils avaient tous les deux la forme d'une boîte, et leur style était plutôt simple, à la manière des constructions symétriques aux colonnes cannelées. Mais le palais de Buckingham était indéniablement plus grandiose, car c'était un palais après tout, et la famille royale y habitait, du moins lorsqu'elle était en ville : la reine Victoria, le prince Albert et leurs nombreux enfants, ainsi que, pourrait-on présumer, la gouvernante des enfants.

Penelope éprouva soudainement une certaine curiosité : qui était cette gouvernante royale ? Où avait-elle fait ses études et comment abordait-elle son travail ? Éduquer des enfants élevés par des loups était une chose, mais se voir confier la charge de véritables princes et princesses ? C'était tout à fait le genre d'emploi convenant à une fille de Swanburne, si le poste restait à combler. Pourtant, Penelope douta qu'une fille pauvre mais intelligente fût choisie pour un travail aussi prestigieux.

« Mais, assez de ces songeries », se dit-elle, car ils étaient arrivés aux grilles du palais, et ce n'était pas le moment de partir dans une digression.

— Voyons voir ce que monsieur Hixby a à nous dire au sujet de ce point d'intérêt architectural, suggéra-t-elle aux enfants en tournant les pages du guide. Pour ma part, je ne me souviens jamais si ces petits ornements triangulaires au-dessus des colonnes s'appellent « frontons » ou « fronteaux »... ah, le voilà ! Palais de Buckingham. C'est écrit : « Le palais royal est chaud et majestueux, celui qui a froid et faim doit faire la queue. »

— Poème, observa Beowulf.

— Vous avez raison, Beowulf.

Elle aussi avait remarqué que la plupart des renseignements étaient présentés sous forme de petits poèmes, sauf pour la dix-septième galerie du British Museum, dont la description s'étalait sur plusieurs pages.

— Comme c'est curieux, je me demande ce que cela veut dire.

— « Faire la queue », regardez, annonça Alexandre en tirant sur la manche de Penelope et en pointant le doigt.

Une longue file en accordéon, que formaient des gens aux visages tristes vêtus de façon miteuse, serpentait le long du côté du palais et disparaissait derrière le coin. Il y avait des hommes et des femmes de tous les âges, jeunes et vieux, et de nombreux petits enfants blottis contre leurs jambes. L'inquiétude marquait leurs visages, comme si un nuage sombre de difficulté et de déception tenait en suspension, juste au-dessus de leurs têtes.

— Besoin d'un billet ?

La voix de l'homme fit sursauter Penelope, et elle se surprit à dissimuler le guide sous sa pèlerine. Alexandre, Beowulf et Cassiopée firent tous un pas pour se coller à leur gouvernante.

— Un billet pour quoi ? demanda cette dernière.

— Un billet pour faire la queue, répondit le petit homme maigre revêtu d'un long manteau à damiers. Vous auriez dû arriver plus tôt, si c'est le cas. Les billets d'aujourd'hui sont écoulés depuis un bon moment déjà.

Cassiopée sortit le bout du nez de derrière les jupes de Penelope.

— Billet quoi ?

L'homme leva un sourcil en posant le regard sur Cassiopée.

— Elle veut savoir pourquoi tous ces gens attendent en file, traduisit Penelope.

— Vous venez d'ailleurs, hein ?

Il lança un regard de côté vers Cassiopée, puis joignit fermement ses mains l'une dans l'autre et leva les yeux vers le ciel.

— Des jours meilleurs, mademoiselle ! Ils attendent que viennent des jours meilleurs, et souhaitons-leur bonne chance, que je dis. En attendant, un billet leur vaudra une ration des restes de la cuisine du palais.

Il se frotta le ventre, puis parla fort et lentement à l'intention des enfants.

— Ils attendent leur croûte. C'est la queue pour la soupe des indigents.

— C'est généreux, je suppose, répondit fébrilement Penelope.

Recevoir des restants à manger, c'était certainement mieux que de ne rien manger du tout. Mais toute une famille qui fait la queue pour obtenir des restes, comme des chats vagabonds miaulant au seuil de la porte de la cuisine ? C'était injuste, à son avis.

— Vous n'avez donc pas besoin d'un billet ?

L'homme considéra les enfants d'un œil évaluateur. Leurs cheveux étaient toujours emmêlés (Penelope s'était trouvée si impatiente de les faire sortir de la maison qu'elle ne s'était même pas donné la peine de corriger leurs tentatives de démêlage), mais leurs vêtements étaient d'une qualité décente et bien entretenus.

— Je n'ai pas voulu vous vexer, mademoiselle. Désolé de vous avoir dérangée.

Penelope ne pouvait s'empêcher de tourner son regard vers les gens affamés de la file. Elle se demanda depuis combien de temps ils attendaient.

— Je ne comprends pas, dit-elle à l'homme. Je croyais que vous disiez que tous les billets d'aujourd'hui avaient été distribués ?

— Oh, il n'y en a plus, effectivement, depuis longtemps. Mais pour la bonne personne et pour le bon prix, il est toujours possible de trouver un billet.

Il ouvrit sa main en révélant ce qui semblait être tout un rouleau de billets, lequel disparut rapidement dans l'une de ses nombreuses poches.

Penelope pouvait à peine y croire.

— Ces billets sont destinés à la charité aux pauvres ; vous-même l'avez dit, le gronda-t-elle. Je suis certaine que ce n'est pas correct d'accepter de l'argent en échange. Vous devriez avoir honte...

Mais l'homme avait déjà disparu dans la foule, toujours à la recherche d'une âme malheureuse assez désespérée pour vouloir payer en échange des billets gratuits qu'il avait réussi à amasser.

Si l'on en croyait les paroles d'Agatha Swanburne, « ne regardez pas tout de suite, mais tout est sur le point de changer », cet incident était un parfait exemple de ce que la femme pleine de sagesse avait dû vouloir dire, car même si Penelope avait commencé la journée d'une humeur on ne peut plus fringante, elle était à présent, comme le dit si bien l'expression, montée sur ses grands chevaux.

— C'est rageant ! lança-t-elle à la cantonade. J'ai la certitude que si la reine Victoria apprenait la malhonnêteté de cet homme, Sa Majesté serait très mécontente.

Sur ce, Penelope marcha d'un pas furieux vers le palais.

— Lumahouu, appelèrent les enfants, soudainement inquiets, en accélérant pour la rattraper. Où allons-nous ?

— Je vais demander qu'un message soit transmis à la reine Victoria, expliqua-t-elle sans ralentir le pas.

— Victoriahouuuuuuuuuuu ! hurlèrent d'enthousiasme les enfants.

Tout en sautillant sur les pas de leur gouvernante, les garçons se mirent à répéter leurs révérences et leurs phrases socialement utiles :

— Mes hommages, Votre Majesté ! Enchanté ! Quel temps splendide ! Ravi de faire votre connaissance, et ainsi de suite.

Pendant ce temps, Cassiopée s'inclina si bas qu'elle culbuta, puis dut galoper pour les rejoindre.

— Je ne crois pas que nous pourrons la rencontrer. La reine est très occupée.

La détermination de Penelope augmentait à chacun de ses pas.

— Mais quelqu'un doit lui faire savoir ce qui se passe. Peut-être qu'un policier pourra nous aider.

Elle regarda autour d'elle et aperçut un garde en uniforme qui se tenait bien droit devant le portail du palais. Il n'était pas policier, mais il semblait occuper une fonction officielle ; il ferait sûrement l'affaire.

— Monsieur ! Monsieur !

Penelope avait atteint la grille, tandis que les enfants approchaient derrière elle.

— Puis-je vous parler un moment ?

Le garde resta immobile. Même ses yeux étaient figés.

— Je vous demande pardon, monsieur, répéta Penelope assez énergiquement, car une fille de Swanburne montée sur ses grands chevaux ne doit pas être prise à la légère. Il y a un problème plutôt urgent que j'aimerais porter à l'attention de Sa Majesté immédiatement. Pouvez-vous m'aider ?

Insensible à sa cause, le garde maintint son regard fixe droit devant lui. Penelope crut un instant que c'était peut-être une statue. Sa silhouette élégante était très bien coupée, assurément, dans une tunique écarlate svelte tombant par-dessus un pantalon bleu foncé, avec une ceinture d'un blanc immaculé sanglée à la taille. Mais l'élément le plus saisissant de son uniforme était le chapeau. Il était énorme, pour commencer, et avait la forme d'un baril, et on aurait dit qu'il était entièrement fait de fourrure.

Alors que Penelope se trouvait tout près du garde, elle remarqua que la masse de fourrure qui lui cachait la moitié du visage lui ôtait toute ressemblance avec un être humain. Si l'on exceptait le reste de son uniforme, il pouvait facilement être confondu avec...

— Un ours ! Un ours !

— *Haouuuuuuuuuuuuuuuu !*

Les enfants lâchèrent une furie de hurlements. Beowulf se tut assez longtemps pour renifler profondément.

— Un ours ! cria-t-il en guise de conclusion en désignant du doigt la tête du garde.

Cassiopée s'accroupit en boule, prête à bondir comme un ressort sur le pauvre homme. Alexandre montra les dents et émit le grondement le plus féroce que l'on puisse imaginer.

— Un ouuuuuurs !

Et ils s'élancèrent à l'unisson.

— Non ! Les enfants, arrêtez ! N'attaquez pas !

Penelope était morte de peur. Car le garde, puisqu'il était un garde, portait un fusil. L'arme était à cet instant appuyée sur son épaule, et le canon pointait droit vers les Incorrigibles.

Sans penser aux conséquences, Penelope se jeta, elle aussi, sur le garde.

— Ce ne sont que des enfants ! cria-t-elle. Ne tirez pas !

— Des enfants ? Une « meute de louveteaux » serait plus exact.

C'était le garde qui avait parlé, tout près d'elle ; pour une raison obscure, Penelope ne pouvait plus le voir, car elle se trouvait tout à coup dans le noir.

— Écoutez bien, mademoiselle. C'est mon devoir de protéger le palais de la reine, et le protéger est ce que je ferai. J'ai pour ordre formel de ne pas converser avec les touristes, vous m'avez donc déjà mis dans l'embarras. Doucement, jeune garçon ! Ce chapeau est fait à cent pour cent de fourrure d'ours canadien, et il coûte une somme fabuleuse. Je ne voudrais pas avoir à expliquer à mon commandant pourquoi il m'en faudrait un autre tout neuf.

C'est seulement à ce moment que Penelope comprit qu'elle gardait les yeux fermés parce qu'elle était terrifiée. Très lentement, elle les rouvrit et découvrit une scène sidérante : Cassiopée avait les dents enfoncées dans le pantalon du garde et elle avait entortillé sa jambe de ses quatre membres. Alexandre se balançait, pendu au fusil comme s'il s'agissait d'un barreau dans une cage à grimper, tandis que Beowulf était perché sur la tête de l'homme et se battait vigoureusement contre le chapeau.

— Ours ? demanda Cassiopée avec curiosité, levant les yeux vers le chapeau.

— C'était un ours autrefois. Aimeriez-vous le caresser ?

Le garde leva les bras pour enlever son chapeau, ainsi que Beowulf, puis il tendit son chapeau à la fillette.

Alexandre glissa du canon du fusil et se laissa tomber au sol.

— Pardonnez-moi, dit-il en saluant le garde. Enchanté.

Puis les deux garçons s'inclinèrent, et Cassiopée lui fit une petite révérence.

— Tout le plaisir est pour moi, ouaf ! dit-elle de sa voix flûtée.

Le garde était manifestement impressionné.

— Quelle politesse ! J'aimerais que mon garçon ait d'aussi bonnes manières.

Il se tourna vers Penelope.

— Je ne peux vous aider avec la reine. Mais si vous avez une idée, déposez-la dans la boîte à suggestions. C'est tout ce que je peux vous dire.

— Une autre fois, peut-être. Merci. Toutes mes excuses pour le dérangement.

Penelope éloigna les enfants de la grille, et ils traversèrent tous les quatre la place, jusqu'à ce qu'elle trouve un banc libre dans un endroit tranquille du parc. Elle s'y assit, car ses genoux tremblaient sous sa jupe, et elle ne voulait pas que les enfants le remarquent.

De leurs côtés, ces derniers étaient formidablement excités. Ils débattaient de leur prochaine destination.

— Parc Saïnt-James !

— Big Ben !

— British Miou-eezum ! suggéra Cassiopée en prononçant incorrectement le mot, toute mignonne.

— Votre enthousiasme est admirable, les enfants, commenta Penelope tout en se tapotant le front à l'aide d'un mouchoir. Mais je dois l'avouer, j'ai eu mon lot d'attractions pour aujourd'hui.

Un cas tardif de fatigue des vacances se manifestait peut-être finalement chez la jeune gouvernante à l'attitude habituellement courageuse. Ou peut-être était-ce la vue des trois Incorrigibles fixant une fois de plus le canon d'un fusil (comme lors de ce jour fatidique où lord Fredrick Ashton les avait découverts, courant en liberté dans les bois du domaine Ashton ; il leur aurait tiré dessus si ce n'avait été de l'intervention de dernière minute du vieux Timothy, l'énigmatique cocher) ? Eh bien autrement dit, c'était simplement trop pour Penelope, et elle ne pouvait se résigner à tuer le temps (pardonnez l'expression) pour le reste de la journée.

De toute évidence, les enfants étaient déçus. Mais leur gouvernante avait pris une décision, et (ils le savaient très bien) aucun gémissement ni larmoiement ne la ferait changer d'idée. De toute façon, il y avait un bon moment qu'ils avaient pris leur petit déjeuner, et les quatre voyageurs avaient grandement besoin de thé et de quelque chose de sucré à se mettre sous la dent.

Alors, sans discuter, avec Alexandre toujours responsable du *Guide Hixby*, Penelope et les Incorrigibles entamèrent le chemin du retour. C'était sans doute l'effet de la fatigue des vacances, mais Penelope n'arrivait même pas à contempler le spectacle des rues de Londres défilant sur son chemin. Elle avait cru que cette ville resplendirait de culture et de choses fascinantes à découvrir. À la place, la métropole lui paraissait comme la forêt du domaine Ashton : un *paysage sinistre* camouflant un danger dans chaque recoin.

Ce ne fut qu'après que ses pensées eurent inopportunément vagabondé vers le domaine Ashton et qu'Alexandre eut réussi à les mener à bon port, au numéro douze, Muffinshire Lane, que Penelope le comprit : dans toute l'agitation de la matinée, ils avaient complètement oublié d'acheter une carte postale pour Noisettaou.

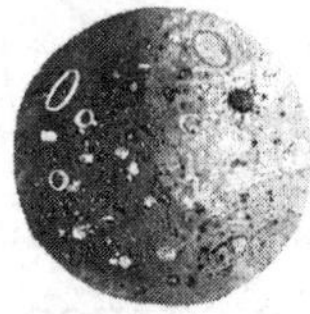

Chapitre six

PENELOPE TROUVE UNE NOUVELLE CRÉATURE À APPRIVOISER.

Après une matinée aussi mouvementée, Penelope avait besoin de se tourner vers des passe-temps tranquilles et apaisants. Elle avait envie de lire quelques poèmes aux enfants, de les faire rédiger leur journal en silence et de faire éventuellement un somme, dans la mesure où les Incorrigibles se laisseraient convaincre.

Mais à leur retour, les quatre aventuriers trouvèrent le numéro douze, Muffinshire Lane, dans un état des plus tumultueux. Les domestiques du domaine Ashton nettoyaient frénétiquement la demeure, bien qu'elle fût déjà impeccable : ils aéraient le linge de maison, époussetaient le bric-à-brac, faisaient les lits, balayaient les tapis, ciraient les boiseries ; bref, ils s'assuraient quc tout fut immaculé en vue de l'apparition imminente de lady Constance et lord Fredrick.

Le brouhaha était si accaparant que même madame Clarke ne pouvait tenir en place assez longtemps pour donner un bonjour approprié à Penelope et aux enfants, et ce, malgré le fait qu'elle ne les avait presque pas vus depuis leur arrivée à Londres.

— Ah ! s'écria la servante en chef en se propulsant d'une tâche à l'autre.

Dans son va-et-vient, sa voix résonnait curieusement comme le son d'une sirène, car elle MONTAIT, puis baissait, MONTAIT, puis baissait, selon qu'elle s'approchait ou s'éloignait.

— Mademoiselle Lumley, où étiez-vous passée ? Je croyais que les enfants et vous étiez tombés dans la Tamise ! Bien, ne restez pas là à bloquer le passage. Hou là ! Prends garde, Margaret ! Si tu utilises autant de cire sur le plancher, nous devrons porter des patins à glace pour valser d'une pièce à l'autre.

Si Penelope avait été d'une humeur plus gaie, l'idée de madame Clarke perchée sur des patins à lame, tournoyant et bondissant avec grâce d'un bout à l'autre d'une étendue de glace, lui aurait donné une envie quasi irrésistible de rire. Mais elle demanda simplement :

— Madame Clarke, les enfants et moi avons vraiment besoin d'un thé. Pouvons-nous le préparer nous-mêmes dans la cuisine et l'emporter en haut ? Nous veillerons à ne pas vous gêner.

— Le préparer vous-mêmes ? L'emporter en haut ? Il n'en est pas question ! Nous ne pouvons nous permettre de renverser quoi que ce soit. Je demanderai à Margaret de vous l'apporter, avant qu'elle ne fasse un trou dans le plancher à force de frotter. Et faites attention de ne pas laisser d'empreintes de doigts sur la rampe, lança madame Clarke par-dessus son épaule (car elle vrombissait alors vers la salle à manger). Lord et lady Ashton seront ici avant le dîner – l'argenterie est bien lustrée, Suzy ? –, et tout doit être parfaitement en ordre.

Elle revenait déjà de la salle à manger ; décidément, des patins à glace lui auraient fait gagner beaucoup de temps.

— Il y a encore une tache sur la louche, Sue ! Oh, mademoiselle Lumley, avant que j'oublie, vous avez reçu une lettre. Elle est sur la console près de l'escalier. Attention, Gladys ! C'est un plumeau, pas une batte de cricket ! Vas-y doucement avec cette plante en pot, si tu ne veux pas qu'elle perde toutes ses feuilles.

— Frondes, corrigea Alexandre, car la plante en question était en fait une fougère, aussi ses feuilles s'appelaient officiellement des « frondes ».

En temps normal, Penelope aurait été très fière de l'expertise ptéridomaniaque du garçon, mais à la mention du mot « lettre », son esprit avait dérapé dans une digression, et il se trouvait toujours ailleurs.

« Non seulement le bureau de poste principal est un édifice magnifique, mais c'est aussi un modèle de grande efficacité, pensa-t-elle. J'ai envoyé ma lettre à mademoiselle Mortimer seulement ce matin et, ma foi, sa réponse m'est déjà parvenue. »

L'idée même que quelqu'un ait exécuté ses responsabilités si promptement, sans dévier de son objectif, exactement comme l'aurait fait une fille de Swanburne, remonta instantanément le moral de Penelope.

C'était une assez bonne raison pour se remonter le moral, car à l'époque de mademoiselle Penelope Lumley, le bureau de poste de Londres était tout sauf inefficace. Les livraisons étaient effectuées cinq fois par jour, grâce à une armée de travailleurs de la poste au pas rapide qui distribuaient le courrier aussi vite que l'éclair. Munie d'un timbre d'un penny portant l'image de la reine Victoria elle-même, une lettre atteignait sa destination quelques heures seulement après avoir quitté le bureau de poste.

Penelope était si éblouie par cette merveilleuse démonstration de compétence postale (et pour un seul penny, rappelons-le, pourvu que la lettre pesât moins d'une demi-once) qu'elle n'avait pas remarqué que la lettre qu'elle tenait dans ses mains ne venait pas de mademoiselle Mortimer. C'est seulement après avoir escaladé l'escalier, installé les enfants devant leur journal, ajouté deux sucres et un trait de crème dans son thé, et après l'avoir remué (Margaret avait le mérite d'avoir livré le plateau de thé sans en avoir renversé une seule goutte, en plus d'y avoir ajouté une petite assiette de biscuits), que Penelope s'assit dans un petit fauteuil, ouvrit l'enveloppe à l'aide d'un coupe-papier et commença à lire la lettre.

Chère mademoiselle Lumley,

C'était un plaisir de vous rencontrer avec les enfants. Je voulais vous dire que j'ai commencé à travailler plusieurs pièces à la fois ; merci pour toute l'inspiration !
Un petit rappel : si vous gardez l'étoile du Nord en vue et le vent dans votre dos, vous n'aurez aucun problème à naviguer dans la ville, où que vous désiriez aller.

Au plaisir,
SHD

— Parbleu, cette lettre vient de Simon Harley-Dickinson ! s'exclama-t-elle.

Puis elle plaqua sa main sur sa bouche, car elle-même ne comprenait pas tout à fait pourquoi elle était soudainement si enchantée par la réception de cette brève correspondance provenant de la mauvaise personne.

— Lumahouu heureuse, observa Beowulf en appliquant ses couleurs d'aquarelle par petites touches.

— Nouvel ami, ajouta Alexandre en prenant une pause dans son travail pour tailler son crayon.

— Simahouu, fredonna distraitement Cassiopée en dessinant. Simahouu, Simahouu, Simahouuuuuuuu...

— Tss-tss, les enfants ! C'en est assez de cette conversation, pour l'instant ; veuillez vous concentrer sur votre journal.

Penelope rangea la lettre dans sa poche de tablier, puis elle retrouva rapidement son attitude professionnelle, extérieurement du moins.

Pendant quelques minutes, le grattement des crayons et le tourbillon des pinceaux étaient les seuls sons que l'on pouvait entendre dans la minuscule nursery improvisée. Puis :

— Comme le dit Agatha Swanburne, « parler moins, faire plus ».

Alexandre semblait tout à fait sérieux et tout comme son frère et sa sœur, il avait la tête penchée au-dessus de son travail. Mais Penelope avait l'impression que les trois Incorrigibles retenaient leurs rires. Elle se munit de sa voix de gouvernante la plus stricte.

— Il ne fait aucun doute qu'Agatha Swanburne a effectivement dit quelque chose de semblable, mais qu'elle l'ait dit ou non, c'est un conseil qui vaut la peine d'être suivi. Bien, où en êtes-vous dans vos entrées de journal sur notre visite au palais de Buckingham ? Avez-vous des questions sur l'architecture néoclassique ? L'utilisation des frontons ? La pratique de la primogéniture dans la monarchie héréditaire britannique ?

Penelope se rendait bien compte qu'elle jacassait, mais elle ne pouvait s'arrêter. La lettre inattendue de Simon faisait pétiller son cerveau, en quelque sorte.

— Terminé.

Alexandre déposa son crayon et tendit fièrement sa feuille à Penelope. Dans des proportions beaucoup plus grandes, Alexandre avait dessiné sa propre version naïve du type de scène alpine représentée sur les minuscules aquarelles du *Guide Hixby*. Son paysage se composait d'un lac bleu cristallin et d'un pré tacheté de jolies fleurs blanches, avec des sommets enneigés en arrière-plan.

Le dessin prit Penelope par surprise, mais elle pouvait difficilement être déçue, car il s'agissait d'un paysage absolument charmant.

— Alexandre, comme c'est ravissant ! dit-elle chaleureusement. En regardant ce dessin, je peux presque sentir l'air frais des montagnes.

Elle mima son impression en humant l'air.

— Vous voyez ? C'est si vivant que je serais portée à dire que je connais déjà ce lieu. Trouvons-lui un endroit sûr où il pourra sécher.

Ravi, Alexandre étendit l'aquarelle sur le rebord d'une fenêtre, puis il posa un livre sur chaque coin pour ne pas qu'elle s'envole.

— Cassaouaf fini aussi.

La fillette agita sa feuille à l'intention de son enseignante, impatiente de recevoir ses éloges. Penelope saisit le dessin avec le sourire aux lèvres, lequel s'estompa rapidement à la vue de la page occupée par un grand griffonnage marron inquiétant, orné d'une bande blanche sur le milieu et surmonté de ce qui ressemblait à un pull rouge.

La silhouette brandissait les bras de manière très menaçante. Pire, elle possédait de longues griffes aiguisées, desquelles dégoulinaient des traînées de rouge (était-ce censé être du sang ?).

— Ours, démystifia triomphalement Cassiopée.

Puis elle leva les bras et raidit ses doigts, exactement comme les griffes du portrait.

— Grr ! gronda-t-elle en montrant les dents.

Elle tituba vers son frère aîné avec ses pattes d'ours tendues.

Alexandre, pour jouer le jeu, allongea le bras comme s'il s'agissait d'un fusil.

— Oui, oui, je comprends ! coupa Penelope tout en abaissant le bras d'Alexandre. Vous avez dessiné un ours, mais vous pensez aussi à l'uniforme du garde, car l'ours porte des vêtements. C'est tout de même un ours, et un ours terrifiant, par ailleurs.

— Un ours, admit Cassiopée.

D'humeur espiègle, elle ajouta un dernier grondement assoiffé de sang :

— Un ours !

— Des bruits d'ours très convaincants, Cassiopée ! Si vous ne faites pas attention, vous pourriez très bien vous retrouver vous-même sur la scène. Maintenant, voyons voir ce que nous a préparé Beowulf.

Penelope était déterminée à détourner le sujet des ours diaboliques et des fusils dangereux. Elle savait de plus que Beowulf avait beaucoup de talent pour le dessin ; il avait sûrement eu le temps de réaliser un croquis à petite échelle des colonnes cannelées et des formes symétriquement apaisantes du palais de Buckingham, sans y inclure de griffes ensanglantées. Du moins, c'est ce qu'elle espérait.

— Pas terminé, annonça-t-il humblement, puis il haussa les épaules et présenta la feuille à sa gouvernante.

Le dessin de Beowulf était beaucoup plus élaboré que ceux de son frère et de sa sœur, et il manquait un peu de couleurs en arrière-plan, mais l'idée générale se dégageait de façon on ne peut plus claire et effrayante.

Dans le ciel : la pleine lune, sa lueur surnaturelle partiellement obscurcie par des nuages sombres tourbillonnants.

En avant-plan : le dense sous-bois de fougères d'une forêt, bordé par quelques troncs d'arbres noueux sans cime.

Au centre de la feuille : une vieille femme enveloppée d'une cape, son sourire sournois révélant de grandes dents coupantes, dont quatre incisives saillantes d'un blanc éblouissant, et une longue queue de loup sortant de derrière ses linceuls.

Cassiopée et Alexandre applaudirent et jappèrent d'admiration, alors que Penelope sentit son sang se glacer.

— Est-ce la gitane que nous avons rencontrée hier ? demanda-t-elle, devinant déjà la réponse.

La ressemblance était frappante, à l'exception des dents et de la queue, bien entendu.

Beowulf hocha la tête.

— La chasse est ouverte, dit-il d'une voix tremblante.

À cette remarque, son frère et sa sœur s'accroupirent en position défensive et se mirent à pleurnicher.

— Quoi ? Que voulez-vous dire, Beowulf ? interrogea Penelope en observant, inquiète, ses trois élèves soudainement anxieux.

Les enfants ne répondirent pas, du moins pas directement.

— Ahouuuuuuuuuu, pleurèrent-ils doucement.

— Ahouuuuu, Ahouuuuu !

Les hurlements retentirent de plus en plus fort ; aussi Penelope s'empressa-t-elle de fermer les fenêtres. Bien qu'elle n'eût pas une grande expérience de la vie citadine, elle était certaine que trois enfants aboyant et jappant à pleins poumons ne seraient pas accueillis à bras ouverts par le voisinage.

En retournant à son fauteuil, elle attira les Incorrigibles contre elle et fit de son mieux pour les rassurer.

— Quelle merveilleuse imagination vous avez, Beowulf, d'avoir créé cette scène si dramatique et effrayante ! Bien sûr, la gitane était bien assez réelle, continua-t-elle. Mais les dents et la queue, et cette lune funeste ; ce sont des choses qui n'existent pas, alors il n'y a aucune raison d'avoir peur.

Les enfants n'avaient pas l'air convaincus. Penelope était sur le point de leur expliquer qu'un journal est fait pour recueillir des événements réels, et non un ensemble de rêves inquiétants comportant des gitanes aux dents coupantes et à la queue hérissée, mais quelque chose sur les visages de ses élèves l'arrêta, et elle demanda :

— Est-ce que quelque chose de désagréable s'est produit, lorsque je vous ai laissés seuls avec cette étrange femme ?

— La chasse est ouverte, pleurèrent les Incorrigibles, avant d'émettre une nouvelle série de hurlements inquiets.

— Ahouuuuuuuuuuu ! Ahouuuuuuuuuuu !

Penelope caressa la tête des enfants et leur murmura des sons apaisants.

« "La chasse est ouverte." Quelle expression ! J'aimerais bien lui demander ce qu'elle a voulu dire, songea résolument Penelope. Peut-être que monsieur

Harley-Dickinson sait qui elle est et comment on peut la retrouver ; après tout, elle fréquente son quartier. Je vais lui écrire sans tarder. »

Lorsque la voiture du domaine Ashton s'arrêta finalement devant l'entrée du numéro douze, Muffinshire Lane, et que le vieux cocher Timothy ouvrit la porte des passagers, lady Constance apparut, seule.

Penelope les observait depuis une fenêtre de l'étage. Le vieux Timothy était-il un ami ou un ennemi ? Elle le soupçonnait toujours d'être le fautif qui avait lâché l'écureuil dans la maison le soir du bal de Noël, dans le but de provoquer une attaque de loups par les enfants. Pourtant, si ce n'avait été du vieux Timothy, les trois Incorrigibles n'auraient jamais été rescapés des bois du domaine Ashton en premier lieu. À la place, ils auraient peut-être fini auprès des nombreux trophées de chasse dans le bureau de lord Fredrick, ces animaux aux yeux de verre et à la pose raidie par la taxidermie... Oh, comme c'était horrible d'y penser !

Les domestiques émergèrent de la maison telle une armée de fourmis pour prendre les nombreuses malles aux revêtements fleuris de lady Constance. Les enfants s'étaient exténués avec leurs hurlements ; ils s'exerçaient maintenant à écrire leurs lettres cursives. Penelope rouvrit donc la fenêtre pour écouter. Elle pouvait entendre nettement la voix de lady Constance depuis la rue pavée.

— Lord Fredrick sera ici à temps pour le dîner. Il a beaucoup de connaissances en ville et il souhaitait faire une visite à son club de Londres avant de s'installer dans la maison de ville. C'est tout à fait compréhensible.

Lady Constance avait parlé sur un ton gai, d'une manière exagérément vive qui suggérait clairement qu'elle s'efforçait de ne pas pleurer, et peut-être même qu'elle n'y arrivait pas complètement.

« Pauvre lady Constance, pensa Penelope, dans un élan de sympathie. Lord Fredrick ne lui accorde presque pas d'attention. C'est peut-être la raison pour laquelle elle a si souvent mauvais caractère. »

Cette réflexion pourrait passer pour une observation astucieuse de la part d'une fille de quinze ans sans expérience personnelle de la vie maritale (comme il a été mentionné précédemment, Penelope n'avait eu que de rares contacts avec les garçons en général, et aucun avec des maris potentiels). Mais elle avait appris du Dr Westminster, le vétérinaire de Swanburne, que certaines créatures deviennent extrêmement malheureuses si elles sont trop souvent laissées seules, et cette tristesse peut facilement se transformer en agressivité. Par conséquent, leur gardien et les autres créatures de la même espèce les évitent, ce qui les rend encore plus esseulées, méfiantes et hargneuses.

Une bonne dose de gentillesse et de patience, sans oublier de bons réflexes et de généreuses réserves de gourmandises, est nécessaire pour renverser une situation semblable en évitant de subir d'affreuses morsures. Une telle guérison serait elle envisageable pour lady Constance ?

Si c'était possible, théorisa Penelope, et si lady Constance n'était pas si terriblement gâtée, mais qu'elle avait plutôt bénéficié d'une éducation comparable à celle de Swanburne, elle ferait peut-être une compagne parfaitement agréable. Elle et Penelope seraient peut-être même devenues amies, malgré le vaste écart entre leurs statuts sociaux, c'est-à-dire le fait que lady Constance soit la femme d'un lord et que Penelope ne soit qu'une simple gouvernante.

« Enfin, en voilà des "si" et des "peut-être", conclut Penelope. Malgré tout, il n'y a pas de mal à offrir un accueil amical. Aujourd'hui, elle sera fatiguée de son long voyage, mais peut-être que demain, lorsque j'aurai terminé les leçons des enfants, je descendrai sous un quelconque prétexte et je verrai si je trouve le moyen d'entamer une conversation plaisante avec lady Constance. Ce serait le genre de chose gentille et généreuse à faire, une chose que ferait assurément une fille de Swanburne. »

Chapitre sept

LADY CONSTANCE SUBIT UNE SÉRIE DE DÉCEPTIONS POSTALES.

Un poète de renom (non pas Henry Wadsworth Longfellow, qui a écrit la version originale du *Naufrage de l'Hespérus*, que les enfants connaissaient déjà très bien, mais plutôt un autre poète, nommé Robert Burns) a écrit un poème qu'il a tout simplement intitulé *À une souris.*

Vous trouvez peut-être ce titre ridicule et même un peu trompeur, car pourquoi un poète célèbre écrirait-il un poème à une souris ? Surtout qu'il existe tant d'épaves, de cavaliers sans tête, d'oiseaux parlants lugubres et d'autres sujets tout aussi fascinants qui serviraient de thèmes idéaux.

Il est toutefois possible que monsieur Burns ait usé de sa licence poétique. Il s'agit d'une licence qui permet aux poètes de dire des choses qui ne sont pas tout à fait véridiques sans se faire accuser de raconter des mensonges. N'importe qui peut obtenir cette licence, si on considère cependant que le pouvoir qu'elle concède doit être exercé de manière responsable. (Un conseil d'ami : lorsqu'on vous demande pourquoi vous avez remis le carton de lait vide dans le réfrigérateur, si vous répondez que c'est votre incorrigible sœur, Lavinia, qui l'a remis dans le réfrigérateur alors qu'en réalité vous êtes la personne coupable du méfait, au cours du procès qui s'ensuit, le juge ne sera pas impressionné de vous entendre prétendre que votre baratin a été utilisé en vertu de votre « licence poétique ».)

Toutefois, le titre *À une souris* ne constitue pas un exemple de licence poétique, car le poème a véritablement été dédié à une souris, ce qui prouve qu'on ne sait jamais quel rongeur touffu peut vous inspirer sans prévenir. Dans le cas de monsieur Burns, l'inspiration l'a frappé après que sa charrue a passé sur le nid d'une petite bestiole et l'a réduit en miettes. Les excuses que le poète a présentées en huit strophes à la petite souris des champs comprennent ces vers mémorables :

Les plans les mieux élaborés des souris et des hommes
Souvent gauchissent...

Il est à noter que le poème a été écrit dans un vieux dialecte écossais, c'est pourquoi il contient des mots rarement utilisés de nos jours, même en Écosse. « Gauchissent » signifie « vont souvent de travers ». Ce à quoi voulait en venir monsieur Burns, c'est que la souris, qui s'était construit un nid douillet et qui était très contente d'elle-même, était alors la plus malchanceuse des souris, mais c'est ainsi que va la vie, non seulement pour les souris, mais aussi pour les hommes. On planifie quelque chose, puis quelque chose d'autre se produit. Un poète maladroit laboure accidentellement votre maison de souris, que vous retrouvez en mille morceaux en rentrant chez vous ; un rendez-vous important est manqué en raison d'une crevaison sur votre vélocipède ; une proposition parfaitement amicale et bien intentionnée vous est adressée, mais vous l'interprétez comme étant quelque chose de tout à fait différent.

Or, c'était le lendemain de l'arrivée de lady Constance, et Penelope descendit finalement au rez-de-chaussée pour engager la conversation avec sa maîtresse. Son élan de générosité, une intention noble et gentille destinée à offrir un peu d'amitié, fut reçu tout autrement, car l'un des désavantages de bénéficier des livraisons postales cinq fois par jour est qu'elles créent tout autant d'occasions d'être déçu, si une invitation espérée depuis très longtemps manque à venir, une fois, deux fois, trois fois, et toutes les fois suivantes.

Le courrier du matin n'avait rien apporté à la maisonnée, à part le journal quotidien. La livraison du midi avait déposé une publicité vantant les services d'un ramoneur. Il était à présent près de trois heures, et le courrier devait arriver d'une minute à l'autre. C'était le devoir de Margaret d'attendre le facteur à la porte d'entrée, corbeille à courrier argentée en main.

Comme toujours à l'heure de la livraison, le heurtoir fit retentir deux coups secs, suivis des enveloppes, qui glissèrent à travers le passe-lettres en laiton au bas de la massive porte en bois.

Toc ! Toc !

— Est-ce le courrier ?

La voix de lady Constance avait résonné fébrilement dans l'escalier.

— Oui, madame, mais...

— Le courrier ! Le courrier !

Lady Constance descendit bruyamment deux étages à une vitesse dangereuse. Elle dégringola les marches si rapidement que sa coiffure se défit et ses torsades jaunes rebondirent comme des ressorts sur sa tête.

— Le courrier de l'après-midi, enfin ! Ce matin, j'ai envoyé un mot à toutes mes connaissances de Londres pour leur faire savoir que j'étais arrivée. Je m'attends à être *bombardée* d'invitations à déjeuner, et à dîner bien sûr, et à être conviée à toutes sortes d'excursions... Margaret, rappelez-moi de le dire à madame Clarke : nous devons offrir un petit pourboire au facteur ; son sac postal sera assurément très lourd pour toute la durée de notre séjour à Londres...

Mais il n'y avait rien dans la corbeille de Margaret, à l'exception d'une brochure annonçant la crème miracle du Dr Phelps : « Fait disparaître les rides, les taches, les verrues et les bosses, comme par magie ! »

Le drame fut répété une fois de plus à cinq heures, puis une dernière fois à huit heures. À ce moment, la mauvaise humeur de lady Constance avait atteint un degré épouvantable ; l'absence de correspondance semblait écorcher affreusement sa nature déjà délicate. Elle refusa son dîner et exigea qu'on lui apportât à la place un type particulier de pâte d'amande, et madame Clarke dut envoyer le jeune domestique Jasper courir aux quatre coins de Londres pour en trouver. Puis, lady Constance faillit s'ébouillanter dans la baignoire ultramoderne, si bien qu'elle dut être repêchée par deux femmes de chambre terrifiées à la vue de son visage presque brûlé et au son de ses hurlements.

En outre, lord Fredrick ne passait guère de temps à la maison depuis son arrivée à Londres (« Les affaires, très chère », avait-il expliqué en se dépêchant de sortir, une fois son petit déjeuner englouti). Bref, lady Constance était à bout de patience, et la dernière livraison du courrier de la journée était prévue dans exactement une minute et demie.

Hélas, c'est à cet instant précis, après avoir bordé les Incorrigibles, que Penelope était descendue. L'intention de manifester un peu de chaleur à sa maîtresse était toujours ancrée dans son esprit. Elle n'avait aucune idée des déceptions postales de lady Constance, puisque de son côté, elle avait été occupée et heureuse toute la journée, à vagabonder dans les parcs de Londres tout en déterminant leur latitude et leur longitude avec les enfants. Ce sujet d'étude avait été spécialement demandé par Alexandre, soudainement fasciné par le sujet de la navigation, au point de refuser de faire dix pas dans n'importe quelle direction sans consulter sa boussole. Et les enfants avaient admirablement fait preuve de retenue à la vue des écureuils et des pigeons ; Penelope n'avait eu à émettre que quelques avertissements prudents et offrir un biscuit distrayant à l'occasion.

Oui, Penelope était d'une humeur bien différente de celle de lady Constance, car l'idée même de la navigation lui faisait penser à Simon, et la pensée de Simon la rendait gaie, assez gaie pour siffloter oisivement tout en sautillant d'un pas léger d'une marche à l'autre en direction du rez-de-chaussée. Comme par hasard, elle sifflotait le même chant de marin mélodieux que Simon lui-même était porté à siffloter lorsqu'il prenait une mesure sur son sextant. Et Penelope, elle aussi, s'attendait plus ou moins à recevoir une lettre, comme elle avait envoyé un message à Simon le matin même pour lui parler de la gitane. Une réponse pouvait-elle déjà être en route ? Manifestement, à Londres, tout était possible.

— Bonsoir, lady Constance, lança-t-elle joyeusement en apercevant la dame, debout aux côtés de Margaret devant la porte d'entrée. Bienvenue à Muffinshire Lane ! Londres n'est-elle pas merveilleuse ?

Lady Constance se retourna, et Penelope constata que sa maîtresse, d'ordinaire parfaitement bien habillée et parfaitement bien coiffée, était, pour le dire poliment, une épave. Ses joues étaient ébouillantées, ses cheveux étaient frisottés, et ses yeux étaient gonflés et cerclés de gros cernes creux et foncés, comme ceux d'un raton laveur.

— Je ne vois pas ce qu'il y a de si merveilleux, mademoiselle Lumley, rétorqua-t-elle sèchement.

Puis, elle se retourna immédiatement vers Margaret et commença à se tordre les mains désespérément.

— C'est la dernière distribution de la journée, n'est-ce pas ?

— Oui, madame, mais...

— Pourquoi le facteur est-il en *retard* ?

Margaret avala anxieusement sa salive.

— Huit heures n'ont pas encore sonné, madame. Je suis certaine qu'il arrivera bientôt.

Toc ! Toc !

Les deux coups de heurtoir avaient retenti. Penelope observa, perplexe, lady Constance aspirer l'air bruyamment avant de se prendre la gorge à deux mains, le souffle coupé. Margaret attendait simplement, prête à recevoir le courrier. Puis, une unique enveloppe élégante apparut par la fente et atterrit silencieusement dans la corbeille.

— Il était temps ! cria lady Constance. C'est tout ? Une seule lettre ?

— Oui, madame, mais...

— Donnez-la-moi, s'il vous plaît.

— Oui, madame, mais...

La terreur avait réduit Margaret à une seule phrase, mais peu importait le nombre de fois qu'elle la prononça, lady Constance l'ignorait.

— Donnez-la-moi maintenant, ou je la prendrai moi-même !

Lady Constance se jeta sur la corbeille avec l'intention de s'approprier la lettre.

— Mais... c'est pour mademoiselle Lumley, m'dame, couina Margaret.

Elle s'inclina, puis tendit la corbeille à Penelope.

Le silence grave qui s'imposa, avant que Penelope descende la dernière marche, avance de cinq pas prudents vers la porte et prenne délicatement la jolie enveloppe couleur crème dans la corbeille de Margaret, fut brisé par les seuls coucous de l'horloge de parquet, qui sonna l'heure depuis le vestibule. Ce qui veut dire que lady Constance disposa de huit coucous pour pomper sa colère. Elle utilisa le temps à bon escient, et après que le huitième coucou eut retenti, elle leva l'écluse.

— Mademoiselle Lumley, mes yeux me trompent-ils ? C'est la chose la plus impertinente que j'aie entendue !

— Peut-être qu'elle vient du même gentleman qui vous a écrit hier, grinça Margaret sur un ton confidentiel.

Hélas, son ton n'était pas assez confidentiel. Lady Constance fit un pas menaçant vers Penelope.

— Hier ? Voulez-vous dire que vous, une simple gouvernante, avez reçu *deux* lettres différentes depuis votre arrivée à Londres, alors que je n'en ai reçu *absolument aucune* ?

— Je suis désolée, lady Constance.

Penelope désirait ardemment jeter un œil sur l'enveloppe, pour voir si elle venait effectivement de Simon, mais elle n'osait pas le faire devant lady Constance, qui paraissait prête à la déchiqueter de ses dents.

— Ce n'était pas mon intention de recevoir des lettres. Elles sont simplement... arrivées.

Et, peut-être témérairement, elle ajouta :

— Connaissez-vous ce poème de monsieur Robert Burns, intitulé *À une souris* ? Je l'ai lu aux enfants après les avoir mis au lit. Il parle justement de ce genre de choses, lorsque rien ne se produit comme on s'y attendait. « Les plans les mieux conçus des souris et des hommes... »

Malheureusement, même si elle aurait bien aimé poursuivre, Penelope n'eut pas la chance de prononcer « souvent ne se réalisent pas », car lady Constance ne l'écoutait pas.

— Hum ! fit cette dernière, figée par la rage. Hum !

Et elle grimpa l'escalier vers ses appartements solitaires somptueusement décorés, laissant Penelope et Margaret les yeux rivés sur leurs chaussures, du moins jusqu'à ce que leur maîtresse soit assurément hors de vue.

Puis, en évitant toute conversation animée, exclamation de joie ou tout autre signe audible de bonheur qui risquerait de provoquer de nouveau le courroux de la maîtresse de maison, Margaret remit à Penelope le coupe-papier en argent, qui avait patiemment attendu d'être utilisé toute la journée dans sa corbeille. La curiosité intense et torturante de la servante voulait tout dire, tout comme sa manière de sautiller sur place et ses petits rires d'excitation, qu'elle étouffait prudemment de sa main libre.

Mais la lettre ne venait pas de Simon. C'était une réponse de mademoiselle Charlotte Mortimer ! En le découvrant, Penelope se sentit encore plus heureuse, quoique son bonheur fût tout à fait différent.

Heureuse, en tout cas jusqu'à ce qu'elle lise la lettre.

Ma chère Penny,

Je suis si soulagée de savoir que les enfants et vous êtes arrivés à Londres sans problème. Le Guide Hixby *vous a-t-il aidés à trouver votre chemin ?*
Veuillez me retrouver pour déjeuner demain, au restaurant Fern Court *du* Piazza Hotel. *Même si j'ai très hâte de rencontrer vos trois élèves, et j'ai l'intention de le faire dès que ce sera prudent, pour l'instant il est préférable de se parler en tête-à-tête. J'ai des nouvelles à vous annoncer, mais elles ne sont pas toutes bonnes, et aucune ne devrait tomber dans l'oreille des enfants.*
*Je vous demande de garder le lieu et l'heure de notre rencontre secrète. J'y serai sur le coup de midi. Trouvez-moi près de l'*Osmunda regalis.
Surtout, soyez prudente.

Recevez l'expression de mes meilleurs sentiments.
Mademoiselle Charlotte Mortimer

Chapitre huit

ENFIN, PENELOPE REVOIT MADEMOISELLE CHARLOTTE MORTIMER.

Comme les fougères sont loin d'être aussi populaires qu'elles l'ont déjà été, il serait surprenant que vous sachiez qu'« *Osmunda regalis* » est le nom scientifique de l'osmonde royale, une fougère très admirée. Il s'agit d'une variété vraiment spectaculaire qui peut aisément mesurer six pieds de haut et qui arbore des frondes voûtées à la forme attrayante et des tiges dotées de spores qui prennent une jolie teinte marron à maturité.

Ces tiges dotées de spores s'appellent des « sporanges » Beaucoup affirmeraient sans doute que « sporange » est un mot ne valant guère la peine d'être mémorisé. Pourtant, personne ne sait quand les fougères reviendront à la mode. Ceux parmi vous qui ont un esprit avant-gardiste feraient bien de le prendre en note.

Malheureusement, il y a longtemps déjà que le *Piazza Hotel* a été démoli pour faire place au genre d'établissement de vente au détail que les gens semblent préférer de nos jours : des boutiques qui vendent des vêtements neufs conçus pour avoir l'air usé, des banques qui ont gaspillé tout leur argent et des cafés qui préparent du café si fort qu'il est presque imbuvable. Mais le jour de l'époque lointaine où mademoiselle Penelope Lumley devait déjeuner avec mademoiselle Charlotte Mortimer, le *Fern Court* du *Piazza Hotel* était dans la fleur de l'âge. Son arrangement magnifique de fougères en pots était célèbre dans toute l'Europe, de même que sa cuisine créative appétissante, imaginée par le légendaire chef Philippe, un véritable maître de la planche à découper.

Dans des circonstances normales, Penelope aurait été surprise que mademoiselle Mortimer, aux habitudes sans ostentation, choisisse un restaurant si élégant pour leur rencontre. Elle aurait été enchantée à l'idée de contempler une importante collection de fougères, et son estomac aurait gargouillé à la pensée du repas délicieux qu'elle savourerait.

Cependant, tout comme une éclaboussure d'encre de Chine masque accidentellement la ligne de lettres cursives méticuleusement écrites sur la page d'un cahier d'exercices, le contenu angoissant de la lettre de mademoiselle Mortimer avait masqué toute autre émotion que Penelope pouvait ressentir. À quoi pensait mademoiselle Mortimer en écrivant qu'il n'était pas *prudent* d'emmener les enfants ? Et qu'elle avait de mauvaises nouvelles à annoncer ? Et que Penelope ne devait pas parler de leur rendez-vous ?

Une rencontre fortuite avec un voleur à la tire dans le train, un voyou cupide en face du palais de Buckingham, une remarque mystérieuse d'une diseuse de bonne aventure, une maîtresse montée sur ses grands chevaux ; tout cela n'était que de mineurs désagréments, et Penelope savait très bien qu'il n'y avait pas de quoi dramatiser. Mais la lettre de mademoiselle Mortimer semblait insinuer qu'il y avait de réels problèmes à l'horizon. Que pouvaient-ils bien être ?

Toutes ces inquiétudes tournoyaient dans la tête de Penelope parmi d'autres tracas, alors qu'elle s'habillait en préparation de ces retrouvailles longuement attendues. Elle envisagea brièvement de revêtir la belle robe grise qu'elle avait portée au bal de Noël du domaine Ashton, mais la seule pensée des conséquences désastreuses de cette soirée l'incita à mettre plutôt l'une des robes de laine marron qu'elle portait habituellement.

Pour se calmer, elle prit de profondes respirations, comme toutes les filles à Swanburne avaient appris à le faire au cours *Pas de panique : une fille de*

Swanburne garde toujours son sang-froid. Après quelques inspirations par le nez et quelques expirations par la bouche, Penelope sentit que son sang, bien qu'il ne fût pas tout à fait froid, avait tiédi.

« Puisque je n'ai encore jamais mangé dans un grand restaurant, l'expérience sera certainement éducative, se dit-elle en retrouvant son enthousiasme habituel. De toute façon, la seule manière de découvrir ce que mademoiselle Mortimer a à dire est de l'entendre de mes propres oreilles. Chère mademoiselle Mortimer ! J'espère qu'elle n'aura pas trop changé, après ces nombreux mois. »

Ainsi, avec l'envie de revoir son ancienne directrice, légèrement assombrie par l'inquiétude, et après que Margaret lui eut promis de surveiller les enfants de près pendant son absence (puisque Penelope n'avait pas le droit de dire où elle allait, sa réponse vague, indiquant qu'elle « déjeunerait avec quelqu'un », ne fit que provoquer chez Margaret une nouvelle série de petits rires et de couinements au sujet de Simon Harley-Dickinson), Penelope consulta son plan une fois de plus, mit son plus beau chapeau (c'est-à-dire le seul qu'elle possédait) et partit en direction du *Piazza Hotel.*

— Votre table est par ici, mademoiselle Regalis.

Penelope avait tenté en vain de faire comprendre au maître d'hôtel du *Fern Court* que la réservation n'était pas au *nom* d'Osmunda Regalis, mais qu'elle était censée retrouver quelqu'un *près* de l'*Osmunda Regalis*. Malgré tout, elle savait qu'il la menait dans la bonne direction, car même dans toutes ces variétés de fougères, la *regalis* était impossible à manquer. Les nombreuses espèces en pots formaient une grotte luxuriante au fond de la salle à manger, et les dîneurs, s'il y en avait, étaient bien cachés par les frondes oscillant délicatement.

Penelope se demanda si un désir de confidentialité avait incité mademoiselle Mortimer à choisir ce restaurant, et pas seulement un intérêt pour les fougères. Mais elle n'eut pas à y réfléchir très longtemps. D'un grand geste, le maître d'hôtel souleva une brassée de branchages pour laisser entrer Penelope dans la pièce feuillue retirée. Là, à une charmante table pour deux, avec pour compagnon la fine plume de vapeur se détachant de la théière posée devant elle, se trouvait mademoiselle Charlotte Mortimer.

Que mademoiselle Mortimer ait changé ou soit restée pareille, qu'elle ait de bonnes ou de mauvaises nouvelles, cela n'avait plus d'importance. À la vue de son ancienne directrice, avec ses longs cheveux blonds tirés en arrière et retenus par son joli chignon fidèlement fixé à sa nuque, et sa posture droite et gracieuse qu'elle maintenait en toute circonstance, même assise, lisant le journal (comme Agatha Swanburne l'avait déjà dit, « devoir attendre quelqu'un est malheureux, certes, mais devoir attendre quelqu'un sans rien d'intéressant à lire est une catastrophe digne d'une tragédie grecque »), Penelope n'eut qu'une envie : celle de s'élancer vers mademoiselle Mortimer et de se jeter sur ses genoux, exactement comme elle le faisait lorsqu'elle était enfant.

« Mais elle n'est plus ma directrice, nous sommes maintenant collègues et amies, se rappela-t-elle. Je dois me retenir d'agir comme une écolière ; cette époque est derrière moi. »

Et sur ce, elle sourit, tendit la main et claironna :

— Mademoiselle Mortimer ! Quelle joie de vous voir !

— Penny, chère Penny ! répondit mademoiselle Mortimer, se levant d'un bond et ignorant la poignée de main que lui offrait Penelope.

Elle serra chaleureusement son ancienne étudiante dans ses bras. Lorsqu'elle se dégagea, ses yeux étaient luisants.

— C'est merveilleux de vous revoir, ma chère. Cela fait trop longtemps, bien trop longtemps. Mais vous êtes toujours dans mes pensées, je vous l'assure.

Son sourire était si tendre, et sa voix était si chaleureuse et sincère que Penelope sentit son professionnalisme tout récemment acquis fondre comme une glace sous la chaleur du soleil. Comme elle avait été ridicule de croire que le temps, la distance ou quoi que ce soit d'autre puisse altérer leur amitié !

La gentille directrice invita Penelope à s'asseoir d'un geste de la main.

— J'espère que cela ne vous dérange pas ; j'ai déjà commandé à déjeuner pour nous deux. La nourriture ici est aussi bonne qu'on le dit, mais vous devez absolument garder de la place pour le dessert... Mon Dieu, Penny ! Vous avez l'air d'une dame, maintenant ! Vous êtes devenue très jolie, le savez-vous ?

Ce compliment inattendu prit Penelope de court.

— Oh oh, mais ! bégaya-t-elle. Vraiment, mademoiselle Mortimer... je ne le crois pas... la lumière sous les fougères doit être plutôt faible...

— Je vous l'assure, je vous vois parfaitement bien. Même vos cheveux ont changé...

Mademoiselle Mortimer fronça les sourcils.

— Je ne crois pas que vous ayez utilisé le cataplasme pour les cheveux de Swanburne comme je vous avais demandé de le faire, ai-je raison ? Bien, nous en reparlerons dans un moment.

Elle déplia sa serviette d'un blanc immaculé et la posa sur ses genoux.

— Pardonnez-moi, Penny, mais je dois vous poser la question : est-ce que quelqu'un s'occupe des enfants pendant que vous êtes ici avec moi ?

— Bien sûr.

Penelope imita minutieusement les gestes de mademoiselle Mortimer avec sa serviette.

— Il y a une jeune bonne prénommée Margaret. C'est l'une des domestiques du domaine Ashton qui ont accompagné la famille à Londres. Elle s'occupe d'eux durant mon absence.

— Je vois. Et cette Margaret... peut-on lui faire confiance ?

— Elle est jeune, et elle peut agir bêtement de temps à autre.

Penelope se remémorait la manière dont Margaret avait ricané en la taquinant au sujet de Simon.

— Je doute qu'elle soit une très bonne domestique ; madame Clarke la gronde toujours pour ceci ou cela. Mais pour ce qui est du bien-être des enfants : oui, je peux lui faire absolument confiance.

— Je suis heureuse de vous l'entendre dire.

L'expression sérieuse de mademoiselle Mortimer s'était adoucie.

— Patience, Penelope ! Je sais, vous devez avoir mille questions et malgré tout, vous restez assise là, calmement, comme si rien de ce que je pourrais vous dire n'allait ébranler votre assurance. Il n'y a pas de mots pour exprimer à quel point j'admire votre courage. Vous faites honneur à l'Académie Swanburne.

Penelope murmura d'humbles remerciements, mais à l'intérieur elle éprouvait une fierté rayonnante... et une curiosité croissante.

— Dans ma lettre, j'ai dit que j'avais quelque chose à vous annoncer. Mais je veux d'abord que vous me parliez des enfants.

Mademoiselle Mortimer se pencha en avant et baissa la voix, même si elles étaient les seules clientes de cette grotte cachée.

— Leur arrive-t-il de parler de leur ancienne vie dans la forêt ? Alexandre, en particulier, se souvient-il de choses qu'il aurait pu connaître avant sa vie dans la forêt ?

— Ils ne m'ont jamais rien dit à ce sujet.

Penelope s'était également exprimée d'une voix étouffée, puisqu'il aurait été étrange de répondre d'une autre manière.

— Mais il est évident, à la manière dont ils se comportent, qu'ils ont passé leur temps en compagnie d'animaux sauvages. Malgré leurs résultats scolaires, ils adorent toujours hurler et sont enclins à pourchasser les petites créatures comestibles. Et Beowulf a tendance à mâchonner. Surtout les chaussures.

— Comme c'est fascinant !

Mademoiselle Mortimer s'adossa à sa chaise et prit une gorgée de son thé.

— Dites-m'en plus.

— Certaines choses les provoquent facilement.

Comme n'importe quelle enseignante fière de ses élèves, Penelope aimait plus que tout parler des siens.

— Par exemple, il y a à peine deux jours, notre visite au palais de Buckingham a été écourtée parce que les enfants ont pris l'un des gardes du palais pour un ours. Ils ont causé tout un émoi.

Mademoiselle Mortimer se mit à rire.

— Un ours ! s'exclama-t-elle. Pourquoi ? À cause du chapeau ? Oh, c'est hilarant !

La réaction rafraîchissante de mademoiselle Mortimer amena précipitamment Penelope à voir les choses d'un nouvel œil : cette histoire terrifiante avec le garde n'était vraiment rien d'autre qu'une escapade comique ! Pourquoi la voyait-elle autrement jusque-là ?

— Oui, c'était toute une comédie, dit-elle, riant de bon cœur avec sa compagne. Beowulf a même grimpé sur la tête du garde !

— Sur sa tête ? Oh, mon Dieu !

Les deux enseignantes étaient à cet instant si joyeuses que Penelope avait du mal à terminer de raconter l'histoire ; elle riait tellement qu'elle en était essoufflée.

— Et Cassiopée... a essayé... de mordre... sa jambe !

— Ha, ha, ha !

Mademoiselle Mortimer dut essuyer des larmes d'hilarité au coin de ses yeux à l'aide de sa serviette.

— Nous avons vécu une autre confusion désopilante avec une gitane diseuse de bonne aventure !

Penelope poursuivit son récit dans le même esprit jovial. Si un épisode désagréable pouvait devenir une anecdote amusante, pourquoi pas tous les autres ?

— Oh, les enfants étaient bouleversés ! Ils aboyaient à n'en plus finir puis, plus tard, ils ont répété les étranges paroles que la femme avait prononcées : « La chasse est ouverte. » Ha, ha, ha !

Quelques secondes s'écoulèrent avant que Penelope ne s'aperçoive que mademoiselle Mortimer avait tout à fait cessé de rire. Pire, à la vue de l'expression sur son visage, complètement transformée, Penelope se sentit soudain glacée jusqu'à la moelle.

— « La chasse est ouverte ? », chuchota mademoiselle Mortimer.

Ses yeux furetèrent dans tous les coins de la pièce, comme si elle s'inquiétait que quelqu'un les écoute d'une oreille indiscrète.

— Êtes-vous certaine que c'est ce qu'elle a dit ?

— C'est ce que les enfants m'ont rapporté.

Toutes les inquiétudes que Penelope avait éprouvées ressurgirent en elle tel un raz de marée. Elle déversa donc son flot de questions :

— Mademoiselle Mortimer, pourquoi cela vous perturbe-t-il tant ? Pourquoi n'était-ce pas prudent d'emmener les enfants ? Quelles sont les mauvaises nouvelles que vous avez à m'annoncer ?

Mademoiselle Mortimer ouvrit la bouche pour répondre, mais au même moment, l'arôme le plus appétissant que Penelope ait jamais senti de sa vie flotta jusqu'à leur table.

C'était leur premier plat, apporté sur un chariot qui avait traversé les fougères. Penelope et mademoiselle Mortimer observèrent dans un silence impressionné le serveur retirer le couvercle de leur entrée. Penelope ne reconnaissait pas le contenu des assiettes. Mais quel bouquet ! C'était savoureusement exquis.

Mademoiselle Mortimer huma avec plaisir, saisit sa fourchette et prit une bouchée, qu'elle dégusta lentement.

— Crosses de fougère à la Philippe, déclara-t-elle. Goûtez. Vous serez séduite.

— Crosses de fougère ?

— Des crosses de fougère, c'est-à-dire les bouts recourbés de frondes de fougères frisées, expliqua mademoiselle Mortimer. Un excellent virelangue, n'est-ce pas ? Frondes de fougères frisées !

C'est seulement après que Penelope eut maîtrisé la prononciation de « frondes de fougères frisées », goûté les crosses de fougère à la Philippe et admis qu'elles étaient plus délicieuses qu'elle n'aurait pu l'imaginer, que mademoiselle Mortimer entreprit de répondre à ses questions.

— La chasse est ouverte, répéta-t-elle en secouant la tête. C'est incroyable que vous ayez reçu un avertissement pareil, mais plus rien ne me surprend à présent. Penelope, la mauvaise nouvelle, c'est simplement que les enfants sont en danger, encore plus aujourd'hui que lorsqu'ils vivaient dans la forêt.

— Quel genre de danger ? s'exclama Penelope. Pourquoi ? Quelle en est la source ?

Mademoiselle Mortimer resta silencieuse et fixa son assiette un moment, comme si un autre verdict, plus heureux, pouvait y apparaître.

— Quelqu'un leur veut du mal, mais il ne leur causera pas du tort directement ; il n'est pas en mesure le faire. Par contre, il fera tout ce qui est en son pouvoir pour mettre le danger sur leur chemin. Vous en avez déjà eu la preuve.

— Vous voulez dire au bal de Noël ?

La directrice hocha la tête.

— Lorsque j'ai reçu votre lettre il y a quelques mois, les événements étranges que vous me racontiez au sujet de cette soirée ont éveillé mes suspicions. Après y avoir bien réfléchi, je me suis dit que je vous ferais part de mes inquiétudes. Je voulais le faire en personne ; c'est pourquoi je vous ai demandé de venir me voir à Londres. Maintenant, cet avertissement de la diseuse de bonne aventure confirme mes inquiétudes. Penelope, croyez-vous au pouvoir surnaturel ?

Penelope prit une autre bouchée. Aucune conversation, aussi bouleversante soit-elle, ne pouvait gâcher un mets si sublime.

— Certainement pas. Mais j'ai entendu lady Constance dire un jour que le domaine Ashton devait être maudit.

Mademoiselle Mortimer fut si surprise qu'elle en laissa presque tomber sa fourchette.

— Elle se plaignait du temps que les réparations prenaient, précisa rapidement Penelope. Ce n'était qu'une métaphore, j'en suis certaine. Mais pourquoi me posez-vous cette question ? Vous ne prenez pas au sérieux les mauvais sorts, les boules de cristal et ce genre de choses, n'est-ce pas ?

— Autrefois, je n'y croyais pas.

Mademoiselle Mortimer paraissait mal à l'aise.

— Mais comme l'a déjà dit Agatha Swanburne, « un esprit ouvert...

— ... laisse sortir des idées et en laisse entrer de nouvelles », je sais.

Les pensées de Penelope commençaient à tourner de plus en plus vite dans son esprit, comme une boule qui dévale une pente.

— Suggérez-vous qu'un sort a *réellement* été jeté sur le domaine Ashton ? Ou que la gitane pourrait savoir quelque chose sur la personne qui veut du mal aux enfants ? Car j'ai déjà envoyé une demande à une nouvelle connaissance qui, je l'espère, pourra organiser une rencontre avec la vieille femme. N'ayez crainte, mademoiselle Mortimer ! J'ai la ferme intention de démêler toute cette affaire.

— Non !

Même si mademoiselle Mortimer parlait toujours à voix basse, son ton tranchant était des plus convaincants.

— Penelope, vous devez m'obéir à ce sujet. N'allez pas poser de questions à toute la ville. En vous invitant

à déjeuner, j'avais décidé de vous donner comme instruction générale de rester sur vos gardes ; je croyais que ce serait suffisamment prudent. Je ne voulais pas que les enfants soient ici, car je ne voulais pas les effrayer. Mais votre nouvelle sur la diseuse de bonne aventure m'a prise au dépourvu, et je vous ai déjà révélé plus de choses qu'il ne le fallait.

Elle regarda Penelope avec une vive attention.

— Au sujet des sorts et des prophéties, je ne dirai pas un mot de plus. Mais vous devez prendre ce que je vous dis à cœur : il est dans votre intérêt, et dans celui des enfants, de ne pas chercher à en savoir plus que ce que vous connaissez déjà sur cette mauvaise histoire.

— Mais... « Une fille de Swanburne a l'esprit curieux ! Une fille de Swanburne pose des questions ! », protesta Penelope en récitant les principes que sa directrice elle-même et les autres enseignantes de Swanburne lui avaient inculqués.

Mademoiselle Mortimer sourit.

— Veuillez me croire lorsque je dis qu'à ce sujet, personne ne serait plus d'accord avec moi qu'Agatha Swanburne elle-même.

— Mais comment puis-je protéger les enfants si je ne sais pas quelle sorte de danger les guette, ou quelle en est la source ?

Mademoiselle Mortimer prit une autre bouchée et fit signe à Penelope de faire de même.

— De la même manière que vous les avez protégés jusqu'ici. En croyant en eux et en voyant ce qu'il y a de meilleur en eux, et en leur apprenant à voir ce qu'il y a de meilleur en eux-mêmes. Comment, si ce n'est de la compassion et de l'amour que vous avez manifestés aux Incorrigibles, auraient-ils été capables de devenir amis avec Noisettaou ?

— Noisettaou ?

Penelope se sentait à cet instant désespérément perplexe.

— Qu'est-ce que ce petit écureuil insensé vient faire dans notre problème ?

— « Nul destin n'a été écrit avec de l'encre de Chine », comme l'a dit un jour Agatha Swanburne.

Mademoiselle Mortimer avait souligné la maxime en faisant un geste dans le vide avec sa fourchette.

— La chasse est ouverte, en effet. Mais la chasse peut se terminer de manière inattendue. Les Incorrigibles et Noisettaou nous en ont déjà fait voir de toutes les couleurs. Comprenez-vous ?

Penelope se remémora la soirée du bal de Noël, au cours de laquelle avait eu lieu la chasse folle que Noisettaou avait menée à travers la maison, les enfants à ses trousses. Elle se rappela comme elle les avait cherchés si désespérément et à quel point elle était convaincue qu'ils feraient du pauvre écureuil rebelle un horrible en-cas.

— Je crois comprendre, répondit-elle lentement. Vous voulez dire que même lorsque les conséquences semblent inévitables, quelque chose d'inattendu peut toujours se produire ? Et qu'il est donc préférable de ne pas en savoir trop sur ce qui a été prédit afin de garder l'esprit ouvert, en quelque sorte ?

Mademoiselle Mortimer acquiesça de la tête.

— C'est beaucoup trop facile pour la plupart des gens d'avancer bêtement vers le sort qui, croient-ils, leur est réservé. Mais de nombreuses forces façonnent le destin d'une personne, Penelope, ajouta-t-elle. Et une prophétie formulée avant votre naissance ne peut tenir compte de la plus grande influence de toutes.

— Laquelle ?

La directrice sourit de nouveau.

— Vous. Votre propre caractère. Le genre de personne que vous décidez d'être... et qui sert d'inspiration à ceux qui vous entourent.

Penelope fronça les sourcils.

— Êtes-vous certaine qu'il n'y a rien d'autre que je puisse faire ?

— Absolument certaine. Soyez courageuse et soyez vraie, soyez la meilleure gouvernante que vous puissiez être, et donnez la chance à l'avenir de se redéfinir en conséquence, affirma mademoiselle Mortimer en esquissant un geste de sa fourchette. Et soyez optimiste, Penny ! L'inattendu se produit en effet assez souvent. Comme l'a dit le poète, « les plans les mieux conçus des loups et des hommes souvent ne se réalisent pas ».

— Vous voulez dire « souris », corrigea Penelope gentiment. Pas des loups et des hommes. Des souris et des hommes.

— Souris, souris, bien sûr. Comme je suis bête.

Atteinte d'une soudaine nervosité, mademoiselle Mortimer leva la main pour prendre son thé. Même si sa main tremblait, sa voix demeura ferme.

— Allons, ne parlons plus de ces choses et savourons notre merveilleux repas. Dites-moi, avez-vous commencé à lire les contes « Allez hop, Arc-en-ciel ! » aux enfants ? Seigneur, je me souviens du temps où je vous les lisais, vous étiez à peine plus grande que Cassiopée !

Les crosses de fougère à la Philippe furent suivies de la salade de fruits à la Philippe, du poisson frit à la Philippe, des *fettucine* au fenouil à la Philippe et de nombreux autres plats, tous plus délicieux les uns que les autres.

Mademoiselle Mortimer gratta la dernière bouchée de fondue à la Philippe de son assiette.

— Génial, commenta-t-elle sans hésitation. Le chef Philippe s'est réellement surpassé aujourd'hui, ne croyez-vous pas ?

Elle posa sa fourchette et se tapota les lèvres avec sa serviette.

— Avant que j'oublie, Penelope, j'ai quelque chose pour vous.

Penelope était sur le point de protester, car elle n'avait pas pensé à apporter un cadeau pour mademoiselle Mortimer, mais lorsqu'elle vit le petit flacon familier que la directrice sortit de son réticule, elle comprit.

— Je dois vous demander de continuer à utiliser le cataplasme pour les cheveux que je vous ai donné.

Mademoiselle Mortimer referma les mains de Penelope sur le flacon qu'elle venait de lui remettre.

— Je vous ai apporté un autre flacon pour que vous n'en manquiez pas.

La vérité, c'est que Penelope ne s'était pas donné la peine d'ouvrir le dernier flacon de cataplasme pour cheveux que mademoiselle Mortimer lui avait envoyé. Et vraiment, si les Incorrigibles couraient un obscur danger, pourquoi se soucier du cuir chevelu de Penelope ? Mais elle connaissait trop bien son ancienne directrice ; pour une raison quelconque, cette histoire de cheveux semblait être très importante à ses yeux, et il était inutile de la contredire.

— Me promettez-vous de l'utiliser ?

Bien qu'il y eût une étincelle moqueuse dans le regard de mademoiselle Mortimer, elle était résolue à obtenir la promesse solennelle de Penelope.

— Sur votre honneur de fille de Swanburne ?

— Bien, je suppose...

— Promettez-le-moi, Penelope.

— Oui, oui ! Je vous le promets. Je l'utiliserai.

Penelope soupira. Même si elle n'était pas vaniteuse, la pensée de retrouver son ancienne chevelure terne ne l'enthousiasmait pas tellement, surtout après avoir reçu ce gentil compliment de Simon Harley-Dickinson.

— Excellent. Je sais que vous tiendrez votre parole, Penelope, comme vous l'avez toujours fait par le passé.

Mademoiselle Mortimer parcourait déjà le menu des desserts.

— Flan à la Philippe, figues en pâte phyllo à la Philippe : tout me semble délectable. Mais si vous dînez au *Fern Court*, vous devez commander la tarte à la Philippe. Aucun dessert ne l'égale. En passant, que pensez-vous du *Guide Hixby* ?

Penelope n'était pas d'humeur à prendre un dessert. Le repas et la conversation, cela faisait beaucoup à absorber, et elle se sentait complètement rassasiée, dans la tête, dans le cœur et dans l'estomac.

— Non, merci ; je n'ai plus de place pour la tarte à la Philippe, mademoiselle Mortimer, dit-elle poliment. En ce qui a trait au *Hixby*, j'apprécie le cadeau, bien entendu. Mais, je dois l'avouer, je trouve que c'est un volume curieux. Par exemple, c'est censé être un guide de Londres, mais on dirait que toutes les images représentent la Suisse, ou un endroit semblable. Et la plupart des descriptions sont rédigées sous forme de petits poèmes.

— En effet, c'est très curieux.

Mademoiselle Mortimer avait toujours le nez dans le menu des desserts.

— On dit que les chefs pâtissiers des plus grandes pâtisseries de Paris viennent au *Fern Court*, prennent une bouchée de la tarte à la Philippe, puis s'effondrent, dévorés par l'envie.

Penelope poussa un soupir.

— Je crois que je prendrai seulement une autre tasse de thé.

— Pas de dessert ? Qu'est-ce qui ne va pas, ma chère ?

Mademoiselle Mortimer reposa son menu.

— Votre visage est pâle et triste, tout à coup.

Quelque chose était effectivement venu troubler Penelope. C'était survenu au beau milieu de l'ingestion des flocons givrés à la Philippe, et à cet instant elle ne voyait pas de meilleure manière d'aborder le sujet qu'en allant droit au but – ce qu'elle fit.

— Mademoiselle Mortimer, comme vous le savez, il y a de nombreuses années que (le mot « parent » lui donnait une sensation si bizarre sur la langue qu'elle dut faire un effort pour le prononcer) mes parents m'ont confiée à vos soins.

Penelope baissa la tête et s'aperçut qu'elle faisait des nœuds avec sa serviette à force de la tordre.

— Peut-être ne prennent-ils pas conscience que j'ai déjà terminé mes études. Peut-être n'ont-ils pas vu le temps passer. Mais il est toujours possible qu'ils reviennent me chercher, un jour ou l'autre. Et maintenant que j'ai quitté Swanburne, je ne voudrais pas...

Penelope sentit soudain sa gorge se serrer, et il lui fut alors difficile de parler.

— Je ne voudrais pas qu'ils y reviennent pour me chercher et qu'ils ne m'y trouvent pas.

— Ne craignez rien, répondit rapidement mademoiselle Mortimer.

Elle paraissait, elle aussi, avoir soudainement la larme à l'œil. C'était possiblement l'effet d'émanations errant depuis la soupe à l'oignon qu'on venait de servir à une autre table.

— J'ai l'intention de demeurer la directrice de l'Académie Swanburne pendant de nombreuses années. Si quelqu'un d'important se présentait pour se renseigner sur vos coordonnées, je vous mettrais directement en contact avec cette personne.

Penelope hocha la tête.

— Merci de me rassurer à ce sujet. Voilà qui règle tout.

Tout n'était pas réglé, bien entendu. Il y avait plus de dix ans que Penelope avait été trouvée au pas de la porte de Swanburne. Aucune lettre, aucun cadeau d'anniversaire ou de Noël, pas même une carte postale illustrée, ne lui avaient été envoyés pendant cette période. N'importe qui d'autre aurait abandonné l'espoir que les Lumley, perdus de vue depuis si longtemps, aient jamais l'intention de revenir.

Mais Penelope était loin d'être comme n'importe qui d'autre. Tout comme un phoque bien dressé peut faire tourner un ballon sur son nez noir et brillant en maintenant un autre ballon en équilibre sur sa queue, durant toutes ces années, elle avait également réussi à équilibrer deux croyances quelque peu contradictoires. Premièrement, puisque sa mère et son père reviendraient indubitablement un jour la chercher, elle ne devait pas se sentir triste ou esseulée en raison de leur long silence ininterrompu ; et deuxièmement, en attendant, elle devait vivre sa vie exactement comme si ses parents n'en faisaient pas du tout partie, parce qu'en réalité, c'était bien le cas.

Il ne s'agissait pas d'un tour facile, ni pour le phoque intelligent ni pour la jeune gouvernante courageuse. Mais s'il y avait une chose que Penelope avait apprise de sa directrice, c'était que s'inquiéter, s'apitoyer sur son sort ou se plaindre n'était pas la façon dont une fille de Swanburne passait ses journées. À la place, exactement comme on utiliserait un ruban pour garder la page d'un livre fascinant qu'on est forcé de refermer temporairement, Penelope prit simplement note de sa déception et de sa confusion et les mit délicatement de côté, puisqu'il n'y avait rien à faire d'autre pour le moment.

Par ailleurs, elle remarqua que le simple fait d'avoir posé la question au sujet de ses parents à mademoiselle Mortimer semblait avoir allégé le lourd sentiment qui l'accablait à l'intérieur, celui qu'elle avait spontanément associé à l'ingestion exagérée de mets à la Philippe.

— Je crois que je mangerai un dessert, finalement, annonça Penelope, avant d'agiter sa serviette pour la défroisser, la replier, puis la placer soigneusement sur ses genoux. Suivi d'autres biscuits et d'un peu plus de thé. Devrais-je faire venir le serveur ?

Chapitre neuf

LES ENFANTS VISITENT LE DERNIER ENDROIT DE LA VILLE OÙ ILS DEVRAIENT SE TROUVER.

Lorsqu'elles se dirent au revoir, mademoiselle Mortimer indiqua précisément à Penelope comment prendre l'omnibus, afin de ne pas avoir à marcher des kilomètres pour retourner au numéro douze, Muffinshire Lane.

Penelope avait bien des choses auxquelles penser sur le chemin du retour. Entre autres, la tarte à la Philippe, un dessert si indiciblement délicieux que Penelope se trouvait littéralement incapable de le décrire. Et cette histoire au sujet des enfants courant un danger était déconcertante, à tout le moins... Mais, comme mademoiselle Mortimer le lui avait bien fait comprendre, il n'y avait rien que Penelope puisse faire, sauf de continuer d'être la bonne gouvernante prudente qu'elle s'était déjà révélée être.

« C'est exactement de cette manière que j'avais l'intention d'agir de toute façon, pensa-t-elle en regardant par-dessus une mer de chapeaux pour voir où l'omnibus bondé s'était arrêté. Toutefois, je ne suis pas certaine d'aimer le conseil de mademoiselle Mortimer, selon lequel il est préférable de ne pas poser de questions. N'est-ce pas Agatha Swanburne qui a dit un jour que plus on posait de questions, plus on connaissait de choses ; et que plus on connaissait de choses, plus on posait de questions ? »

Puis, il y avait sa promesse réticente (oh, comme elle était réticente !) d'utiliser le cataplasme pour les cheveux. Juste au moment où sa chevelure commençait à lui attirer les compliments ! Juste au moment où elle avait rencontré une personne de la gent masculine qui était peut-être portée à remarquer ce genre de choses ! Mais une promesse était une promesse. Peut-être devrait-elle s'acheter un nouveau chapeau pendant son séjour à Londres ? Il y aurait certainement de nombreux modèles parmi lesquels choisir, si elle se fiait à l'éventail de spécimens empanachés et enrubannés qu'elle voyait tressauter et dodeliner autour d'elle.

« Ou peut-être que le cataplasme pourrait attendre un peu d'être appliqué, seulement jusqu'à ce que nous retournions au domaine Ashton. »

Le véhicule tourna un coin si rapidement qu'il tangua, et les passagers oscillèrent comme des arbres dans une tempête.

« Car en bon gentleman qu'il est, monsieur Harley-Dickinson offrira probablement de m'accompagner pour rencontrer la gitane. Cela ne ferait qu'embrouiller les choses de modifier mon apparence dès maintenant. Après tout, mademoiselle Mortimer m'a demandé d'utiliser le cataplasme, elle n'a pas précisé quand l'utiliser… »

Un peu comme l'omnibus effectuait un arrêt après l'autre de manière ordonnée, Penelope songeait à tous ces différents sujets tour à tour : le dessert, le danger, les cheveux, Simon ; et elle les réglait du mieux qu'elle le pouvait, avant de passer à autre chose. Lorsqu'elle eut terminé son parcours, pour ainsi dire, et que son esprit fut libre de vagabonder, Penelope se retrouva encore une fois à s'attarder sur le sujet de sa mère et de son père. Même s'ils n'étaient évidemment pas parfaits, manifestement, les Lumley n'étaient pas les pires parents du monde. Ce titre appartenait assurément aux parents des Incorrigibles, qui qu'ils soient.

« Au moins, *mes* parents à moi ont eu le bon sens de me confier aux soins d'une institution scolaire hautement réputée, se dit Penelope en revoyant l'image de ses trois élèves jappant, rongeant et aboyant à la lune. *Mes* parents à moi ne m'auraient jamais abandonnée dans les bois afin que je me débrouille toute seule, avec les animaux sauvages pour seuls compagnons. »

— Pardon ! cria-t-elle soudainement. Pardon, monsieur le conducteur ! Je crois que nous sommes arrivés à mon arrêt !

En descendant de l'omnibus au coin de Muffinshire Lane, Penelope fut surprise par un grognement à la fois familier et énigmatique.

— Bonjour, mademoiselle.

— Timothy ! s'exclama Penelope.

Elle n'était pas assez impolie pour appeler l'étrange cocher énigmatique « le vieux Timothy » en face. Toutefois, sans réfléchir, une question lui échappa :

— Que faites-vous par ici ?

Il grommela.

— Je viens de déposer lord Fredrick Ashton à l'humble maisonnette qu'il a louée pour une somme fabuleuse. Je crois que cela mérite votre approbation, gouvernante.

— Je suis désolée. Je n'ai pas voulu parler si brusquement.

Penelope se ressaisit rapidement.

— Je suis surprise de vous voir ici, à Londres. Vous me semblez faire partie intégrante du domaine Ashton. Votre apparition en ville détonne.

— Les gens ne restent pas toujours où vous les avez mis, mademoiselle, rétorqua sombrement le cocher. En tant que gouvernante, vous devriez vous en souvenir.

Son ton fit frissonner Penelope.

— Que voulez-vous dire ?

— Ces enfants, par exemple. Il est certain que vous ne les retrouverez pas dans la nursery, où vous les aviez laissés.

Il se retourna pour se diriger vers la maison de sa démarche rapide et ondulante. Penelope se dépêcha de le rattraper.

— Je vous demande pardon ! Que voulez-vous dire, les enfants ne sont plus dans la nursery ? Je les ai confiés à Margaret, et je suis sortie seulement une heure, peut-être deux...

Toutefois, en le disant, Penelope se rendit compte qu'il y avait environ trois heures qu'elle avait quitté la maison. Cette conversation si troublante et le talent culinaire du chef Philippe, sans parler de la longue marche vers le *Piazza Hotel* et le voyage cahoteux du retour, avaient consommé une grosse portion de la journée.

— Vous avez été partie pendant trois heures et quart. Non que je vous aie minutée.

Il regardait droit devant lui en marchant.

— Les enfants sont partis faire une excursion avec Margaret et un garçon que je n'ai jamais vu auparavant.

Penelope eut le souffle coupé.

— Parlez-vous de monsieur Harley-Dickinson ? Grand, mais pas trop, les cheveux bruns légèrement ondulés, les traits harmonieux et un éclair de génie dans le regard ? dit-elle hâtivement.

— Ouaip, grogna le cocher. C'est bien lui.

Misère ! Simon était venu, et elle l'avait manqué ! Et à ce moment, il était parti pour la journée avec Margaret et les Incorrigibles ! Une pointe d'un sentiment étrange s'enfonça à l'intérieur d'elle, non loin de son cœur. C'était comme une douleur sourde et lancinante, ou un sentiment qui la déchirait en tournant... Oh, pourquoi les choses devenaient-elles soudainement indescriptibles ?

Le vieux Timothy la devançait maintenant de dix pas. Elle courut une fois de plus pour le rejoindre.

— S'il vous plaît, une dernière question : savez-vous par hasard où ils sont allés ?

Elle ne serait pas satisfaite tant qu'elle ne verrait pas de ses propres yeux les trois Incorrigibles sains et saufs, et préférablement occupés par une quelconque activité éducative.

Le cocher se tourna vers elle et la regarda avec un œil à demi fermé, et l'autre si grand ouvert qu'on aurait dit qu'il venait de voir un fantôme.

— Je crois qu'ils sont allés au zoo.

— Au *zoo* ? Mais c'est le dernier endroit de la ville qu'ils devraient visiter ! cria Penelope.

— Quel est le problème, mademoiselle ? La plupart des gamins adorent le zoo. Pourquoi ces trois-là seraient-ils différents ?

Est-ce que Penelope l'avait imaginé, ou le vieux Timothy s'était retenu de ricaner ?

— Je dois aller faire une course gourmande à présent. Voici mon arrêt. Bon après-midi.

Sur ce, il disparut dans l'entrée la plus proche, et Penelope remarqua qu'il s'agissait de la porte d'une petite boutique nommée *La Charmante Petite Boulangerie*. En d'autres circonstances, et si elle ne s'était pas sentie si spectaculairement bien nourrie, Penelope aurait aimé goûter les articles de cet établissement au nom prometteur. Mais son esprit était occupé par les Incorrigibles.

« Le zoo ! Mon Dieu ! Il leur aurait été difficile de penser à un pire endroit à visiter ! Je dois trouver les enfants immédiatement ! » résolut-elle. Mais comment exactement pouvait-on se rendre au zoo ?

La réponse lui vint en un éclair.

« Mademoiselle Mortimer avait raison, comme toujours : avoir un guide est essentiel lorsque vous visitez une ville étrangère. Je vais courir à la nursery pour y chercher mon *Hixby*. J'y trouverai certainement les indications vers une destination si populaire. »

Sur ces pensées, elle souleva sa jupe et se mit à courir, et ne s'arrêta qu'une fois devant le numéro douze, Muffinshire Lane.

Les esprits scientifiques parmi vous se souviennent sans doute de la première loi du mouvement de Newton, qui (entre autres choses) prédit qu'une gouvernante désemparée se déplaçant à grande vitesse sur une surface glissante continuera d'avancer jusqu'à ce qu'une force supérieure contribue à l'arrêter. Madame Clarke avait eu raison de gronder Margaret ; les planchers de bois avaient été cirés à un tel degré de brillance que les pieds de Penelope s'envolèrent contre son gré, dès qu'elle eut franchi l'entrée en trombe.

— Aaaaaaaaaah ! cria-t-elle, comme la plupart des gens le feraient dans ces circonstances.

Les bras battant le vide, Penelope dérapa le long du couloir sur ce que l'on appellerait poliment « le derrière », passant l'escalier et se dirigeant directement vers le grand salon, là où la force supérieure de Newton l'attendait de pied ferme : un fauteuil rebondi comportant la silhouette assise de sieur Fredrick Ashton, maître incroyablement riche et myope incurable du domaine Ashton. Penelope glissa presque de tout son corps sous le fauteuil, avant de s'immobiliser complètement. Seuls ses pieds dépassaient de sous le fauteuil. Lord Ashton semblait inconscient de son arrivée.

— Constance, ne pouvez-vous pas être plus compréhensive ? Je dois m'occuper de certaines affaires. Des affaires d'homme. Et les installations du club sont beaucoup plus appropriées pour ce genre de choses que ce ridicule froufrou de maison, hein ?

— Mais vous venez tout juste d'arriver ! Vraiment, Fredrick, c'est insupportablement ennuyeux ici. Je n'ai pas encore mis le pied dehors et je n'ai eu aucun visiteur, aucun ! Et il n'y a personne à qui parler, à part les domestiques.

— Vous ne devez pas parler aux domestiques, chère, à moins de leur donner des ordres. Sinon, vous minez votre autorité.

— Que voulez-vous que je fasse toute la journée, alors ? Les boutiques ?

— Si vous voulez, faites seulement attention de ne pas trop dépenser.

— Mais je croyais que l'avantage d'être riche, c'est que justement, on ne peut jamais trop dépenser !

Boum !

— Aïe ! glapit Penelope involontairement.

Elle s'était cogné la tête sous le siège du fauteuil en essayant de ramper pour se dégager.

— Avez-vous entendu quelque chose ?

Lord Ashton regarda derrière lui et de chaque côté du fauteuil.

— Il y a quelqu'un derrière ? Ne bougez pas, ou je tire, ha ! ha ! ha !

Contrairement à son mari, lady Constance avait la vue assez bonne pour voir si deux paires de membres humains dépassaient du meuble. Elle contourna le fauteuil et planta ses deux mains sur ses hanches.

— Et à qui appartiennent ces chaussures simples et pratiques ? exigea-t-elle de savoir. Que le reste de votre personne sorte immédiatement !

Humblement, Penelope se poussa pour se montrer tout entière.

— Je vous demande pardon, dit-elle en se hissant sur ses pieds avec toute la dignité qu'elle put rassembler, vu les circonstances gênantes.

Lord Ashton loucha en direction de Penelope.

— Voyez, il y avait bien quelqu'un là ! Est-ce un cambrioleur ? Non, attendez, vous êtes la gouvernante, non ?

— Oui, lord Ashton. Je m'apprêtais à monter à la nursery et j'ai, euh, glissé. Je vous présente mes excuses pour l'intrusion.

Penelope fit une brève révérence et entreprit de reculer vers la porte.

— Pas si vite, mademoiselle Lumley.

Lady Constance avait l'air d'un orage sur le point d'éclater.

— Savez-vous que le courrier a été livré deux fois déjà aujourd'hui ?

— Eh bien, oui. C'est-à-dire, j'imagine que oui.

Penelope ne savait pas où cette conversation la mènerait, mais elle souhaita qu'elle serait brève. La pensée des Incorrigibles au zoo était toujours prioritaire dans son esprit, et elle était déterminée à se munir de son *Guide Hixby* et de leur porter secours dès que possible.

— Avez-vous regardé dans la corbeille à courrier, par hasard ?

— Non, madame.

Penelope avala sa salive avant de continuer.

— J'étais sortie.

— Je vois.

Lady Constance contenait dangereusement sa voix.

— Si vous pouvez sacrifier un moment de votre calendrier social chargé pour examiner son contenu, vous découvrirez qu'elle contient encore une autre enveloppe qui vous est adressée. Votre lettre a attendu là, toute la journée, à me regarder d'un air railleur.

— Je suis désolée, lady Constance, loin de moi l'intention de...

Lady Constance fit un geste théâtral pour indiquer à la pauvre Penelope de se taire.

— Comme si l'impertinence d'hier n'était pas suffisante ! Une fois de plus, mademoiselle Lumley, il semble que vous soyez *la destinataire d'une lettre.*

— Une lettre ? Ventrebleu ! J'ai presque oublié.

Lord Fredrick se leva d'un bond et se mit à tâter ses poches.

— Constance, chère, j'ai une invitation pour vous, quelque part. Le baron Hoover me l'a remise au club ; c'est de la part de sa femme. Où l'ai-je mise ? Peut-être que ça vous enlèvera l'envie de dépenser mon argent le temps d'un après-midi, hein ? Si je peux trouver le fichu truc, évidemment...

L'humeur de lady Constance se métamorphosa instantanément.

— Une invitation ? C'est vrai ? Oh, Fredrick, c'est la meilleure nouvelle que j'aie reçue depuis que je suis arrivée à Londres ! Hourra ! Hourra !

— Attendez... attendez... La voici.

De la poche de son veston, il tira une petite enveloppe de couleur crème.

— Et que ça vous tienne occupée pendant un moment, hein ? À plus tard, chère. Ne m'attendez pas.

Il déposa un petit baiser indifférent sur la joue de son épouse, puis sortit de la pièce à grands pas. Penelope voulut attraper la chance de sortir derrière lui.

— Bonne journée, madame, murmura-t-elle.

Elle était presque de l'autre côté de la porte lorsque lady Constance couina et la saisit par le bras.

— Oh, *regardez* ! Vous voyez cette enveloppe, mademoiselle Lumley ? Elle vient du *Piazza Hotel* ! C'est tout simplement l'hôtel le plus luxueux de Londres ! Domicile du *Fern Court* et du légendaire chef Philippe ! Je ne m'attends pas à ce qu'une personne de votre condition sociale ait entendu parler de lui, mais croyez-moi sur parole, personne ne lui arrive à la cheville pour ce qui est de manier le fouet.

On dit qu'il fait un dessert absolument indescriptible...

— Tarte à la Philippe, compléta Penelope, pour faire avancer les choses.

Rien que d'imaginer ce qui pourrait être en train de se produire au zoo à cet instant même lui était insupportable ; tous ces ours à l'air menaçant, tous ces lions affamés et tous ces babouins au regard sauvage...

— Je vous demande pardon ?

Lady Constance avait l'air stupéfait.

— Tarte à la Philippe, le dessert indescriptible...

Penelope s'arrêta de parler. Il lui était soudain venu à l'esprit qu'il serait peut-être plus sage de minimiser sa connaissance personnelle de cette savoureuse gourmandise.

— J'ai parlé à tout hasard, bien sûr, comme le nom du chef est Philippe.

Elle sourit et haussa les épaules, comme pour signifier « ces miettes sur ma jupe et la minuscule tache de fruit sur ma manche n'ont absolument rien à voir avec la véritable tarte à la Philippe que j'ai goulûment dévorée, il y a de cela moins de deux heures ».

Lady Constance posa un regard suspicieux sur Penelope, mais elle se contenta de dire :

— C'est juste, mademoiselle Lumley. « Tarte à la Philippe » est précisément le nom de ce dessert. Vous l'avez simplement deviné, je présume.

Elle reprit son caquetage exalté en déchirant l'enveloppe qu'elle tenait entre les mains.

— Peu importe, on dit que la tarte à la Philippe est si extraordinairement délicieuse qu'il n'y a pas de mots... pour la... décrire...

Ses mots sortirent de sa bouche à la traîne, alors qu'elle regardait fixement la note. Ses yeux ronds s'agrandirent, ses lèvres roses pincées se relâchèrent. Puis elle glapit :

— Quoi ? Est-ce une mauvaise blague ?

Lady Constance tenait la carte entre deux doigts comme s'il s'agissait d'un objet gluant.

— Ce n'est pas une invitation à dîner au *Piazza Hotel* ! C'est une invitation à accompagner la baronne Hoover – que je n'affectionne pas particulièrement, soit dit en passant – pour une excursion dans la partie la plus sale, la plus affreuse et la plus infecte de Londres ! La baronne a eu la brillante idée d'aller visiter les pauvres demain !

Lady Constance avait craché le mot « pauvre » comme s'il s'agissait d'un pépin de raisin pourri.

— Elle prétend que les missions humanitaires du genre font fureur parmi les dames de la haute société et que si je souhaite être bien vue, je dois les accompagner.

Désemparée, lady Constance se jeta dans les bras de Penelope.

— Quel cauchemar ! Malgré tous les restaurants exquis et toutes les somptueuses boutiques de robes de Londres, je dois passer mes journées à faire acte de charité dans un quartier affreusement laid et nauséabond ! Oh, vous n'avez pas la moindre idée de la chance que vous avez, mademoiselle Lumley ! Car une personne de votre condition n'aspirerait jamais à jouir de luxes comme manger au *Fern Court*, et ainsi vous n'avez pas à subir l'amère déception de voir vos espoirs anéantis. C'est un martyre de vous savoir épargnée, chanceuse !

Penelope fit de petites tapes embarrassées sur le dos de sa maîtresse.

« Peut-être que la tarte à la Philippe n'est pas aussi extraordinaire qu'on le dit, se risqua-t-elle presque à suggérer », puisqu'elle était désolée pour la pauvre lady Constance et qu'elle désirait la réconforter.

Mais comme elle ne voulait pas mentir, elle proposa plutôt :

— Peut-être que de visiter les pauvres ne sera pas aussi nauséabond que vous le croyez.

Voilà une affirmation qu'elle pourrait justifier. Après tout, Penelope elle-même avait été une fille pauvre mais intelligente, tout comme les autres filles à Swanburne, et elle était absolument certaine de n'avoir jamais senti quoi que ce soit d'autre que du savon pur et une note occasionnelle d'eau de lavande.

— Ne soyez pas absurde. Je ne peux rien imaginer qui soit plus horrible. Mais je suppose que c'est mieux que de rester à la maison à ne rien faire.

Lady Constance se redressa, comme si son plongeon vulnérable dans les bras de la gouvernante déconcertée n'avait jamais eu lieu. Elle renifla et balaya la pièce du regard.

— Où sont les cordons des sonnettes dans cette maison ? *Margaret* !

Puis elle se retourna vers Penelope.

— Trouvez Margaret et envoyez-la à mon dressing, tout de suite. Je dois choisir des vêtements pour demain. Quelque chose qui me fera paraître généreuse.

— Margaret n'est pas ici, madame, répliqua Penelope sans réfléchir. Elle est au zoo, avec les enfants.

— Au zoo ?

Les lèvres de lady Constance se remirent à trembler.

— Où est la justice dans ce bas monde, je vous le demande ? Les gouvernantes reçoivent des lettres ! Les femmes de chambre font des excursions au zoo ! Pendant que moi, lady Constance Ashton, je serai forcée de me traîner dans la boue et la vase et... les *pauvres* !

Alors les fontaines de larmes se mirent à jaillir de toute leur force. La plainte était si forte que Penelope dut combattre l'envie de se couvrir les oreilles. Heureusement, le bruit de sirène alerta le personnel, qui accourut pour venir en aide à la victime, et dans le brouhaha, Penelope put finalement s'esquiver vers la nursery. Au moment où elle redescendit avec son *Guide Hixby,* lady Constance était entourée d'une douzaine de serviteurs, qui l'éventaient et lui passaient des sels odorants sous le nez et lui offraient de tout petits verres de schnaps pour raviver ses esprits.

« Même le Dr Westminster aurait du mal à apprivoiser une créature aussi sauvage que lady Constance, songea Penelope devant la scène qui se déroulait sous ses yeux. Et en parlant de créatures sauvages : vite, au zoo ! »

Chapitre dix

PENELOPE ROULE EN DRAISIENNE ET S'IMAGINE MONTER À PONEY.

Si vous avez déjà été forcé de donner des indications ou d'en suivre, vous savez déjà vers quelle espèce de confusion le domaine de la navigation peut vous mener. Le « descendez un peu le long de la route et prenez à gauche au marchand de beignets » d'une personne est le « continuez sur un cinq cents mètres et prenez la bretelle vers l'est » d'une autre personne. L'affirmation « oui, vous pouvez vous y rendre à pied », énoncée innocemment, peut facilement diriger le touriste dupe vers une escalade épuisante et interminable, exigeant des réserves d'oxygène en bouteille, des crampons et un piolet.

Dit simplement : $E = mc^2$. Dit encore plus simplement : tout est relatif, y compris le temps et l'espace, qui sont tous les deux essentiels pour s'orienter dans la ville.

C'est pourquoi les marins, qui, naturellement, craignent plus que la plupart des gens de se perdre en mer, préfèrent naviguer en se fiant aux étoiles. Cependant, les étoiles elles-mêmes sont loin d'être immobiles ; elles filent dans l'espace à des vitesses inimaginables, si bien que considérer sérieusement le sujet risquerait de vous causer des étourdissements et un affreux mal de tête. Les braves marins arrivent pourtant à s'en sortir.

En ce qui concerne mademoiselle Lumley, elle ne disposait ni d'un sextant ni d'un astrolabe. Son seul moyen de transport était son audace, le courage était le carburant qui la propulsait, et l'étoile du Nord était son guide. Les Incorrigibles étaient en danger, et elle devait simplement les sauver, sans tarder, pas de discussion !

C'est dans cet esprit swanburnien implacable qu'elle ouvrit son *Guide Hixby*, en tourna les pages jusqu'à l'index (véritablement la partie la plus utile de n'importe quel livre) et trouva rapidement l'entrée indiquant « Zoo, Londres, p. 66 à 68 (incluse) ».

« Je trouverai exactement ce que je désire savoir », se rassura-t-elle dans un accès d'optimisme.

Toutefois, il y a des situations dans lesquelles tout l'optimisme du monde n'aboutit à rien, et Penelope

Lumley se trouvait dans l'une de ces situations, puisque les pages 66 à 68 (incluse) ne contenaient que des images d'animaux accompagnées de légendes descriptives. Il y avait un joli oiseau chanteur identifié comme étant un « bruant des neiges » et un rongeur à la fourrure grise appelé « marmotte des Alpes ». Aux yeux de Penelope, il ressemblait à une version de taille démesurée de l'écureuil des montagnes.

Pour ce qui est des indications, il n'y en avait aucune… jusqu'à ce que, sous l'illustration d'un éléphant, Penelope remarque ces vers aromatiques :

La route jusqu'au zoo, votre nez va vous le dire,
Car les éléphants gris ne sont pas difficiles à sentir.

« Des éléphants malodorants ? Cela n'en dit pas beaucoup », songea Penelope.

Elle parcourut les quelques pages précédentes et suivantes dans l'espoir de trouver toute pépite d'information qui offrirait un indice plus pratique (une adresse aurait été idéale), mais elle ne trouva qu'un dessin illustrant un bouquetin, qui est une grosse chèvre au regard intransigeant et aux énormes cornes courbes, lesquelles paraissaient, en effet, très pointues.

Que faire ? Malgré ses exercices de respiration, Penelope sentit la panique monter en elle. Si seulement elle avait un poney, comme Edith-Anne Pevington !

Bien sûr, elle ne savait pas comment monter un poney, car sans poney à elle avec lequel s'exercer, elle n'avait eu que peu d'occasions d'apprendre. Pourtant, elle pouvait facilement s'imaginer à quel point il serait fantastique de sauter sur le dos d'Arc-en-ciel et de galoper à la rescousse des Incorrigibles, pour les protéger de ces cornes de bouquetin meurtrières et des longues dents tranchantes comme des rasoirs de ces bêtes folles que sont les écureuils des montagnes.

« C'est décidé. À mon retour au domaine Ashton, j'apprendrai l'équitation à la première occasion », résolut-elle.

Penelope était en quelque sorte partie dans une digression, mais c'était une digression pertinente, car l'idée d'apprendre l'équitation la mena vers une autre idée, plus utile dans l'immédiat. Une idée qui l'aiderait peut-être réellement à résoudre son urgent dilemme.

— Jeune homme ! lança-t-elle entre ses mains en porte-voix. Vous, avec la casquette en tweed ! Puis-je emprunter votre vélocipède ?

— Vous voulez dire ma draisienne ?

Le garçon, qui ne semblait pas être beaucoup plus âgé qu'Alexandre, faisait des allées et venues dans Muffinshire Lane sur une invention à deux roues qui serait de nos jours mieux décrite comme étant une bicyclette sans pédales et que l'on propulse comme une trottinette en poussant avec les pieds.

— Non ! Trouvez la vôtre.

Ce manque d'esprit civique était décourageant, mais Penelope renouvela sa tentative.

— Jeune homme ! J'ai urgemment besoin d'un moyen de transport. La sécurité de trois jeunes enfants est en jeu. Sans doute pourriez-vous me prêter votre véhicule un petit moment, pour le bien des enfants ?

Il s'arrêta devant elle.

— Bon, d'accord. Combien me donnez-vous ?

Penelope avait peut-être urgemment besoin d'un moyen de transport, mais elle n'était pas idiote.

— Je ne vous ai pas demandé d'acheter votre vélocipède ; je vous ai demandé de l'emprunter, répliqua-t-elle fermement. Toutefois, si vous exigez un paiement, sachez que je suis une gouvernante professionnelle. Je pourrais vous donner des leçons. Latin, géométrie, appréciation de l'art, principes fondamentaux d'architecture, compétences vétérinaires de base ; choisissez n'importe quel sujet. Maintenant, prêtez-moi la draisienne.

— Des leçons ? fit-il en grimaçant. Non ! Vous devrez me payer !

Penelope fut vraiment décontenancée par cette réponse.

— Pardonnez-moi de vous le dire, mais ce n'est pas une façon de parler de votre propre éducation. Vous feriez bien de tenir compte des paroles d'Agatha Swanburne... vous avez entendu parler d'Agatha Swanburne, n'est-ce pas ?

— Non ! Pourquoi ? Elle est célèbre ?

— Mais bien sûr qu'elle l'est !

Penelope commençait à s'impatienter, tout en étant quelque peu navrée pour ce gamin des rues.

— Agatha Swanburne est une femme pleine de sagesse qui a déjà dit : « Peu de gens gaspilleraient un sandwich parfaitement bon, alors pourquoi gaspiller un esprit parfaitement bon ? ». Allons, pourriez-vous reconsidérer mon offre ?

Le garçon réfléchit pendant une minute.

— Non !

Il prit de nouveau son élan pour dessiner des cercles serrés autour de Penelope.

— Mais j'aimerais bien un sandwich !

— Un sandwich ce sera, alors.

Elle enfouit la main dans son sac.

— Il y a une charmante petite boulangerie nommée *La Charmante Petite Boulangerie* dans la rue. Vous pouvez y aller et manger tant que le cœur vous en dit, pour autant que vous le permettront toutes ces pièces.

Elle déposa l'argent dans sa main.

— En échange, je vous demande de me prêter votre vélocipède pour... eh bien, aussi longtemps que nécessaire.

Le garçon fixa le creux de sa main avec émerveillement.

— Une boulangerie ? Mince alors ! D'accord, m'dame, prenez la draisienne. Elle n'est pas à moi, de toute façon.

Il sauta du siège et fila à toute vitesse vers la boulangerie, laissant Penelope en possession de ce qu'elle soupçonnait alors être un vélocipède volé. Mais peu importait : comment conduire le véhicule était une question beaucoup plus urgente. Le monter en amazone ne semblait pas être une option, et elle replia donc sa longue jupe autour de ses deux jambes afin de se jucher sur le siège. Comme elle avait récemment patiné d'un bout à l'autre d'un plancher glissant sur son derrière, le rembourrage supplémentaire était plus que bienvenu.

« Quelle curieuse invention, pensa Penelope en tournant le guidon d'un côté et de l'autre, juste pour s'y habituer. L'ajout d'un simple mécanisme d'engrenage et de pédales pour les pieds, qui serviraient à propulser les roues, la rendrait beaucoup plus efficace. Peu importe, ce sera plus rapide que de marcher. *Allons, mes amis !** »

L'optimisme de Penelope était revenu à la charge. Après tout, elle avait vu comment s'y prenait le garçon, ce qui paraissait assez simple. On n'avait qu'à pousser ses pieds sur le sol tout en maintenant son équilibre sur le siège. Elle n'eut presque pas besoin de rassembler son courage avant de commencer... « Droite... gauche... droite... gauche... maintenant, un peu plus vite, droite-gauche-droite-gauche, *droitegauchedroitegauchedroitegauche...* »

— Allez hop, Arc-en-ciel ! cria-t-elle tout haut, pour rehausser sa confiance et aussi pour avertir tout passant éventuel qui croiserait son chemin de sa conduite boiteuse et déviante.

— Au galop, mon brave poney ! Il y aura de bonnes carottes pour toi à notre retour à l'écurie !

Penelope accélérait rapidement.

« Ma foi, c'est très facile, pensa-t-elle, se sentant peut-être un peu trop confiante, compte tenu de son manque d'expérience. Et je parie que le conseil de monsieur Hixby est meilleur que je ne l'ai d'abord cru. Je vais rouler jusqu'à ce que je détecte une odeur d'éléphants ! À ce moment, je saurai que le zoo sera à proximité. »

Voilà le problème avec l'optimisme, voyez-vous : en quantité excessive, il donne l'impression que même les idées ridicules valent la peine d'être essayées. Et l'occasion de mettre celle-ci à l'essai approchait, car Penelope oscillait déjà vers une intersection.

« Simple comme bonjour ! se dit-elle en se préparant à humer l'air. Une direction sentira plus les éléphants que l'autre, et c'est la direction que je suivrai. »

Et sur cette réflexion, elle ferma les yeux.

Vous devez bien vous demander pourquoi elle avait fermé les yeux, mais la vérité est que la plupart des gens ont tendance à fermer les yeux lorsqu'ils essaient de bien sentir l'odeur de quelque chose. Si vous réalisez cette expérience à la maison (en suivant toutes les mesures de sécurité, bien entendu), vous

serez étonné de la manière dont le fait de bloquer l'un de vos sens aiguise instantanément les autres.

Cependant, fermer les yeux n'est jamais une bonne idée lorsqu'on essaie de guider un vélocipède au milieu d'une intersection animée. Par ailleurs, aussi profondément qu'inspira Penelope, elle ne perçut pas immédiatement quelle direction sentait le plus les éléphants. Elle renifla et renifla encore, mais comme on le dit aujourd'hui, c'était un peu tirer à pile ou face.

« Mon sens de l'odorat n'est peut-être pas à la hauteur, mais mon ouïe est aussi aiguisée que celle d'une chouette, se rassura Penelope, roulant toujours aveuglément. J'entends des voix crier, un vif coup de fouet, des chevaux qui hennissent pour protester, le claquement de sabots, des roues qui glissent sur la chaussée, les Incorrigibles qui appellent “Lumahouu”... hein ? »

— Lumahouu ! Lumahouu !

— Ho ! Holà !

— Attention, Arc-en-ciel ! hurla Penelope, au moment où le vélocipède sembla se cabrer sous l'effet de la panique. Il dérapa, sa maîtresse ne le dirigeant plus. Avant même de comprendre ce qui se passait, cette dernière se retrouva étalée sur le pavé de Muffinshire Lane.

Les éléphants allaient attendre. Elle ouvrit les yeux et s'aperçut qu'elle faisait face à la grande roue à rayons d'une luxueuse diligence de ville, qui s'était arrêtée abruptement à moins de trois pieds d'où elle gisait. En regardant dans la direction opposée, elle vit que le véhicule était tiré par quatre andalous fougueux d'un noir pur. L'élégant véhicule était de la même nuance minuit que les chevaux, et il était si somptueusement lustré qu'il brillait sous le soleil.

Le cocher la dévisagea depuis sa banquette. Des perles de sueur parsemaient son front. Les jointures de ses poings fermés sur les rênes étaient encore blanches, vu la force avec laquelle il avait tiré dessus.

— À quoi pensiez-vous, mademoiselle ? la gronda-t-il. Vous faites une balade insouciante ? Vous nous avez presque tous tués !

Quatre longues faces de chevaux, avec leurs lèvres caoutchouteuses et leurs oreilles pivotantes, et une expression contrariée dans leurs yeux bordés de longs cils, s'étaient également tournées dans sa direction pour la regarder, s'ébrouant et haletant, comme si elles disaient :

— *Hiii ! hiii !* Pourquoi ne regardez-vous pas où vous allez, mademoiselle Deux-Jambes ? Et trouvez donc un vrai poney, pendant que vous y êtes. Cet engin est parfaitement ridicule !

« Mademosielle Deux-Jambes ? Ma foi, ce n'est pas une manière très polie de s'adresser à quelqu'un », murmura Penelope.

Vous comprendrez qu'elle était plus que désorientée, vu la chute brusque qui venait de la prendre par surprise.

— Lumahouu ! Lumahouuuuuuuuuuu !

Les trois Incorrigibles clamaient son nom, tout près. Un son aigu et grinçant les accompagnait ; si c'était la voix de Margaret, elle s'apparentait plutôt au pépiement d'un Noisettaou inquiet.

— Hé ! Ça va, mademoiselle Lumley ?

Un visage familier, parfaitement jeune et agréable, des vagues de cheveux bruns, des traits harmonieux, un éclair de génie et tout se penchèrent vers elle et lui tendirent la main.

À cet instant, elle fut absolument certaine d'avoir subi une commotion. Voici que Simon Harley-Dickinson l'aidait gentiment à se relever et que les Incorrigibles, avec leurs visages crasseux et leurs mains collantes de bonbon, étaient sortis du véhicule et s'entassaient anxieusement à ses côtés. Beowulf tenait un ballon attaché à une ficelle, et les trois enfants dégageaient, honnêtement, une odeur d'éléphant.

— Simon ? Je veux dire monsieur Harley-Dickinson, bien sûr. Pardonnez-moi, je suis encore un peu ébranlée de ma chute...

Penelope cligna des yeux, une fois, puis deux fois. Muffinshire Lane tournoyait comme une toupie, mais les enfants la serraient si fort dans leurs bras qu'elle n'aurait pu basculer de nouveau, même si elle l'avait voulu, chose que, naturellement, elle ne voulait pas.

— Dites donc, c'est toute une paire de roues que vous avez là, mademoiselle Lumley !

Simon arbora un large sourire.

Penelope masqua sa gêne en essuyant vigoureusement sa jupe entortillée pour la débarrasser de la poussière.

— Quoi ? Le vélocipède ? dit-elle avec désinvolture. C'est simple comme bonjour, une fois que vous vous y êtes habitué.

Elle regarda autour d'elle de nouveau. Elle retrouva tranquillement ses esprits, et la rue cessa de tourbillonner. C'est seulement à cet instant qu'elle se rendit compte de ce que signifiait toute cette situation.

— Mais... attendez !

Elle se tourna vers les Incorrigibles.

— Je croyais que vous étiez au zoo ! En fait, j'étais en route pour aller vous trouver. Je craignais que quelque chose d'horrible ne vous arrive.

Les enfants ne lui offrirent comme réponse que de petits rires innocents et ils frappèrent tour à tour sur le ballon de Beowulf. Penelope cacha son énorme soulagement en empruntant un ton fâché.

— Alexandre ! Beowulf ! Cassiopée ! J'aimerais une explication, je vous prie. Que faisiez-vous à bord de ce magnifique véhicule ? Et à qui appartient-il ? Je suis presque certaine de vous avoir interdit d'accepter de voyager avec des étrangers et si je ne l'ai pas fait, j'aurais dû le faire et le ferai fréquemment à partir de maintenant.

— Mais je ne suis pas un étranger, allons.

Un homme d'âge mûr de grande taille se glissa gracieusement hors du véhicule. Il était lui aussi habillé en noir, et ses cheveux étaient aussi sombres que le quatuor de queues-de-cheval qui fouettaient à cet instant l'air impatiemment.

— Nous sommes allés au zoo, mademoiselle Lumley, et nous rentrions justement. Le véhicule m'appartient. Je suis heureux que vous le trouviez attrayant.

Cette voix ! Riche, puissante... et familière. Elle l'aurait reconnue même les yeux fermés, mais il était impossible de faire erreur sur la silhouette imposante toute de noir vêtue se tenant debout devant elle.

C'était le juge Quinzy. Elle se souvenait clairement de l'avoir vu au bal de Noël du domaine Ashton. Elle y avait rencontré de nombreux amis influents de lord Ashton et franchement, elle n'aimait aucun d'eux ; elle les trouvait tous snobs et arrogants. Les hommes en particulier avaient manifesté une obsession de la chasse aux animaux qui, dans les pires cauchemars de Penelope, avait presque menacé de viser les « enfants-loups » que lord Fredrick s'était vanté d'avoir trouvés sur sa propriété. Le juge Quinzy avait été le seul à avoir manifesté un intérêt plus humain envers Penelope et les Incorrigibles. Bizarrement, pour cette raison, elle l'aimait encore moins que les autres.

— Monsieur Quinzy ! Je vous demande pardon.

Elle lui fit une courte révérence, puis elle perdit presque l'équilibre.

— C'est un plaisir de vous revoir, mademoiselle Lumley, dit-il en souriant. Quelle journée splendide nous avons eue ! N'est-ce pas, les enfants ?

Tous d'accord avec lui, les enfants hochèrent la tête. Instinctivement, Penelope enveloppa d'un bras protecteur ses trois élèves.

— Excusez mon impolitesse, votre honneur, mais je suis perplexe. Comment en êtes-vous venu à emmener les enfants au zoo ?

— Un heureux concours de circonstances, répondit-il en haussant les épaules. Lorsque j'ai appris que mes amis les Ashton résidaient à Londres, je suis passé pour leur rendre visite. Mais à mon arrivée, lady Ashton était partie chez le coiffeur, et lord Ashton n'était pas encore là. Toutefois, cette charmante jeune dame (sur quoi Margaret poussa de petits rires stridents) divertissait les enfants près de la porte d'entrée. Il était impossible de ne pas les remarquer.

— Nous jouions au patin à glace, mademoiselle, couina Margaret. J'ai bien peur que le plancher ne soit plutôt glissant au rez-de-chaussée.

— Naturellement, j'ai d'abord pensé à vous, mademoiselle Lumley, continua le juge. J'ai immédiatement demandé si vous étiez toujours employée par les Ashton. J'aurais été grandement déçu dans le cas contraire, comme vous savez à quel point j'ai été impressionné par vos trois élèves lors de notre rencontre à Noël. Mais Margaret m'a informé qu'elle s'occupait des enfants seulement pendant l'après-midi, car vous vous étiez absentée le temps de déjeuner avec un ami. J'espère que votre rendez-vous galant a été plaisant, ajouta-t-il de sa voix douce comme de la soie.

— Il l'a été, votre honneur, dit-elle.

Mais à l'intérieur, elle fulminait.

Comment avait-il pu oser insinuer une chose pareille ! Et avec Simon juste à côté !

Le juge désigna l'attelage derrière lui.

— Ma voiture est grande, comme vous le voyez. Et il m'a semblé que c'était une trop belle journée pour rester à l'intérieur à patiner sur le plancher, avec des bas en guise de patins, ne trouvez-vous pas ?

Les enfants montrèrent leur technique de patinage, et le juge Quinzy laissa échapper un rire chaleureux.

— Son honneur a même dit que je devrais prendre congé pour l'après-midi, pendant qu'il emmènerait les enfants au zoo et qu'il arrangerait cela personnellement avec lady Ashton, mais j'avais donné ma parole que je m'occuperais des trois petits. Je n'aurais donc même pas considéré l'offre, affirma fièrement Margaret. Mais j'aurais vraiment aimé que vous veniez aussi, mademoiselle Lumley. Je n'étais jamais allée à un zoo avant aujourd'hui ! C'était plus amusant que, bien... qu'un singe qui fait des grimaces. Nous vous avons laissé une note dans la corbeille à courrier en espérant que vous viendriez nous retrouver.

— Je suis arrivée au moment où les enfants grimpaient à bord de ce noble véhicule d'ébène lustré, si vous me permettez l'expression poétique. Ma muse semble être revenue en force.

En s'adressant à Penelope, Simon ajouta tout bas :

— J'ai reçu votre lettre au sujet de la gitane diseuse de bonne aventure. Une curieuse histoire ! Je suis venu tout de suite.

Penelope crut remarquer que le sourcil droit du juge Quinzy se soulevait, l'espace d'un instant. Mais l'homme se ressaisit rapidement.

— Les enfants étaient si heureux de revoir monsieur Harley-Dickinson ; naturellement, je l'ai invité à se joindre à notre expédition, expliqua le juge.

Peut-être était-ce en raison du fait qu'elle était toujours décontenancée par sa culbute, mais Penelope avait la vague impression que le récit du juge Quinzy n'était pas tout à fait crédible.

— Quelle journée amusante avez-vous eue, les enfants ! dit-elle vivement en regardant les Incorrigibles l'un après l'autre. Vous devrez tout me raconter... après avoir pris un bon bain, bien entendu, précisa-t-elle en retroussant le nez, car l'odeur des éléphants était réellement très prononcée.

— Éducatiouu, acquiesça Alexandre.

Beowulf était trop fasciné par le vélocipède pour commenter sa visite. Cassiopée leva la tête vers sa gouvernante et rit :

— Pommes en désordre ! dit-elle en indiquant la tête de Penelope.

Gênée, Penelope leva les mains pour lisser ses cheveux, qui avaient commencé la journée dans leur habituel chignon soigneusement attaché, mais qui se trouvaient à présent dans un désordre fouetté par le vent.

« Dieu merci, j'ai mon épingle à chapeau », pensa-t-elle en rentrant ses mèches libres sous son chapeau, qui était miraculeusement resté sur sa tête pendant sa folle randonnée à vélocipède. (Comme l'avait dit un jour Agatha Swanburne : « Une bonne épingle à chapeau possède plusieurs utilités ; une femme ne devrait jamais quitter la maison sans en emporter une », mais elle avait dit cette remarque en privé à un proche parent, ce qui explique pourquoi Penelope ne l'avait jamais entendue.)

Le juge Quinzy donna l'impression qu'il allait dire quelque chose. Mais il resta silencieux. Toutefois, Penelope sentit qu'il l'observait d'une manière intense et étrange, d'autant plus étrange que ses épaisses lunettes grossissaient ses yeux. Son regard la rendit mal à l'aise, aussi termina-t-elle de remettre ses cheveux en ordre aussi vite qu'elle le put.

— Lumahouu, voyez. Cartes postales de zoo ! annonça Cassiopée, agitant une poignée de cartes illustrées.

— Seigneur ! Vous avez des chimpanzés, et des panthères, et des babouins, et même un hippopotame. Noisettaou n'en croira pas ses yeux.

Puis Penelope fronça les sourcils.

— Cassiopée, avec quel argent avez-vous acheté ces cartes postales ?

La petite fille montra le juge Quinzy.

— Votre honneur, je dois protester, dit fermement Penelope. Emmener les enfants au zoo était déjà beaucoup trop généreux. Vous n'aviez certainement pas à acheter des cartes postales.

Penelope avait presque ajouté « pour un écureuil », mais elle s'était arrêtée juste à temps.

— Merci beaucouuup, déclara adorablement Cassiopée au juge. Merci très beaucouuup.

Le juge Quinzy lui caressa la tête.

— Je vous en prie, mademoiselle Incorrigible, puis il s'adressa à Penelope : Et vous, vous êtes trop gentille, mademoiselle Lumley. Je suis loin d'être aussi généreux que vous le croyez. Voyez-vous, un homme dans ma situation est censé vaquer à des affaires sérieuses... qui peuvent être plutôt ennuyeuses, je dois l'admettre. J'étais reconnaissant d'avoir l'excuse de visiter le zoo, comme je n'ai pas d'enfants moi-même.

Penelope fit signe qu'elle comprenait d'un hochement de tête. Pourtant, songea-t-elle quelques instants plus tard, il y avait quelque chose dans la manière dont le juge Quinzy aidait Beowulf à monter sur le vélocipède, puis dans sa façon de tenir l'engin, alors que le garçon cherchait son équilibre en roulant autour de la voiture sans se lasser, motivé par les rires, les applaudissements et les mots d'encouragement du juge… quelque chose qui ne pouvait être qualifié, d'après l'expérience limitée de Penelope en la matière, que de paternel.

Chapitre onze

À LA SUITE D'UNE AVENTURE, UNE AMITIÉ SE NOUE.

De nos jours, les gens ont recours à toutes sortes d'activités pour se calmer après avoir vécu un événement stressant : effectuer des poses de yoga dans un sauna ; sauter d'un pont, attaché par une corde élastique ; tuer des zombies imaginaires à l'aide d'armes imaginaires, et ainsi de suite. Mais à l'époque de mademoiselle Penelope Lumley, il était universellement connu que rien ne valait mieux qu'une bonne tasse de thé pour se calmer les nerfs après une aventure : une pratique que beaucoup aimeraient voir se raviver.

Comme vous pouvez l'imaginer, Penelope avait à ce moment grandement besoin de boire une tasse réconfortante, et les Incorrigibles avaient grandement besoin de prendre un bain ; en effet, l'odeur des éléphants était si marquée que monsieur Hixby avait peut-être eu raison de le mentionner, après tout. Ainsi se dirigèrent-ils tous vers le numéro douze, Muffinshire Lane, après avoir souhaité une bonne journée au juge Quinzy et lui avoir offert mille mercis pour sa gentillesse, remerciements qu'il balaya d'un grand geste de la main.

Penelope avait le sentiment qu'elle devait aussi beaucoup à Margaret. Sans le sens du devoir de la jeune servante, de même que l'arrivée opportune de Simon, bien entendu, les enfants auraient pu partir prestement passer la journée seuls avec le juge Quinzy – une idée au mieux déplaisante. La décision qu'avait prise Margaret révélait si bien sa force de caractère que Penelope se demanda si elle aussi avait été influencée par la sagesse d'Agatha Swanburne à un moment ou un autre de sa vie.

Elle tenta d'exprimer toute sa reconnaissance, mais l'humble fille ne fit que rire gentiment et répondre de sa voix de souris :

— Mais ce n'est rien d'extraordinaire, mademoiselle ! Je n'ai fait que veiller sur les enfants, comme j'avais promis de le faire. Si vous voulez bien m'excuser, je ferais mieux de retourner travailler. Madame Clarke ne tardera pas à me chercher.

Elle fit une petite révérence et se hâta vers la maison. Puisque Penelope était de retour, Margaret passerait le reste de sa charmante journée à nettoyer les grilles de foyer, à balayer les tapis et à répondre aux caprices de sa maîtresse montée sur ses grands chevaux, chaque fois que lady Constance ferait retentir la sonnette.

« Pauvre Margaret, se dit Penelope en observant la fille au grand cœur franchir gracieusement le pavé d'un pas pressé. J'espère que lady Constance ne la grondera pas d'être allée au zoo. Si elle le fait, ce sera ma faute, car je le lui ai mentionné. Et pauvre lady Constance ! Je me demande si elle sait à quel point on la trouve contrariante. »

Contrariante, en effet ! Alors même que cette pensée lui traversait l'esprit, Penelope aurait voulu inviter Simon à prendre le thé et manger quelques-uns des biscuits que les enfants lui avaient supplié d'acheter à *La Charmante Petite Boulangerie*. (Au moment où elle était passée à la caisse, elle s'était attristée, sans être tout à fait surprise, d'entendre le boulanger se plaindre. Apparemment, un jeune garçon avait volé deux miches de pain de seigle et une demi-douzaine de brioches collantes avant de s'enfuir à toutes jambes, à peine vingt minutes plus tôt.)

Mais Penelope savait que si lady Constance la voyait recevoir un véritable visiteur (et un jeune gentleman, par-dessus le marché !), l'hystérie serait sans fin.

À la place, Penelope et Simon se promenèrent tranquillement, pendant que les enfants trottinaient à tour de rôle sur le vélocipède. Cassiopée était beaucoup trop petite pour que ses pieds puissent toucher le sol et ses frères la tenaient donc tout en la poussant, mais cela ne semblait pas les ennuyer.

Penelope était impatiente de s'enquérir de la diseuse de bonne aventure, mais d'abord, elle devait simplement savoir ce qui s'était passé au zoo, et elle demanda donc à Simon de le lui raconter.

— Vraiment, les enfants ont été extraordinaires, commença Simon tandis qu'ils marchaient. J'ai moi-même un faible pour les animaux...

— Vraiment ? Moi aussi !

Penelope savait qu'il était impoli d'interrompre les gens, mais cette affirmation l'avait tant réjouie que les mots étaient sortis de sa bouche spontanément. Elle avait presque ajouté « surtout pour les poneys », mais elle n'était pas certaine que les exhortations qu'elle avait adressées à Arc-en-ciel en roulant à vélocipède aient atteint les oreilles de Simon, et omit donc ce détail.

— Vous aussi ? Incroyable.

Il semblait tout aussi ravi.

— En tout cas, je suis généralement capable de devenir ami avec les bêtes les plus nerveuses. C'est de famille. Mon grand-oncle Pudge, le marin, m'a raconté qu'il avait déjà gagné les bonnes grâces d'un albatros lors d'un voyage en mer. Mais honnêtement, les enfants ont montré de telles affinités avec les animaux... je n'avais jamais vu ça avant. Ils ont même aidé à donner un médicament à un éléphant malade.

Au son du mot « éléphant », les enfants se mirent à cabrioler en riant et en émettant de grands bruits de trompette. Simon prit un air déconcerté.

— J'espère que ça ne vous effraiera pas d'entendre ce qui est arrivé, mademoiselle Lumley. Comme vous pouvez le voir, personne n'a été blessé.

Penelope le rassura à ce sujet, et la voix de Simon devint de plus en plus expressive tandis qu'il racontait ce qui s'était produit ensuite :

— Lorsque nous sommes arrivés à la cage des éléphants, le gardien de zoo ne savait plus quoi faire pour persuader le pachyderme malade de prendre sa pilule. Avant que quiconque ne puisse les arrêter, les enfants ont escaladé les barreaux ! Beowulf s'est hissé sur la trompe de l'éléphant pour l'écarter de sa bouche. Cassiopée caressait son gros genou gris pour le calmer, et Alexandre a pris la pilule de la main du gardien de zoo et l'a balancée au fond du gosier de la bête, en deux temps trois mouvements.

Les enfants recréaient joyeusement la scène au fur et à mesure que Simon la décrivait en utilisant le vélocipède comme doublure de l'éléphant.

— Bravo ! Quelle aventure vous avez connue ! Ce qui explique l'odeur. Mais, les enfants, sachez qu'il ne faudrait pas prendre l'habitude de grimper aux cages des zoos. J'espère que vous vous en souviendrez.

En son for intérieur, bien sûr, Penelope était très fière que les Incorrigibles soient venus en aide à un animal malade sans hésiter, puisque c'est exactement ce qu'elle aurait fait, peu importait le nombre de barreaux de fer qui se seraient dressés sur son passage.

Elle attendit que les enfants filent assez loin, puis elle demanda :

— Monsieur Harley-Dickinson, dites-moi, les enfants ont-ils montré des signes d'effroi une fois devant des créatures plus familières, qui habiteraient dans la forêt, disons ? Les ours, par exemple ? Ou (sa voix trembla en prononçant le mot) les loups ?

— Oh, nous n'avons pu voir la section de la vie sauvage de la Grande-Bretagne. Elle était fermée pour cause de travaux, expliqua Simon. Monsieur Quinzy en était très déçu. Mais nous nous sommes gentiment amusés avec les girafes et les orangs-outans, et tout le reste. Les enfants ne s'en lassaient pas. Ils les montraient en pointant le doigt comme s'ils n'avaient jamais rien vu d'aussi drôle.

« Intéressant, songea Penelope. Aux yeux des Incorrigibles, ces bêtes exotiques doivent être aussi étranges et comiques qu'une personne dans un costume de clown le serait pour un enfant ordinaire. »

Mais elle dit simplement à Simon :

— On dirait bien que tout le monde s'est follement amusé.

Simon la regarda d'un air curieux.

— Pardonnez-moi de vous le dire, mademoiselle Lumley, mais vous ne semblez pas être très surprise de mon histoire au zoo. Peut-être que je me fais des idées, mais je soupçonne que la plupart des gouvernantes tomberaient dans les pommes après avoir entendu l'histoire à faire dresser les cheveux que je viens de vous livrer.

Il fronça les sourcils et demanda :

— Ou peut-être que je n'ai pas réussi à recréer le drame dans lequel les enfants ont défié la mort ? J'espère que ma muse ne m'a pas de nouveau quitté.

Penelope sentit le sang lui monter aux joues. Même si elle avait l'impression de le connaître depuis toujours, en réalité, sa rencontre avec Simon était si récente qu'elle ne lui avait pas encore mentionné le fait que les enfants avaient été élevés par des loups. Était-ce le bon moment ? Penelope avait lu tous les livres traitant de bienséance à la bibliothèque de Swanburne, mais elle ne pouvait se souvenir d'aucune règle s'appliquant précisément à cette situation.

— Je vous l'assure, monsieur Harley-Dickinson, votre histoire au zoo était racontée d'une manière tout à fait fascinante, et je n'hésiterais pas une seconde à l'entendre de nouveau. Toutefois, les enfants ont un passé quelque peu inhabituel, dit-elle prudemment. Un passé qui les a rendus très habiles auprès des animaux. Je les ai observés moi-même agir avec certaines bêtes, c'est pourquoi je ne suis pas surprise par votre récit.

— Un passé inhabituel ?

Simon s'arrêta de marcher et se tourna vers Penelope.

— C'est exactement ce que monsieur Quinzy a dit. Quel type étrange ! Il voulait tout savoir sur moi, comment je vous ai rencontrée et ce que je pensais des enfants. Je lui ai dit que je n'avais jamais eu le plaisir de rencontrer trois gamins aussi brillants et charmants. « Mais que pensez-vous de leur passé inhabituel ? » a-t-il demandé. « Eh bien, ai-je répondu, c'est en effet inhabituel ; ce ne sont pas tous les enfants qui ont la chance de se rouler dans des piles d'argent comme ils doivent le faire au domaine Ashton. Mais tant que cette raisonnable mademoiselle Lumley prend soin d'eux, ils ne devraient pas devenir complètement gâtés. »

Simon sourit et continua :

— Son honneur s'est alors esclaffé, pendant une minute et demie. Dites, que voulait-il signifier par là ? Les enfants ont-ils fait partie d'un cirque ?

Les Incorrigibles étaient toujours occupés à jouer avec le vélocipède. Penelope se demanda s'il serait acceptable de tout révéler, puis un seul regard sur le visage parfaitement agréable de Simon lui donna la réponse. Elle lui expliqua donc rapidement tout ce qu'elle savait du « passé inhabituel » des enfants.

Ce fut alors au tour de Simon d'être captivé.

— Élevés par des loups ! Vraiment ? s'exclama-t-il une fois qu'elle eut terminé. J'écrirais bien une pièce sur le sujet, mais personne ne me croirait.

Puis, comme Penelope devait tout simplement avoir quelqu'un en qui faire confiance, elle raconta tout à Simon : tout sur les étranges événements survenus au domaine Ashton, le mystérieux danger dont l'avaient prévenue mademoiselle Mortimer et les curieuses paroles de la diseuse de bonne aventure, « la chasse est ouverte ». La seule chose qu'elle laissa de côté fut la demande de mademoiselle Mortimer, qui l'avait avisée de ne pas chercher à en savoir davantage. Vraiment, quel tort pourrait-elle causer en satisfaisant sa curiosité ?

— Vous comprenez, monsieur Harley-Dickinson, conclut-elle, pourquoi je dois parler avec cette gitane ? Aussi surprenant que cela puisse paraître, la voyante semi-édentée sait peut-être ce qui se cache sous ces événements inexplicables.

Simon secoua la tête.

— J'ai bien peur d'avoir de mauvaises nouvelles pour vous, mademoiselle Lumley. Je n'ai pas vu madame Ionesco depuis des jours, depuis que je vous ai rencontrés, en fait, vous et les enfants.

Penelope put difficilement cacher sa déception.

— C'est inhabituel pour elle d'être absente pendant si longtemps ?

— Un peu, oui. Elle est, la plupart du temps, occupée à proposer ses présages dans tout le quartier.

Vous seriez surprise de savoir ce que les gens sont prêts à payer pour un coup d'œil dans l'inconnu.

— J'espère qu'un sort terrible ne lui est pas tombé dessus, dit Penelope, inquiète. Ou est-ce que les gens de sa profession sont capables de prédire de telles catastrophes et de les éviter ?

Simon haussa les épaules.

— J'aimerais bien le savoir. Mais même les diseurs de bonne aventure ont le droit de prendre des vacances de temps à autre. Peut-être a-t-elle quitté la ville. Si vous voulez, les enfants et vous pouvez venir me rendre visite dans ma mansarde, puis nous la chercherons dans le quartier. Après, je vous montrerai quelques-uns de mes repaires théâtraux. « La vie d'un barde révélée », pourrait-on résumer. Dites, il y a une nouvelle pièce au Drury Lane. Si nous nous y prenons de la bonne façon, le régisseur du théâtre nous laissera assister à une répétition.

— Une pièce !

Penelope trouva l'idée beaucoup plus emballante qu'elle n'osa le montrer.

— Ce serait amusant, fit-elle remarquer en tâchant de garder un ton décontracté. Et demain, lady Constance sera sortie toute la journée pour visiter les pauvres, ce qui signifie que nous pourrons entrer et sortir...

Elle aurait pu dire « sans provoquer une ridicule crise d'hystérie », mais ce n'aurait pas été gentil.

— ... sans la déranger, termina-t-elle.

— Visiter les pauvres ? Dites donc, c'est admirable. Cette lady Constance doit être une bonne personne, aussi bonne que peuvent l'être les dames riches.

Penelope réprima un sourire, car elle n'avait pas encore abandonné l'idée de se lier d'amitié avec lady Constance.

— C'est très gentil à vous de le dire, répondit-elle avec une réelle sincérité. En tout cas, nous serions ravis de nous joindre à vous. La visite que vous proposez me paraît hautement éducative.

— Ou éducatihouu, comme le diraient les Incorrigibles. C'est mignon, leur façon de terminer les mots. Je comprends un peu mieux pourquoi ils font ça, maintenant que je connais cette histoire de loups. Nous voici de nouveau devant le numéro douze. Vous ne l'avez probablement pas remarqué, mais nous avons effectué cinq circumnavigations[1] de Muffinshire Lane. Le capitaine Cook lui-même n'aurait pu faire mieux.

Simon remonta son col et battit le sol de ses pieds une fois de plus.

— Je suppose que j'aurais dû le mentionner avant, mais c'était une conversation trop plaisante pour arrêter de parler si tôt.

---

1. Accomplir un voyage de circumnavigation est un terme maritime qui signifie naviguer autour du globe (*N.d.E.*).

— Cinq ! Vraiment ? s'exclama Penelope d'un air espiègle, car bien entendu, elle avait remarqué. C'est grâce à vos compétences de navigateur que nous n'avons pas été emportés par le vent.

Simon se frotta la nuque.

— Très bien, donc. Je viendrai vous chercher, disons, vers onze heures... ou préféreriez-vous utiliser votre guide pour vous rendre dans le West End ?

— Vous voulez dire mon *Hixby* ?

Penelope poussa un soupir de frustration.

— Un homme grand portant une plume verte sur la manche a essayé de me le voler dans le train qui nous a amenés à Londres. Les enfants l'ont surpris juste à temps. Maintenant, je souhaiterais presque qu'il ait réussi à me le voler, car ce livre s'est montré très peu utile jusqu'à présent.

Une fois encore, Penelope s'était arrêtée juste à temps, car elle aurait pu facilement ajouter : « Imaginez, j'ai essayé de trouver mon chemin jusqu'au zoo en suivant l'odeur des éléphants ! ». Mais bien sûr, cette révélation aurait exigé un minimum d'explications.

Elle sortit le guide de son sac à main et le montra à Simon.

— Vous voyez ? La seule entrée à contenir une information utile est celle qui porte sur la dix-septième galerie du British Museum.

— *Abus du symbolisme dans les portraits historiques mineurs,* lut-il avant de feuilleter les pages. Hé, regardez ça ! Huit pages de commentaires détaillés, les heures d'ouverture, le prix d'entrée, les horaires des jours fériés, un dessin à l'échelle du musée...

En retournant le volume de côté, il ajouta :

— Et une carte pliante indiquant comment s'y rendre, y compris la latitude et la longitude.

Il referma le livre et le remit à Penelope.

— Impressionnant. Je dirais que ce monsieur Hixby est bien décidé à faire connaître la dix-septième galerie.

— Je suis d'accord avec votre conclusion, monsieur Harley-Dickinson. Mais je trouve cela ironique.

Penelope traça l'illustration sur la couverture du livre du bout du doigt : une jolie petite fleur blanche.

— Car il décrit la dix-septième galerie comme « un endroit obscur et très peu fréquenté », et pourtant il présente cette galerie comme un incontournable absolu ; elle doit donc à présent être pleine à craquer de visiteurs. À moins que...

Exactement comme un poney bien dressé sauterait par-dessus un ruisseau d'eau trouble pour atterrir de l'autre côté, les sabots secs, sur le pré tacheté de rayons de soleil, l'esprit de Penelope venait soudain de bondir par-dessus la confusion.

— Monsieur Harley-Dickinson, savez-vous par hasard où se trouvent toutes les librairies de Londres ?

Elle était si exaltée qu'elle avait du mal à se retenir de taper des mains.

— Et comment, que je le sais ! affirma-t-il fièrement. Toutes, sans aucune exception.

Penelope éprouva la profonde satisfaction que l'on ne peut connaître que si on se trouve en compagnie d'une âme sœur.

— Merveilleux ! s'exclama-t-elle.

Son esprit se mit à tourner à toute allure, et ses mots jaillirent bon gré mal gré.

— Les enfants sont beaucoup trop fatigués pour une autre sortie. Je n'oserais pas les quitter de nouveau et, de toute façon, ils n'ont pas terminé leur dissertation sur les causes et les conséquences de la guerre du Péloponnèse.

— Athènes contre Sparte ? Je ne suis pas certain de vous suivre...

Elle baissa la voix pour adopter un ton confidentiel.

— Si vous le voulez bien, lorsque nous nous quitterons, je vous demanderai d'aller immédiatement visiter autant de librairies que vous le pouvez. Essayez de trouver un seul autre exemplaire du *Guide Hixby de Londres.* Ou tout autre *Guide Hixby,* pendant que vous y êtes.

— Sans problème.

Simon la salua comme s'il était déjà sur le point de partir.

— Mais pourquoi donc ?

— Parce que maintenant, je soupçonne que *ceci,* expliqua Penelope en posant la main sur la couverture de son livre, est le seul exemplaire du *Guide Hixby de Londres copieusement illustré : avec références historiques, descriptions architecturales et allusions littéraires* qui existe.

— Voilà une idée aussi fascinante que singulière.

Simon se frotta le menton, qu'il avait rasé pour la toute première fois le matin même.

— Mais si vous aviez raison, que croyez-vous que ça signifie ?

— Cela signifierait que moi, mademoiselle Penelope Lumley, suis la seule et unique personne que l'auteur de ce volume a voulu attirer dans cette obscure dix-septième galerie très peu fréquentée.

Elle parcourut les alentours du regard pour s'assurer que les enfants ne pouvaient l'entendre.

— Cela signifierait aussi que mademoiselle Mortimer en sait beaucoup plus que ce qu'elle m'a révélé ; car c'est elle qui m'a envoyé le livre.

— Elle doit donc savoir qui l'a écrit, s'écria Simon.

— Exactement, acquiesça Penelope. Et peut-être même la raison pour laquelle quelqu'un voudrait se l'approprier.

À ce moment, Beowulf roula vers Penelope et Simon pour leur montrer une manœuvre qu'il avait inventée sur le vélocipède (il l'avait nommée « faire sauter la rouuue »), ce qui les tint tous occupés pour une autre circumnavigation de Muffinshire Lane.

La manœuvre donna aussi une idée à Simon. Comme il ne possédait ni cheval ni voiture, le jeune homme suggéra que ses efforts seraient largement accélérés s'il faisait le tour de toutes les librairies de Londres à vélocipède lui-même.

— Si les enfants veulent bien le laisser partir, bien sûr, dit-il en soulevant son chapeau pour les remercier d'avance.

Les Incorrigibles n'émirent aucune objection à laisser Simon utiliser le vélocipède. La journée avait été longue, et il était temps de prendre un bain, de manger, puis d'écouter le reste de ce drôle de poème écossais sur une souris, qu'ils aimaient au point de se mettre tous les trois à baver rien qu'à y penser... ou c'était peut-être l'idée d'une délicieuse petite souris qui les faisait saliver. En tout cas, il leur tardait de connaître la suite de ce poème.

Cependant, Penelope avait un autre souci en tête.

— Monsieur Harley-Dickinson, je dois être franche avec vous, annonça-t-elle solennellement. Je ne sais pas à qui appartient ce vélocipède, en réalité.

— A-t-il été perdu ?

Penelope repensa aux deux miches de pain de seigle et à la demi-douzaine de brioches collantes volées.

— Plutôt volé, j'en ai bien peur.

— Vous feriez mieux de ne pas m'en dire plus, alors. Moins j'en sais, moins ils pourront m'extirper de renseignements sur le chevalet[1].

---

1. Il s'agit d'un instrument de torture anglais de cette époque (*N.d.T.*).

Penelope mit un moment à s'apercevoir que Simon plaisantait.

— Mais est-ce prudent de se promener dans Londres sur un vélocipède volé ? demanda-t-elle, inquiète.

Il n'y avait pas de doute : l'Académie Swanburne pour les filles pauvres mais intelligentes était une école excellente et hautement réputée, mais c'était le genre de question que l'éducation de Penelope avait complètement négligé d'aborder.

— Que vous arrivera-t-il, si l'on vous attrape ? Les agents de police croiront sûrement que vous êtes le voleur.

— Contrebande, hein ?

Simon ricana et monta agilement sur le siège.

— Ça devient absolument imprévisible ! Ne vous inquiétez pas, mademoiselle Lumley, je serai prudent et je me tiendrai loin des policiers. Par ailleurs, j'ai un nouvel ami juge, vous vous en souvenez ? Si ça n'aide pas un garçon à éviter de se retrouver en prison, je me demande bien ce qui fera l'affaire.

— Bonne chance, alors. Oh, monsieur Harley-Dickinson ! Prenez un biscuit pour la route !

Elle lui en offrit un en ouvrant la charmante petite boîte métallique fournie par la boulangerie.

— Crème anglaise ! Mon parfum préféré. Merci, mademoiselle Lumley.

Il prit un biscuit et n'en fit qu'une bouchée. Et sur ce, il se mit en route.

Ainsi, comme lors de leur toute première rencontre (qui, bien sûr, avait eu lieu seulement quelques jours plus tôt, bien qu'elle semble avoir eu lieu des années auparavant), mademoiselle Penelope Lumley et monsieur Harley-Dickinson s'étaient dit au revoir sur les marches du numéro douze, Muffinshire Lane. Mais cette fois-ci, Penelope savait exactement quand elle reverrait monsieur Harley-Dickinson, et ce serait très bientôt. Dès le lendemain, en fait !

Non seulement l'attente serait courte, mais elle sentait que Simon se distinguait comme étant quelqu'un en qui elle pouvait avoir confiance et sur qui elle pouvait compter pour l'aider à éclaircir les choses. Malgré les mystères, énigmes et devinettes des derniers jours, le fait de savoir qu'elle avait trouvé en Simon un vrai ami suffisait à réjouir son cœur. Comme Agatha Swanburne l'avait dit un jour, « lorsque les choses s'améliorent, il n'y a aucune raison de regarder ailleurs ».

Et un vrai ami était un trésor qui n'avait pas de prix. Cette vérité, Penelope l'avait apprise en lisant *Le Nouveau Poney,* la première belle histoire d'Edith-Anne Pevington et de son nouveau poney, Arc-en-ciel, dans laquelle ils en étaient venus à se comprendre et à s'aimer, après quelques maladresses (comment Edith-Anne pouvait-elle savoir qu'Arc-en-ciel préférait de loin les carottes aux cubes de sucre et qu'il ne tolérerait de se faire nettoyer les sabots que si elle lui chantait des airs en travaillant ?).

Le seul souvenir de ce récit incita Penelope à fredonner la mélodie du chant de marin que Simon avait sifflotée plus tôt.

— Pommes, pommes, pommes, chantait Cassiopée pour l'accompagner, pendant que Penelope shampouinait vigoureusement la tête de la petite.

L'odeur d'éléphant se montrait tenace et exigeait un nettoyage énergique. Les garçons avaient déjà pris leur bain ; ils étaient à cet instant affairés à ajouter des images de casques grecs antiques, d'armes et de navires à leurs journaux. Penelope avait abandonné l'idée de les convaincre d'utiliser leurs journaux pour y consigner des événements factuels de leur séjour à Londres ; si Noisettaou croyait qu'ils avaient passé leur temps engagés dans des batailles navales contre la flotte spartiate, cela aurait-il vraiment de graves conséquences ?

— Pommes bulles, pommes bulles !

Cassiopée tira un petit coup sur le bout d'une mèche des cheveux de Penelope, qui tombaient alors librement sur ses épaules ; puisque la soirée était déjà entamée, la gouvernante avait retiré ses épingles à cheveux.

— Pommes à Lumahouu, tralala !

Cassiopée se fit une moustache savonneuse avec ses propres cheveux et ceux de Penelope, et souffla à travers les mèches jusqu'à ce que des bulles de savon voltigent dans l'air. La couleur des deux mèches était presque identique.

— Fermez les yeux, chère... bonne fille.

Penelope rinça le savon à l'aide d'une cruche d'eau propre et elle se demanda si la ressemblance entre la couleur de ses cheveux et celle de l'enfant avait quelque chose à voir avec la demande urgente de mademoiselle Mortimer, à savoir utiliser le cataplasme pour les cheveux ?

D'abord le *Guide Hixby*, puis le cataplasme ! Penelope ne voulait pas se fâcher avec mademoiselle Mortimer, mais elle aurait aimé que son ancienne directrice soit un peu plus ouverte. Cependant il serait peut-être plus sage de suivre ses instructions sans broncher et d'utiliser le cataplasme sans tarder.

Évidemment, Penelope allait revoir Simon le lendemain. Était-elle ridicule de vouloir paraître à son avantage ? Le cataplasme pourrait sûrement attendre encore un peu ? Puis, elle se remémora la manière dont le juge Quinzy l'avait observée dans l'après-midi, alors qu'elle replaçait ses mèches de cheveux libres sous son chapeau. Avait-il remarqué la même similarité ? Et si c'était le cas, en quoi cela importait-il ? De telles coïncidences étaient très fréquentes.

« Quoi qu'il en soit, je n'ai pas à m'inquiéter de ce que pensera Simon », conclut Penelope, car un vrai ami n'accorderait pas d'importance à la teinte de ses cheveux. Cela, elle en était certaine.

Pour ce qui est du juge Quinzy... peut-être avait-elle simplement imaginé qu'il regardait ses cheveux. Mais cette réflexion lui rafraîchit la mémoire. Quelque chose dans l'histoire du juge l'avait dérangée, mais qu'était-ce donc ?

En essorant les cheveux de Cassiopée, la réponse lui vint à l'esprit. Le coiffeur ! Il avait dit qu'il était venu à la maison pour voir lord et lady Ashton, mais que celle-ci était partie chez le coiffeur.

Pourtant, lady Constance n'avait pas quitté la maison. Elle n'avait pas eu non plus de visiteurs ; Penelope l'avait entendue le dire à lord Fredrick.

Pourquoi le juge Quinzy aurait-il menti à ce sujet ?

— Poème à Cassaouaf, s'il vous plaît, demanda la fillette ruisselante tandis que Penelope la soulevait pour la sortir de la baignoire. Monsieur Burns, s'il vous plaît ! Les plans les mieux conçus des sourihouu...

— Je vais vous lire le poème de monsieur Burns dans un instant, la rassura sa gouvernante en l'enveloppant d'une serviette.

Penelope savait exactement où trouver le cataplasme pour les cheveux de mademoiselle Mortimer ; elle avait rangé le flacon au fond du tiroir de sa commode plus tôt, lorsqu'elle était entrée dans la nursery.

— Mais d'abord, j'ai mon propre shampoing à faire.

Chapitre douze

PENELOPE DOIT RECOURIR AU PLAN B.

Même avec le soleil brillant du matin qui entrait à flots par la fenêtre de sa chambre à coucher, les cheveux de Penelope étaient ternes et tristes.

« Le cataplasme a parfaitement bien fonctionné, pensa-t-elle en repassant la brosse dans sa chevelure. En tout cas, je ressemble à mon ancienne “moi”. Ce qui me rappelle ma vie à Swanburne. Et si les enfants remarquent le changement de couleur, je leur dirai simplement que j’ai transformé les pommes en mûres ! »

Clairement, l’optimisme peut être une qualité très utile, qui possède même le pouvoir de transformer les citrons en limonade et les pommes en mûres, et ainsi de suite. Cependant, tout comme la succulente tarte à la Philippe peut causer le pire mal de ventre si elle est consommée en quantité exagérée, un surplus d'optimisme peut pousser quelqu'un dans un état précaire connu sous le nom de « suroptimisme aigu ».

Hélas, cet état peut conduire sur une pente savonneuse. Le véritable optimisme, tel qu'Agatha Swanburne l'avait défini, c'est l'habitude de s'attendre à connaître des dénouements heureux, ce qui vous incite à travailler dans un esprit de gaieté pour faire en sorte que ces dénouements deviennent réalité. Mais le suroptimisme aigu est de l'optimisme poussé trop loin, beaucoup trop loin. Il vous expose au risque réel de vous emballer exagérément, ou même de perdre votre cap, particulièrement lors d'un voyage en mer. Une fois pris dans les affres du suroptimisme aigu, les gens se convainquent que rien de mauvais ne peut leur arriver. Ils investissent les économies qu'ils ont accumulées toute leur vie dans des projets insensés, achètent un billet pour un voyage transatlantique sur un navire « insubmersible » nommé le *Titanic* et n'arrivent généralement pas à reconnaître le moment où il serait adéquat de passer au plan B. (Notez que dans l'expression « plan B », la lettre B ne représente rien en particulier ; l'expression signifie que lorsqu'un plan A tombe en miettes et que le désastre est imminent, il est rassurant d'avoir un plan alternatif à disposition.)

La chute à vélocipède de Penelope (provoquée, comme vous le savez, par sa croyance optimiste qu'elle pouvait traverser aveuglément une intersection en détectant l'odeur des éléphants) avait été une leçon douloureuse, et elle avait résolu depuis ce jour de maintenir son optimisme dans la mesure du raisonnable. Mais le naturel revient vite au galop. Malgré ses bonnes intentions, Penelope ne pouvait s'empêcher de se réjouir du manque de vitalité de l'aspect de sa chevelure.

« Il est vraiment dommage qu'il n'y ait aucune façon de savoir d'avance quelle est la bonne dose d'optimisme, songea-t-elle en attachant ses mèches ternes et tristes en un chignon terne et triste. Mais j'ai bien peur qu'on ne puisse poser de tels jugements qu'avec le recul. »

Elle avait raison. Et, comme dans le cas d'une pelle à neige qui a été commandée par courrier et qui a été perdue par le bureau de poste, puis qui est enfin retrouvée au mois de juillet, les jugements posés avec le recul le sont toujours trop tard pour vraiment servir.

Malgré tout, la journée s'annonçait prometteuse. Simon allait bientôt arriver, et les enfants avaient mis à jour leurs journaux avec des images d'éléphants et d'orangs-outans, et de braves tentatives d'épellation du mot « péloponnésien ». Alexandre avait usé de son écriture attachée tremblante pour adresser toutes les cartes postales imagées à « Noisettaou, Cimes des arbres, domaine Ashton ». Beowulf avait décoré chaque carte d'un dessin à la plume illustrant une trirème (qui, comme vous le savez peut-être déjà, était un navire de guerre à plusieurs rames qu'utilisaient les Grecs de l'Antiquité au cours de la guerre du Péloponnèse), et Cassiopée les avaient signées « Aime Aou, de Cassie ». La petite sautillait d'impatience à l'idée de les mettre à la poste.

Somme toute, Penelope jugea qu'il était acceptable de laisser libre cours à une quantité modeste d'optimisme.

« Les choses s'améliorent possiblement », se dit-elle en emmenant les enfants au rez-de-chaussée pour attendre Simon, comme il était déjà presque onze heures.

Les enfants seraient en sécurité auprès d'elle, et une fois qu'ils auraient trouvé madame Ionesco et appris ce que Simon avait découvert lors de son excursion littéraire, les mystères que présentaient mademoiselle Mortimer et le guide seraient sans aucun doute résolus avant l'heure du thé. Les enfants trouveraient l'expérience hautement éducative, et Penelope anticipait avec plaisir l'agréable compagnie de monsieur Harley-Dickinson.

Vraiment, qu'est-ce qui pourrait mal tourner ?

Pour commencer, Simon ne vint point.

Onze heures arrivèrent, puis repartirent. Ensuite vinrent onze heures et demie. Puis midi. Les enfants commencèrent à s'inquiéter et se mirent à pleurnicher.

Ce n'est pas facile d'attendre patiemment quelqu'un qui est en retard, d'ailleurs beaucoup succomberaient peu à peu à une colère noire. Ils passeraient l'attente à se préparer à affronter froidement le retardataire et à lui passer un savon magistral (une expression qui signifie gronder une personne assez sévèrement pour qu'elle ait l'impression de se faire arroser à plein débit par un tuyau d'incendie).

Mais Penelope avait confiance en Simon, et la confiance qu'elle choisissait d'accorder aux gens ne se laissait pas facilement ébranler. Au début, elle attendit. Ensuite, elle s'inquiéta. Finalement, elle fut frappée par ce que l'on appelle un éclair de génie.

— Contrebande ! lança-t-elle abruptement, à la grande surprise des Incorrigibles, qui avaient décidé de passer le temps en construisant un modèle de trirème avec les bouts d'une fougère en pot qui était posée dans le hall d'entrée.

C'était l'idée d'Alexandre, et une brillante idée de surcroît, car les frondes de fougères faisaient gracieusement office de trois rangs de rames bordant chaque côté du navire.

— Contrahouu ? demanda Beowulf, levant la tête depuis son œuvre.

Penelope arpentait le plancher glissant pour se concentrer de toutes ses forces, car ses pouvoirs de déduction fonctionnaient à plein régime.

— La contrebande, c'est l'obtention de biens par un moyen illégal, prit-elle le temps d'expliquer (elle était toujours leur gouvernante, après tout). C'est le vélocipède qui a retardé monsieur Harley-Dickinson, j'en suis certaine. Il a dû être arrêté par un agent de police, sinon pourquoi ne serait-il pas ici comme convenu ?

Emballés par cette tournure inattendue des événements, les enfants se mirent à glapir :

— Contrebande ! Contrebande !

Madame Clarke, qui cherchait quelque chose au premier étage, se dandina alors vers le bas de l'escalier pour trouver la raison du tapage.

— Allons, allons, les petits, ne me dites pas que vous jouez encore au minotaure ! Je croyais que nous avions appris notre leçon à ce sujet...

— Pas minotaure, matador... c'est sans importance... madame Clarke !

Penelope saisit la servante par les deux bras.

— Notre ami monsieur Harley-Dickinson a possiblement été mis « derrière les barreaux » pour avoir eu en sa possession un bien volé. Nous devons l'aider.

Madame Clarke gloussa et secoua la tête.

— Vous ne devriez pas fréquenter ce genre de garçons, mademoiselle Lumley, cela ne vous apportera rien de bon. Toutefois, en entendant les mots « bien volé », je repense au vieux monsieur Clarke. Que son âme repose en paix !

Elle posa une main sur son cœur, et une vague de nostalgie adoucit ses traits.

— Il se faisait jeter en taule une fois par semaine, lorsqu'il était encore dans la force de l'âge. « Conduite répréhensible » était presque son second prénom.

Penelope aurait beaucoup aimé en apprendre davantage sur le défunt et bien-aimé monsieur Clarke, un personnage manifestement fascinant, mais elle se doutait que le récit n'était pas approprié pour les jeunes oreilles et, de toute façon, elle n'avait pas de temps à perdre.

— Je vous l'assure, madame Clarke, si une accusation a été portée, elle est fausse. Et il ne tiendra qu'à nous de prouver son innocence. Mais comment ?

Elle se concentra de nouveau pour réfléchir.

— Je sais ! Lord Fredrick a un ami, le juge Quinzy, qui, j'en suis certaine, pourra éclaircir la situation, car Simon était en sa compagnie toute la journée d'hier. Il n'existe sûrement aucun meilleur alibi que la parole d'un juge ! Où pourrait-on le trouver ?

— Son honneur ? Quel drôle de type, n'est-ce pas ? J'ai la chair de poule rien que d'y penser, pour une raison que j'ignore.

Madame Clarke eut un petit frisson qui vint appuyer ses dires.

— Vous trouverez monsieur Quinzy au club de lord Fredrick, je le sais à coup sûr. Les gentlemen ont prévu de se retrouver pour déjeuner et jouer une partie de billard.

— Connaissez-vous par hasard l'adresse ? s'enquit Penelope, car après la leçon douloureuse qu'elle avait reçue la veille, elle savait que ce serait du suroptimisme aigu que d'essayer de trouver le club de lord Fredrick en suivant, disons, l'odeur de cigares onéreux.

— Si je connais l'adresse ! C'est qui, croyez-vous, qui envoie les chemises propres, la trousse de rasage, les nouveaux besicles, les crèmes pour la peau, les pastilles pour la migraine et quoi que ce soit d'autre que môôôssieur exige de recevoir ? En fait, j'étais sur le point de demander au vieux Timothy de se rendre au club pour lui apporter ceci.

Elle agita le livre qu'elle tenait dans sa main.

— L'almanach de lord Fredrick. Il en a besoin, et il le veut sans tarder. On croirait que le grand lord Ashton est un marin, si on se fiait à cette manie qu'il a de consulter son almanach à longueur de journée, soupira madame Clarke. Il vérifie la lune et les marées aussi souvent que d'autres hommes consultent les pages financières. Mais chacun son goût, je suppose.

— Les enfants et moi apporterons nous-mêmes l'almanach à lord Fredrick.

Penelope arracha presque le volume des mains de madame Clarke.

— Et Timothy n'a pas à se déranger ; nous prendrons l'omnibus.

Elle se tourna vers les Incorrigibles.

— Merci d'avoir si sagement patienté, les enfants... et la trirème est très impressionnante, je dois dire ! Mais mettez-la de côté pour le moment, car il est enfin temps de partir.

— Repaires théâtraux avec Simahouu ? demanda Cassiopée, perplexe.

— C'était le plan A, en effet. Maintenant, nous devons recourir au plan B, expliqua Penelope. Peut-être que si nous trouvons Simon en prison et que nous réussissons à le faire libérer, nous reprendrons le plan A après le déjeuner. Boutonnez vos manteaux, s'il vous plaît.

— Ne perdez pas l'almanach, prévint madame Clarke, ou lord Fredrick voudra me décapiter.

— Nous allons en prison ? interrogea nerveusement Alexandre.

— Guillotine ? renchérit Beowulf, sans doute à cause de la remarque sordide de madame Clarke.

— Simahouu pas prison ! insista Cassiopée. Lui parfaitement gentil !

Penelope épingla son chapeau fermement sur sa triste tête terne (c'était toujours son vieux chapeau, car avec les récentes péripéties, elle n'avait pas eu le temps d'aller en acheter un nouveau).

— Vous avez parfaitement raison, Cassiopée. Et, Dieu du ciel, personne ne va à la guillotine ! Allons-y tous. Nous devons parler au juge Quinzy.

À l'Académie Swanburne pour les filles pauvres mais intelligentes, toutes les élèves apprenaient à faire usage d'excellentes manières, et Penelope ne faisait pas exception. Elle savait parfaitement qu'il y avait quelque chose de pas très correct à examiner le bien de quelqu'un d'autre sans permission. Pourtant, assise dans l'omnibus aux côtés des trois Incorrigibles, avec le précieux almanach de lord Fredrick sur ses genoux, elle éprouvait une vive curiosité quant au contenu de cet ouvrage. Elle brûlait d'envie de l'ouvrir pour y jeter un œil. Comme il était difficile d'y résister !

Les enfants étaient, eux aussi, intéressés par le livre et ils la bombardaient de questions.

— Qu'est-ce qu'un almanach ?

— Pourquoi un marin ?

— Pourquoi décapiter madame Clarke ?

Beowulf fit le geste de se trancher la tête, d'une manière à la fois si horrible et si convaincante que sa sœur, amusée, glapit de plaisir.

Avant de répondre, Penelope nota mentalement l'adresse que madame Clarke avait écrite pour elle et passa la tête par la fenêtre pour voir où ils se trouvaient.

— Plus que trois arrêts, les enfants. Très bien. Un almanach est comme un calendrier présenté sous forme de livre qui contient de nombreux faits sur la nature. C'est le genre de renseignements qu'un fermier ou un marin peuvent trouver utiles, expliqua-t-elle. Par exemple, l'almanach prédit le moment du dernier gel et quand le sol sera prêt pour la plantation, quand s'attendre à une période sèche ou une période de pluie, les heures de lever et de coucher du soleil, les marées océaniques, les phases de la lune, et ainsi de suite.

— Lune, approuva Cassiopée.

Les enfants aimaient beaucoup la lune, quoique la pleine lune semblait les surexciter.

— Oui, lune.

La soif d'enseigner de Penelope prit alors le dessus. Impulsivement, elle ouvrit l'almanach et tourna les pages jusqu'au schéma approprié.

— Voici, je vais vous montrer. Ici, vous voyez les phases de la lune : nouvelle, en croissant, en quartier, gibbeuse et pleine. Vous voyez comme elle croît et décroît ? Et ici, nous trouvons toutes les dates pour l'année, et... hum, voilà qui est curieux.

Lord Fredrick, ou quelqu'un d'autre, avait encerclé chacune des dates de pleine lune pour toute l'année.

Les enfants entreprirent de compter les cercles, mais ils s'embourbèrent, puis croulèrent de rire avant de recommencer :

— Lune, lune, lune, lune, lune...

Ils se tinrent ainsi occupés jusqu'à ce que l'omnibus approche de leur destination.

« Pourquoi lord Fredrick accorderait-il une telle importance à la pleine lune ? se demanda Penelope. Peut-être que cela a quelque chose à voir avec ses habitudes de chasse, car les soirs de pleine lune sont les plus clairs pour aller dans la forêt... »

— Il est temps de se lever, les enfants ! Voici notre arrêt.

Penelope et les enfants descendirent directement en face de l'adresse que madame Clarke leur avait fournie. Sur le plan de la splendeur, l'édifice se situait quelque part entre le bureau de poste principal de Londres et le palais de Buckingham, c'est-à-dire qu'il était, en effet, splendide. Un portier bien bâti montait la garde devant l'entrée ; heureusement, son uniforme ne comportait aucune touffe de fourrure. Au moment où Penelope et les enfants s'approchèrent, il prit un air renfrogné.

— Le but de votre visite ?

— J'ai quelque chose à remettre à lord Fredrick Ashton.

Penelope tenta de scruter la pièce derrière le portier, mais elle ne put rien voir ; le costaud bonhomme était trop imposant.

— Est-il à l'intérieur ?

— Je le lui apporterai, mademoiselle.

Le portier tendit sa robuste main. Instinctivement, Penelope serra l'almanach contre elle.

— Merci, mais j'ai pour instruction de le lui remettre en mains propres. C'est un objet d'une importance particulière pour lord Ashton.

— Lune, lune, lune, lune, lune, expliqua gentiment Cassiopée.

Ses frères hochèrent la tête pour indiquer qu'elle avait raison.

Le portier les regarda d'un air curieux.

— Sans vouloir vous vexer, vous êtes devant le *Fox and Hounds Club*[1]. C'est un club pour gentlemen. Ce n'est pas un endroit pour les femmes ni les enfants.

Penelope pensa à Simon. Elle l'imagina enfermé dans un cachot obscur. Puis elle se tint droite comme un piquet et emprunta son ton le plus rationnel :

— Je suis l'employée de lord Ashton. Il a demandé que ce volume lui soit apporté sans tarder, et c'est ce que j'ai l'intention de faire. Et ces enfants sont ses pupilles, ajouta-t-elle, bien qu'elle ne fût pas certaine de la fréquence à laquelle lord Fredrick se rappelait le simple fait que les Incorrigibles existaient.

Le portier posa les yeux sur les enfants. Alexandre et Beowulf s'inclinèrent, et Cassiopée lui fit une révérence. L'homme fronça les sourcils.

— Très bien. Faites vite, par contre. Le groupe de lord Ashton est dans la salle de billard ; entrez et tournez tout de suite à gauche.

1. « Club des renards et chiens de chasse » (*N.d.T.*).

Inutile de le mentionner, Penelope n'était jamais jusqu'alors entrée dans un club opulent pour gentlemen. Les lambris de bois sombre, les lustres étincelants et les tapis à motifs étaient aussi luxueux que ceux qu'on trouvait dans n'importe quelle maison somptueuse, mais il y avait un quelque chose de subtilement masculin dans l'atmosphère. Elle pouvait entendre depuis les pièces éloignées des voix d'hommes, sérieuses et bourrues, et des éclats de rire gras. L'air portait l'odeur du tabac de pipes et de cigares importés, mêlée au parfum corsé des eaux de Cologne et à la senteur des selles de cuir coûteux.

Elle se dirigea vers la gauche, comme on le lui avait indiqué, avec les enfants qui la suivaient de près. Elle entendait alors le *clic-clac* net des queues de billard, suivi du coup sourd de la bille frappant le bord feutré de la table et ricochant vers la poche. La porte de la salle de billard était entrouverte. Un groupe d'amis de lord Fredrick entourait la table au tapis vert, queues de billard en mains. Il y avait le comte de Maytag et le baron Hoover, deux hommes dont Penelope ne se souvenait que trop bien depuis le bal de Noël du domaine Ashton. Le juge Quinzy semblait être absent.

— Qui va là ? lança le baron Hoover en se tournant vers la porte.

— Qu'est-ce que c'est ? J'ai bien peur que vous ne vous soyez trompée de porte, mademoiselle, ou d'adresse, même.

Puis il la regarda attentivement.

— Mais vous êtes cette gouvernante, n'est-ce pas ? Et ce sont bien les fameux enfants-loups des Ashton ?

— Bonjour, monsieur Hoover.

Les gentlemen avaient tous arrêté de jouer et observaient à cet instant Penelope d'un air mi-curieux, mi-agacé.

— Je suis désolée d'interrompre votre partie. Les enfants et moi sommes venus apporter ceci.

Elle présenta l'almanach. Lord Fredrick s'en saisit immédiatement.

— Mon almanach ! Ce fichu truc, je ne cesse de l'égarer.

Il donna deux petits coups dessus et le rangea rapidement dans sa poche. S'adressant à ses compagnons, il haussa les épaules et dit comme à la blague :

— Un homme doit bien savoir devancer le temps. Qui voudrait se faire prendre par la pluie sans parapluie, hein ?

Penelope se dépêcha de parler avant de perdre leur attention.

— Je vous demande pardon ; on m'a dit que monsieur Quinzy serait ici. L'attendez-vous ?

— Il est bien ici. Il est seulement sorti prendre l'air, répondit promptement le comte de Maytag.

C'était son tour de jouer, et il avait hâte de reprendre la partie.

— À quel sujet voulez-vous ennuyer monsieur le juge ?

Penelope puisa en elle le courage de répondre d'une voix calme.

— J'ai besoin de conseils juridiques.

— Ne vous faites pas prendre. C'est le seul conseil juridique dont quiconque pourrait avoir besoin.

Maytag joua son tour et empocha une bille d'un habile *clac* dans la poche du milieu.

— *Euh, Euh !* Comme tu as possédé, tu continueras à posséder, ajouta le baron Hoover en rallumant sa pipe.

— Autrement dit, qui trouve garde ! Puisque nous en parlons, où en sont ces trois chiots incorrigibles, ces jours-ci ?

Lord Fredrick plissa les yeux en direction des enfants, qui étaient entassés dans l'embrasure de la porte.

— Ils aboient toujours, et tout le reste ?

— Chiots ? Ne soyez pas impoli, Freddy. À Noël, ils baratinaient en latin, je m'en souviens. Un tour impressionnant, je dois l'admettre.

Maytag appliqua de la craie sur le bout de sa queue de billard.

— Dites-nous, les enfants, qu'avez-vous étudié dernièrement ?

Les enfants s'avancèrent pour répondre.

— Guerre du Péloponnèse, marmonna Alexandre.

— Ours, dit Beowulf sur un ton provocateur.

— Lune, lune, lune, lune, compta Cassiopée.

Puis la fillette ouvrit la bouche d'une manière qui laissa Penelope deviner qu'un hurlement d'anxiété allait en sortir ; la gouvernante plaqua sa main sur le visage de la petite et dit :

— Nous avons profité des attractions touristiques de Londres. Nous espérions aujourd'hui pouvoir visiter le quartier des théâtres, mais je crains que notre guide ne soit détenu par la police. Si c'est le cas, il ne peut s'agir que d'un malentendu, car c'est un jeune homme parfaitement convenable. C'est la raison pour laquelle je voudrais parler à son honneur.

— Vous ne parlez certainement pas de monsieur Harley-Dickinson ?

Le juge Quinzy entra dans la pièce en foulant le sol de trois grands pas, un petit verre rempli d'un liquide foncé et sirupeux à la main.

— Notre dramaturge s'est-il attiré des ennuis avec la police ? Je suis déçu de l'entendre. Il ne semble pas être ce genre de garçon.

— Le théâtre attire toutes sortes de personnages louches. C'est le cas depuis toujours, observa le baron Hoover.

— Aristophane, renchérit Alexandre en hochant la tête.

— *Gesundheit*[1], répliqua le baron Hoover en éloignant sa pipe dans la direction opposée. Désolé pour

1. En allemand, « *Gesundheit* » signifie « À vos souhaits » (*N.d.T.*).

la fumée ; je vais appeler quelqu'un pour faire ouvrir une fenêtre.

Alexandre était sur le point d'expliquer qu'Aristophane était le célèbre dramaturge qui avait écrit, entre autres, la pièce satirique sur la guerre du Péloponnèse, mais Penelope prit la parole avant lui :

— Comme je le disais, il s'agit d'un malentendu. Vous souvenez-vous du vélocipède sur lequel je roulais hier ?

Le juge Quinzy s'installa dans un fauteuil en cuir et fit tourbillonner sa boisson dans son verre.

— Il serait difficile de l'oublier, répondit-il, sarcastique, vu la façon dont vous êtes entrée dans ma voiture.

— Vous m'en voyez désolée.

Penelope souhaita que personne n'ait remarqué ses joues rougies.

— Monsieur Harley-Dickinson a utilisé le vélocipède pour faire une course, mais il est possible que ce soit un objet volé, et maintenant je crains que notre ami ne soit retenu par les autorités.

— Pourquoi croyez-vous cela ?

— Parce qu'il n'est pas venu à notre rendez-vous, ce matin.

— Et vous n'avez pas pensé qu'il avait peut-être simplement trouvé quelque chose de plus intéressant à faire ?

— Non, monsieur, je n'y ai pas pensé.

— Je vois.

Le juge Quinzy paraissait vaguement amusé.

— Mademoiselle Lumley, vous devez savoir que les problèmes d'ordre légal ne sont jamais aussi simples qu'ils en ont l'air à première vue. Avant de rendre un verdict, laissez-moi consulter mes collègues.

Il s'adressa aux hommes autour de la table de billard.

— Qu'en pensez-vous, messieurs ? Un homme est arrêté alors qu'il conduit un vélocipède, lequel se trouve être un objet volé, mais le type affirme qu'il n'est pas le voleur. Votre opinion ?

Le comte de Maytag affirma sans hésiter :

— Attrapé en possession d'un bien volé ? Qu'on ordonne la pendaison ! Un homme honnête ne se promène pas sur des roues dérobées. Il est manifestement coupable de quelque chose.

D'un autre avis que celui du comte, lord Ashton secoua la tête.

— Qui trouve garde, je dis. Un vélocipède appartient à la personne qui le conduit. L'affaire est réglée, hein ?

Le baron Hoover fit patienter ses collègues un moment pour frapper sur la bille blanche, manqua son coup et se redressa en grognant.

— Allons, Freddy, c'est un peu insensible, non ? Pensez au pauvre type à qui appartenait le vélocipède en premier lieu ? Ne mérite-t-il pas qu'on lui rende justice ? Il a probablement laissé son engin devant une boutique, et quelqu'un est monté dessus, ni vu ni connu. Ou peut-être que le « voleur » a cru qu'il s'agissait d'un objet abandonné, qui pouvait être pris. C'était peut-être une erreur fortuite. Je crois qu'une enquête approfondie est nécessaire.

Le juge Quinzy s'adossa à son fauteuil et comme pour clore l'affaire, appuya le bout de ses doigts les uns contre les autres.

— Vous voyez à quel point le travail d'un juge est difficile, mademoiselle Lumley ? Trois hommes, trois opinions différentes.

Penelope était sidérée ; à ses yeux, la situation était très simple, jusqu'à ce moment du moins. Et pourquoi Maytag avait-il trouvé nécessaire de mentionner « pendaison » devant les enfants ?

— Votre honneur, monsieur Harley-Dickinson était avec vous hier, au zoo. Vous seriez sûrement en mesure d'expliquer à la police qu'il n'a rien fait de mal ?

Le juge Quinzy secoua la tête.

— À moins de savoir exactement à quelle heure le bien a été volé et à quelle adresse, un alibi n'est pas pertinent.

— Et si nous trouvions le véritable propriétaire du vélocipède et que nous le lui rendions ? L'affaire serait ainsi résolue ?

— Dans une grande ville comme Londres ? sourit le juge Quinzy. Il serait aussi impossible de déterminer qui est le propriétaire légitime de ce vélocipède que de déterminer les origines de vos trois admirables élèves.

— Avec tout le respect que je vous dois, je ne suis pas d'accord.

La peur qu'éprouvait Penelope la rendait téméraire.

— En effet, comment peut-on affirmer qu'une chose est impossible si on ne l'a pas essayée ?

L'espace d'un moment empreint de tension, ce fut comme si Penelope et le juge Quinzy étaient les deux seules personnes occupant la pièce.

— Avez-vous donc essayé de découvrir leurs origines ? Je vous en prie, dites-nous ce que vous avez appris, murmura le juge.

— Vous voulez dire celles des enfants ? demanda-t-elle spontanément. Mais non, je parlais du vélocipède...

— Un sujet beaucoup plus intéressant, je suis tout à fait d'accord, s'interposa le comte de Maytag. Nous devons d'abord déterminer si le vélocipède a été perdu, abandonné ou volé. À mes yeux, c'est ce qui change tout. Car s'il a été perdu ou abandonné, je me range à l'avis d'Ashton : « qui trouve garde ».

— Bravo, commenta lord Ashton distraitement ; il était occupé à feuilleter les pages de l'almanach.

— Mais s'il a été volé, la pendaison est trop bien pour lui. À moins que mademoiselle Lumley ne puisse nous indiquer où se trouve le véritable voleur, bien sûr.

Penelope songea au petit gamin des rues. Peut-être avait-il volé le vélocipède : c'est ce qu'elle supposait, mais elle ne pouvait en être certaine... ou *pouvait-elle* en avoir la certitude ? Mais avec toutes ces suggestions de pendaison, comment oserait-elle même accuser un pauvre enfant abandonné qui n'avait probablement personne pour lui apprendre la différence entre ce qui est bien et ce qui est mal ?

Ou peut-être que le juge Quinzy avait raison. Peut-être que Simon avait simplement trouvé quelque chose de plus intéressant à faire. Même en considérant cette éventualité, Penelope n'y croyait pas. Appelez cela du suroptimisme aigu si vous voulez, mais elle ne croyait pas que Simon aurait failli à sa promesse.

— Alors, que croyez-vous, mademoiselle Lumley ? demanda le juge Quinzy en écartant les mains. Perdu, abandonné ou volé ?

— Je ne peux dire avec certitude d'où vient le vélocipède, votre honneur, répliqua-t-elle. Je suis désolée. Je me rends compte que je n'aurais pas dû vous déranger avec ce problème.

L'homme hocha la tête, comme s'il savait depuis le début qu'elle en viendrait à cette conclusion.

Le baron Hoover ricana :

— Mon conseil est d'éviter, pour commencer, d'avoir des démêlés avec la justice. Sinon, vous risquez de vous retrouver dans le pétrin ! Pas facile de se dépêtrer soi-même, *euh, euh !*

— Toile d'araignée, observa Beowulf, mais Alexandre le fit taire gentiment.

— Si jamais vous revoyez monsieur Harley-Dickinson, ajouta doucement le juge, je vous prie de lui dire que je lui souhaite bonne chance, et j'ai confiance que cet incident lui servira de précieuse leçon. En passant, vous sentez-vous bien, mademoiselle Lumley ?

Il fit une pause.

— Votre teint est plutôt pâle aujourd'hui. J'espère que vous ne couvez pas un rhume.

Penelope ajusta son chapeau pour couvrir ses cheveux le plus possible. Elle savait que leur couleur foncée lui donnait un teint maussade.

— Je me sens très bien, je vous l'assure. Bonne journée.

Souhaitant désespérément partir, elle tourna les talons et guida les enfants vers la porte. Mais au même moment, les mots du juge Quinzy firent écho dans son esprit.

« ... Vos trois admirables élèves... Avez-vous donc essayé de découvrir leurs origines ? Perdu, abandonné, ou volé ?... Perdu, abandonné, ou volé ? »

Les Incorrigibles avaient-ils pu être volés ? Non pas perdus dans la forêt, après avoir été négligés par les parents les plus imprudents au monde, ou abandonnés par les parents les plus insensibles et cruels au monde, mais bien *volés* aux parents assurément les plus inquiets et les plus dévastés au monde ?

Cette pensée était si horrible qu'elle s'exclama malgré elle :

— Mon Dieu !

Le baron Hoover bondit sur ses pieds.

— Qu'y a-t-il, ma chère ?

Si Penelope avait répondu avec honnêteté, elle aurait dit : « Je viens de comprendre que je me suis fait une mauvaise opinion de deux personnes que je n'ai jamais rencontrées, et maintenant je voudrais leur faire mes excuses, mais c'est impossible, car je ne sais pas qui ils sont. »

Au lieu de quoi elle laissa tomber :

— Je viens de me rappeler que les enfants n'ont pas encore fait leur sieste. Nous devons partir. Bonne journée.

Sur ce, les Incorrigibles se mirent à protester.

— Je n'ai pas sommeil, Lumahouu !

— Réveillé, réveillé, réveillé, réveillhouu !

— Pas de sieste ! Miou-eezum ! supplia Cassiopée.

— Nous en parlerons dehors, les enfants. Par ici, s'il vous plaît.

Alors qu'elle les faisait sortir en hâte de la salle de billard, la porte se referma le plus lentement du monde derrière eux. À ce moment, elle entendit les paroles du comte de Maytag :

— Ces enfants-loups sont complètement fous. Je ne peux comprendre pourquoi vous vous ennuyez avec eux, Freddy. Ce doit être horriblement coûteux de les nourrir. Et le bruit ! Tous ces jappements, et ces aboiements, et ces glapissements, et ces « ahouu ». Pourquoi ne pas les donner au zoo ?

— Qui trouve, garde, fanfaronna lord Fredrick. Que dites-vous d'une autre partie de billard ?

— Donner les enfants au zoo ! fulmina Penelope. Quelle sorte de gens étaient-ils, pour être à ce point sans cœur ? Et était-ce possible que les Incorrigibles fussent eux-mêmes, d'une certaine façon, de la contrebande ?

C'était en effet une toile d'araignée, et Penelope se sentait comme si elle était prise dans un de ces cauchemars effroyables que tout le monde a de temps à autre, dans lequel une Penelope miniature était immobilisée sur le centre collant de la toile et fixait un gigantesque arachnide, vêtu de noir et portant le visage du juge Quinzy, traverser à toute vitesse la toile vers elle. C'était une image déplaisante, à tout le moins, et elle la chassa rapidement de son esprit en se concentrant sur le décor urbain qui l'entourait.

Les seules autres personnes qui attendaient l'omnibus étaient une mère avec deux bébés posés dans l'un de ces nouveaux landaus sur roues que l'on poussait par l'arrière. Les bébés étaient en âge de pouvoir s'asseoir assez bien pour contempler le paysage. Ils étaient habillés identiquement et semblaient être jumeaux ; leur mère les distrayait au moyen d'une variété de hochets, d'animaux en peluche et de berceuses, en jouant à faire coucou et en leur chantant de petites comptines amusantes sur les animaux de la ferme. Les bébés riaient et applaudissaient de leurs mains potelées tandis que les Incorrigibles les observaient, émerveillés.

Penelope trouvait aussi la scène fascinante. Quelle idée ingénieuse, construire une voiture miniature pour y pousser les bébés ! Mais elle comprit bientôt que c'étaient les attentions aimantes et mélodieuses de la mère qui avaient complètement captivé l'attention des Incorrigibles, tout comme celle des bébés.

« N'ayez crainte, nous trouverons qui sont vos parents, coûte que coûte », voulait tant leur dire Penelope.

Mais elle se tut, parce qu'elle regretterait amèrement de ne pouvoir tenir une telle promesse. À titre de fille de Swanburne, Penelope possédait une confiance inébranlable vis-à-vis de la plupart des choses, mais pour ce qui était de retrouver des parents perdus de vue... eh bien, disons que... elle n'avait pas eu beaucoup de chance dans ce domaine jusqu'à ce jour.

Et, franchement, puisqu'elle devait toujours porter secours à Simon et débrouiller cette histoire de vélocipède, le mystère du livre guide singulier et le cas de la diseuse de bonne aventure, il lui paraissait préférable de remettre à plus tard l'examen de tout autre mystère.

« Une énigme à la fois, conclut-elle, et aucune à analyser le ventre vide. »

Ou, pour reprendre les paroles d'Agatha Swanburne, « pour commencer, mangez ».

L'omnibus arriva enfin. Alexandre et Beowulf furent ravis de prendre les deux bébés dans leurs bras tandis que Penelope aida la femme à soulever son landau à bord du véhicule. Pendant le trajet, Cassiopée divertissait les poupons avec sa propre version canine de la chanson des animaux de la ferme, dans laquelle chaque animal jappait ou hurlait. Les bébés la trouvaient hilarante.

Penelope observait cette scène, touchante malgré l'interprétation fantasque de la fillette.

« Tôt ou tard, nous *trouverons* qui sont vos parents, je vais m'en assurer », promit-elle silencieusement.

Tout haut, elle se contenta d'annoncer :

— Dernier arrêt avant Muffinshire Lane. Alexandre, voulez-vous sonner, s'il vous plaît ?

Chapitre treize

LADY CONSTANCE VIT UNE ÉPIPHANIE APRÈS L'AUTRE.

La guerre du Péloponnèse a duré vingt-sept ans, ce qui serait considéré comme une longue période de nos jours. Et, vous pouvez en avoir la certitude, c'était aussi considéré comme une longue période dans la Grèce antique. C'est à se demander pourquoi les Athéniens et les Spartiates ne se sont pas simplement assis devant une bonne tasse de thé pour résoudre leurs conflits. Mais ce n'est pas ce qu'ils ont fait. Au lieu de cela, ils se sont battus sans relâche pour des questions comme celle de savoir laquelle des deux cités possédait la plus importante force navale et la forme supérieure de gouvernement.

Ils ont connu une période de paix de six ans au milieu de cette période de guerre (un peu comme l'entracte d'une pièce de théâtre), mais la bataille a recommencé de plus belle. Toute cette histoire a dû être très pénible pour tous ceux et celles qui en ont été touchés.

Les guerres, on ne le dira jamais assez, sont des histoires épouvantables, et celle-ci ne fait certainement pas exception. Mais tout comme l'optimisme a ses mauvais côtés, la guerre du Péloponnèse compte aussi ses bons côtés, du moins en ce qui a trait à la littérature. Elle a incité un général athénien nommé Thucydide à rédiger une œuvre historique captivante, intitulée l'*Histoire de la guerre du Péloponnèse,* et (comme l'avait fait remarquer Alexandre au baron Hoover) un brillant dramaturge du nom d'Aristophane à écrire des comédies se moquant des généraux, y compris, peut-on présumer, de Thucydide.

Or, à moins que votre gouvernante ne vous demande de composer une dissertation sur le sujet, les causes et conséquences d'une guerre ayant eu lieu il y a des milliers d'années ont peu de chance de se retrouver parmi vos sujets de conversation au dîner. Pourtant, l'œuvre historique de Thucydide et les pièces d'Aristophane sont toujours appréciées à ce jour, ce qui prouve que lorsqu'on raconte une bonne histoire, les gens sont toujours les mêmes.

Cependant, la gouvernante des Incorrigibles leur *avait demandé* d'écrire sur les causes et conséquences de la guerre du Péloponnèse. Les enfants avaient donc les faits toujours frais à la mémoire. Après le déjeuner, ils débattirent des questions pertinentes avec enthousiasme.

— Marine !

— Troc !

— Hilotes !

« Hilote » était le nom que donnaient les Spartiates à leurs esclaves.

— La démocratie par rapport à l'oligarchie, énonça Alexandre avec assurance.

— Peste-haouu, observa finalement sa sœur.

En effet, c'est une épidémie de peste qui a finalement épuisé les Athéniens, les forçant à se rendre aux Spartiates. Pour démontrer le point qu'elle venait de soulever, Cassiopée fit semblant de mourir atrocement de la peste ; son numéro était merveilleusement convaincant. Si elle le présentait en public, il inciterait sans aucun doute quiconque à se trouver une place dans l'omnibus le plus bondé.

— Peste-haouu, c'est juste, marmonna Penelope distraitement, concentrée qu'elle était à feuilleter une pile de livres à la recherche d'un indice qui l'aiderait à sauver Simon.

Où enfermait-on les prisonniers dans cette ville insensible ? Et comment s'assurait-on qu'ils ne puissent s'échapper ? Une meilleure compréhension des rouages du système judiciaire était ce dont elle avait besoin, mais sans l'accès à une bibliothèque de droit anglais, elle ne disposait que de la pile de romans qu'elle avait apportés du domaine Ashton comme références. Parmi ces livres, elle trouva des récits de révolutions sanglantes et d'hommes innocents faussement accusés, récits qui semblaient tous se terminer par la potence ou la guillotine. En termes d'intrigues, ces récits étaient captivants, mais la pensée de Simon pris dans une situation aussi sordide terrifiait Penelope.

« Mon Dieu ! Une histoire exubérante peut être quelque chose de merveilleux, mais ces récits sont beaucoup plus trépidants qu'on ne le voudrait dans la vraie vie, se dit-elle. Je ferais mieux de mettre mes livres de côté et d'aller consulter madame Clarke à ce sujet. Grâce à son expérience personnelle, elle sait peut-être comment sortir quelqu'un de prison. J'espère toutefois ne pas remuer en elle des souvenirs douloureux en lui demandant conseil. »

— Peste-haouu ! hurla plaintivement Cassiopée en s'étouffant et en cherchant son air, étendue sur le plancher.

À ce moment inopportun, lady Constance fit irruption dans la nursery.

— Mademoiselle Lumley, quelle aventure extraordinaire ai-je vécue ! annonça-t-elle. Si extraordinaire que je dois simplement la raconter à quelqu'un, même s'il ne s'agit que de vous, et même si j'ai dû monter plusieurs étages pour ce faire.

Elle marqua une pause dans le but de créer du suspense.

— Mademoiselle Lumley, je crois que je suis en train de vivre une épiphanie !

Une « épiphanie », si jamais vous n'en avez encore jamais vécu, c'est lorsqu'une personne découvre des vérités de la vie qui lui étaient d'abord complètement étrangères, ce qui provoque chez elle un changement de perspective soudain. Si le changement est désagréable, il s'agit d'un « réveil brutal ». S'il est éclairant, on appelle cela « vivre une épiphanie ». Ni l'une ni l'autre de ces expériences ne sont dangereuses sur le plan médical, bien que la personne concernée puisse retourner les choses dans sa tête pendant un bon moment, par la suite.

— J'ai dit une épiphanie ! répéta lady Constance, qui paraissait soudainement légèrement fâchée. Ne voulez-vous pas savoir à quel propos ?

— Bien sûr que si, madame.

L'arrivée de sa maîtresse était inattendue (c'est le moins qu'on puisse dire), et Penelope se sentit nerveuse en regrettant de ne pas avoir rangé ses bas récemment lavés, qui étaient suspendus devant la fenêtre pour sécher. De plus, Cassiopée se roulait toujours sur le sol, tressautant et produisant avec brio une écume qui s'écoulait de sa bouche.

— Je suis en train de vivre une épiphanie à propos des pauvres, proclama lady Constance en passant délicatement par-dessus l'enfant remuante. Croyez-le ou non, j'ai passé la journée parmi les indigents. Un indigent est une personne *exceptionnellement* pauvre, ajouta-t-elle à l'intention d'Alexandre et de Beowulf.

Ils la fixaient d'un regard fasciné, en grande partie parce que parmi les décorations de son chapeau se trouvait un petit oiseau empaillé.

— Pas une personne pauvre ordinaire, cela dit, mais une personne qui *excelle* à vivre sans ressources.

Sur ce, les yeux de Cassiopée roulèrent vers le haut. Après quelques convulsions finales, tous les muscles de son corps se relâchèrent. Son interprétation éblouissante attira brièvement le regard des garçons, et ils applaudirent poliment.

Aveugle à ce spectacle, lady Constance se démenait dans la toute petite pièce. Elle déposa son sac à main à froufrous sur la table de chevet et s'examina dans le miroir.

— Vous savez, mademoiselle Lumley, on entend parler des gens pauvres à l'occasion, mais toutes les conversations du monde ne sauraient vous préparer au *choc* absolu qui vous frappe lorsque vous les rencontrez en chair et en os. J'espère qu'il n'est pas disgracieux de ma part de le dire, mais les indigents que la baronne Hoover et moi avons visités étaient si crasseux que cela en était honteux.

Lady Constance se retourna, puis s'éventa.

— Et leurs appartements ! Ils sont si minuscules et déprimants ! La raison pour laquelle ils ont choisi de vivre dans ces endroits me dépasse.

— C'est, en effet... déconcertant, oui, murmura Penelope en gardant à l'œil les garçons, dont le regard s'était de nouveau arrêté sur l'oiseau gigotant. Beowulf avait commencé à baver, ce qui n'était jamais bon signe.

— Je leur ai dit, dans les termes les plus catégoriques, qu'ils devaient arrêter de tergiverser dans ces affreuses manufactures, où ils persistent à passer chaque jour de leur vie, et consacrer plutôt leur temps à des loisirs qui en valent la peine. Comme la décoration intérieure ! Je ne suis pas couturière, bien sûr, mais vraiment, est-ce si difficile de créer une jolie nappe avec un peu de dentelle ? Cela ajouterait une touche de charme plus que nécessaire au milieu de toutes ces conditions misérables. Mais où est passé le cordon de sonnette ?

— Je crois qu'il est près de la porte, lady Constance, répliqua Penelope, bien qu'elle n'en fût pas certaine, comme elle n'avait pas l'habitude de faire monter les domestiques.

Lady Constance chercha le cordon, puis tira vigoureusement sur une corde qui était en fait l'embrasse des rideaux. Quand elle eut trouvé le bon cordon, la sonnette fit écho impatiemment dans toute la maison.

La dame retourna devant le miroir et poussa du bout du doigt le pauvre petit oiseau, qui était tombé de travers.

— Et voici autre chose que j'ai apprise au sujet des pauvres, mademoiselle Lumley : ils ne se donnent même pas la peine de s'habiller pour le dîner. C'est vraiment tout à fait répugnant. Margaret ! appela-t-elle anxieusement d'un cri strident.

— Me voilà, m'dame !

La jeune et jolie bonne apparut, avec sa voix aiguë aussi grinçante que les frottements d'un archet de violon et ses joues rougies par une course folle dans l'escalier.

— Je ne m'attendais pas à vous trouver dans la nursery, madame. C'est réjouissant de voir que vous portez un intérêt maternel aux enfants, je dois dire...

Margaret baissa les yeux vers le plancher, apeurée. Cassiopée y était toujours étendue, dans une position figée par la peste, comme une actrice à la fin d'une pièce tragique où tous les personnages principaux se sont tués et le seul survivant livre un monologue passionné résumant la signification profonde du récit, alors que les autres acteurs restent allongés sur scène, couverts de faux sang et retenant leur fou rire.

Lady Constance enjamba Cassiopée de nouveau.

— J'aurais aimé que vous ne flâniez pas si longtemps, Margaret ! J'attends ici debout, depuis près d'une minute. Maintenant, faites-moi couler un bain, s'il vous plaît, et choisissez une robe fraîche.

Lady Constance huma l'air.

— J'ai été dans les milieux les plus malodorants que l'on puisse imaginer et je sens le besoin d'être nettoyée à fond.

— Tout de suite, madame.

Margaret fit une révérence. Elle s'apprêtait à se sauver pour exécuter les ordres de sa maîtresse, mais son grand cœur prit le dessus.

— La petite va bien, mademoiselle Lumley ?

Penelope commença à raconter à Margaret comment les Athéniens avaient perdu la guerre du Péloponnèse, mais Alexandre révéla le clou de l'histoire avant elle.

— Peste, expliqua le garçon. Bubonique.

— Mort noire, précisa Beowulf.

Cassiopée ouvrit un œil et toussa de manière pathétique.

— Peste-*haouuuuuuuuu* ! hurla-t-elle.

Margaret poussa un cri, c'est-à-dire un cri grinçant et strident à glacer le sang. Lady Constance cria, elle aussi.

— Quoi ! Non ! Grands dieux ! J'ai miraculeusement survécu à une visite dans les bas quartiers, pour finalement trouver ma propre maison infectée par la peste ! Aaaah ! Aaaah !

— Pas de panique, clama Penelope. Elle ne fait que jouer la comédie !

Les garçons glapirent pour appuyer leur gouvernante. Dans la mêlée, l'oiseau tomba du chapeau de lady Constance et disparut quelque part dans la nursery. Pour finir, Cassiopée se rassit et sourit, prouvant ainsi qu'elle n'était pas, en réalité, morte de la peste, puis tout le monde se calma.

— Désolée, mademoiselle Lumley, dit Margaret en se ressaisissant. Je n'ai pas voulu crier comme une *banshee*[1] ! J'ai eu peur, c'est tout. C'était si réaliste ! C'est une jeune fille talentueuse, n'est-ce pas ?

Lady Constance se renfrogna.

— Prétendre mourir de la peste ! Avez-vous déjà entendu une chose pareille ? Il y a quelque chose qui ne va pas chez ces enfants, mademoiselle Lumley. Ce n'est pas parce que mon mari a décidé de les garder qu'ils peuvent se comporter comme des animaux sauvages dans ma maison.

— Je comprends, lady Constance, entreprit d'expliquer Penelope, mais les enfants se passionnent dernièrement pour l'histoire militaire de la Grèce antique, et de fil en aiguille...

— Baliverne ! déclara lady Constance, dont la propre éducation consistait largement en études avancées de la mode, du flirt et des soins des cheveux.

— Je vous demande pardon, osa poliment Alexandre. Votre oiseau.

1. Fée dont les plaintes annoncent la mort d'un proche (*N.d.T*).

Il donna une petite tape sur l'épaule de son frère. Beowulf ouvrit docilement la bouche et retira l'oiseau, puis le tendit à lady Constance.

— Trempé, désolé.

Lady Constance recula jusqu'à la porte, horrifiée.

— C'est *précisément* ce dont je parle ! Lord Fredrick va en entendre parler, je vous avertis ! Margaret, je dois prendre un bain immédiatement. Et qu'il soit très chaud !

Après le départ de lady Constance, l'oiseau empaillé fut suspendu devant la fenêtre pour sécher, auprès des bas de Penelope. Celle-ci décida qu'une leçon de mathématiques était tout ce qu'il fallait pour remettre un peu de calme dans la nursery, et les Incorrigibles furent bientôt sur la bonne voie de maîtriser le calcul de l'aire d'un triangle. Penelope les laissa s'exercer avec quelques problèmes, le temps qu'elle descende trouver madame Clarke pour lui demander quelle était la meilleure façon d'aider quelqu'un à s'échapper de prison.

Mais madame Clarke était sortie. Penelope fut surprise de l'apprendre, car la domestique en chef dirigeait la maison avec la main de fer d'un, disons-le, général spartiate, ce qui veut dire qu'elle était toujours sur place. Par ailleurs, aucun des domestiques ne savait où elle était allée, ni quand elle reviendrait.

Penelope remonta donc l'escalier péniblement. Elle n'aimait pas l'admettre, mais ses réserves d'optimisme s'épuisaient rapidement. Elle était déjà passée du plan A au plan B, sans toutefois être un petit peu plus près de sauver Simon, de trouver la diseuse de bonne aventure disparue ou de résoudre le mystère du *Guide Hixby*. À présent, même le plan C (dans ce cas-ci en particulier, le C pouvait servir de diminutif pour « Consulter madame Clarke ») ne fonctionnait pas. Comme pour la minuscule souris du poème de monsieur Robert Burns, les plans les mieux conçus de Penelope étaient contrecarrés à chaque tournant.

Penelope ne pouvait penser qu'à une autre personne vers qui se tourner pour demander de l'aide : son ancienne directrice, mademoiselle Charlotte Mortimer.

« Mais vu notre récente conversation, je m'attends qu'elle me dise seulement d'être une bonne gouvernante et de ne pas m'inquiéter, songea-t-elle, mécontente. Et quel secret cache-t-elle au sujet du *Guide Hixby* ? S'il s'agit réellement d'un secret, il y a peu de chances qu'elle m'en parle, mais je suppose que je peux tout de même lui écrire pour lui poser la question. »

Ce qu'elle fit, puis elle déposa la lettre dans la corbeille à courrier en vue de la prochaine levée.

Comme ils disposaient d'une heure avant de prendre le thé de l'après-midi, que leurs leçons étaient déjà terminées et que madame Clarke brillait toujours par son absence, il n'y avait rien d'autre à faire que d'emmener les enfants réaliser une quelconque sortie éducative. Mais où ? Ils désiraient toujours ardemment découvrir les repaires théâtraux de Simon (ils s'étaient mis à s'y intéresser, même après que leur gouvernante leur eut expliqué qu'il ne s'agissait pas de repaires de bandits), et Penelope décida donc qu'ils iraient faire un tour dans le quartier des théâtres. Les enfants poussèrent des « oooh » et des « aaah » d'émerveillement, tandis qu'ils passaient devant les marquises et les affiches colorées annonçant les divertissements des théâtres qu'elles surmontaient. Quant à Penelope, leur simple vue ne fit qu'aggraver son inquiétude par rapport au sort de son ami dramaturge.

« Peut-être trouvera-t-il des idées d'intrigues intéressantes parmi les personnages louches qu'il rencontrera derrière les barreaux », se dit-elle, mais cette pensée l'attrista davantage du fait que Simon n'était pas avec eux.

Au fil de leur promenade, elle se demanda lequel des théâtres était celui où le régisseur que connaissait Simon les aurait laissés entrer pour assister à une répétition. Si ce n'était de ce vélocipède volé, peut-être se seraient-ils régalés d'un bout de :

LE GRAND LÉOTARD, MAÎTRE DU TRAPÈZE !

Ou :

LES PIRATES EN VACANCES :
UNE OPÉRETTE EN HAUTE MER
(PREMIÈRE MONDIALE)

Ou même :

LE RÉCIT TRAGIQUE DU ROI AETHELRED
LE PAS SI GRAND
(UN ROI GRANDEMENT DÉSHONORANT)

Chaque pièce semblait être plus palpitante que la précédente ! Surtout celle qui mettait en scène des pirates. La déception de Penelope était insoutenable. Elle songea à acheter des billets elle-même, mais ils étaient très chers, et bien que le salaire de Penelope fût généreux, lady Constance ne le lui payait que rarement, sauf si Penelope le lui avait demandé. Après cette confusion malencontreuse à propos de la peste, Penelope savait que lady Constance était beaucoup trop fâchée contre elle et les enfants pour qu'on vienne l'importuner à ce sujet.

Puis Cassiopée implora sa gouvernante d'aller visiter le « British Miou-eezum », mais Penelope ne voulut pas prendre le risque d'y emmener les enfants avant de savoir ce que, le cas échéant, Simon avait découvert au sujet du *Guide Hixby* ; et si la dix-septième galerie était un piège ou quelque chose du genre. Ils visitèrent plutôt l'exposition royale des raretés ptéridologiques, une collection petite, quoique fascinante, de fougères inhabituelles. Ils y découvrirent des fougères possédant des feuilles au lieu de frondes, des fougères aimant le soleil, des fougères ne comportant aucun sporange, et autres bizarreries de la nature.

L'exposition était très éducative, il va sans dire. Mais Penelope était toujours trop inquiète de Simon pour en profiter pleinement. Si l'on considérait sa passion habituelle pour les fougères, il s'agissait d'un très mauvais signe.

Les choses ne s'amélioraient pas du tout. En fait, elles devenaient de plus en plus lugubres, du moins aux yeux de Penelope. Mais lorsque la balançoire à bascule descend abruptement pour une personne, elle fait très souvent une montée fulgurante pour quelqu'un d'autre. Cette loi peu connue de la physique s'appelle le « point d'oscillation de la fortune », et bien que la plupart des gens préfèrent penser à la fortune comme une roue qui tourne, l'oscillation (c'est-à-dire le mouvement de bascule) constitue une meilleure description pour la plupart d'entre nous, puisque pire devient notre malheur, plus nous sommes enclins à remarquer le bonheur des gens qui nous entourent et à nous plaindre de l'injustice du monde dans lequel nous vivons.

Dans le cas de Penelope, l'oscillation de la fortune fonctionnait indéniablement bien, car pendant qu'elle et les enfants étaient sortis, le courrier fut livré une fois, deux fois, puis trois fois. Même si chaque livraison avait apporté un torrent de lettres au numéro douze, Muffinshire Lane, et malgré le fait que Penelope espère désespérément recevoir des nouvelles de Simon ou toute forme de réponse de la part de mademoiselle Mortimer, chacune des lettres était adressée à lady Constance Ashton.

Lady Constance elle-même avait du mal à le croire. Elle soulevait les enveloppes pour deviner leur contenu à la lumière du jour, puis les retournait dans ses mains plusieurs fois avant d'oser enfin les ouvrir. Mais l'effet de surprise se dissipa bientôt, et elle commença à attendre chaque livraison dans la joie. Elle insista même pour que les sacs de lettres soient pesés sur la balance de la cuisine, afin de pouvoir se vanter du nombre de kilos de lettres qu'elle avait reçues.

Après la dernière livraison du courrier de huit heures, tant de lettres avaient été déposées que lady Constance demanda à une servante d'aller chercher Penelope, avec un bref message expliquant que « les services d'une personne instruite » étaient requis pour aider à ouvrir et trier la montagne de correspondance, et y répondre.

Penelope aurait de loin préféré rester dans la nursery et construire des trirèmes à l'aide de cure-dents avec les enfants jusqu'à l'heure du coucher, mais elle pouvait difficilement refuser la demande de lady Constance. Par ailleurs, elle espérait parler à madame Clarke ; ce serait donc peut-être aussi bien de passer le reste de la soirée dans le salon. Ainsi, elle saurait que la servante en chef serait de retour de sa mystérieuse sortie dès qu'elle passerait la porte d'entrée.

« De plus, pensa-t-elle, si j'aide lady Constance avec son courrier, les choses s'arrangeront peut-être entre nous. Mais vraiment, quel revirement de situation ! Pourquoi tant de lettres, après en avoir reçu si peu ? »

En effet, le changement abrupt de fortune postale de lady Constance était très étrange, mais la clé de l'énigme était déjà arrivée, par la poste, bien entendu.

— Comme c'est curieux, commenta lady Constance en ouvrant une longue enveloppe à l'aspect officiel. Cela vient du *Maître de poste, bureau de poste principal de Londres, Londres*. J'espère qu'ils n'exigent pas un paiement pour le volume supplémentaire de courrier, hi, hi !

Deux sourcils dorés se plissèrent pour n'en former qu'un alors que lady Constance digérait le contenu de la lettre. Après un moment, le papier lui glissa des doigts.

— Mademoiselle Lumley ! Nous sommes au numéro douze, Muffinshire Lane ! s'exclama-t-elle sur un ton de grande surprise.

Penelope était bien consciente de l'adresse à laquelle elle demeurait, surtout après toutes ces leçons de navigation avec les enfants. Mais pour lady Constance, cette nouvelle paraissait lui être tombée dessus comme une autre épiphanie.

— J'ai dit à toutes mes connaissances que nous séjournions au numéro douze, *Biscuitshire* Lane, poursuivit-elle, ébahie. Donc, toutes les lettres qui m'étaient adressées ont été retenues au bureau de poste, car il se trouve qu'il n'y a pas de Biscuitshire Lane à Londres ! Le maître de poste lui-même m'a écrit pour me demander pardon pour le retard !

Lady Constance se leva pour « danser », si l'on peut dire, d'un bout à l'autre du salon.

— Je le savais ! Mes amis ne m'ont pas oubliée, après tout. Et quelle intelligence de la part du bureau de poste d'avoir saisi que je voulais dire « Muffin », et non « Biscuit » ! Une belle preuve de savoir-faire qui suffit presque à vous faire payer la taxe postale de bon gré, mais vous ne devez *jamais* raconter à Fredrick ce que je viens de dire.

Submergée de joie, elle lança des brassées de lettres en l'air, jusqu'à ce que la pièce fût inondée d'une rafale de papiers, détruisant ainsi les efforts qu'avait mis Penelope pour tout garder en ordre.

— Regardez-moi toutes ces invitations ! Déjeuners ! Dîners ! Fins de semaine ! Balades dans le parc ! Parties de croquet ! Comme j'adore Londres ! Je suis *si* heureuse d'avoir eu l'idée de venir ici ! Et regardez, voici la plus belle invitation de toutes.

Elle brandit une autre enveloppe, toute petite.

— C'est un cadeau de la baronne Hoover, pour me remercier de tout ce que j'ai fait pour les pauvres et les opprimés.

Elle s'arrêta un instant de parler, le temps d'essuyer une larme simulée, puis elle reprit sa fanfaronnade.

— C'est écrit que Fredrick et moi sommes invités à la première mondiale d'une opérette comique intitulée *Les Pirates en vacances*. La baronne Hoover dit que le théâtre affiche complet depuis des semaines, mais nous y allons tout de même, elle doit être bien maligne pour pouvoir obtenir des billets ! Bien sûr, je ne sais trop que penser des pirates, car franchement, le mot suggère quelque chose de criminel, mais je suppose que ce sera divertissant, d'une façon qui doit plaire à tout le monde.

Les Pirates en vacances ! L'amertume qu'éprouva Penelope quant à l'effondrement de sa propre fortune se décupla. Oh, quelle injustice ! Et, oh, où pouvait bien être Simon ?

Lady Constance retourna à son siège et envisagea Penelope d'un regard brillant, presque fou.

— Mademoiselle Lumley, puisque vous êtes l'érudite de la maison, permettez-moi de vous poser une question : quel genre de bijoux porte-t-on au théâtre ? Les perles sont-elles trop guindées ? Serait-il gauche de porter des émeraudes ? Si c'était un concert symphonique, la réponse serait simple : des diamants, des diamants et encore des diamants !

Lady Constance la regarda avec l'air d'attendre quelque chose.

— Je... je ne sais trop, madame, bafouilla Penelope. Je connais peu de chose sur les bijoux, comme je n'en possède aucun moi-même.

Lady Constance grimaça.

— Tss-tss, bien sûr que vous n'en possédez pas. Je croyais simplement qu'à titre d'information culturelle, vous pourriez savoir ce qui se passe dans les théâtres. Mais je suppose qu'ils n'ont pas eu le temps de couvrir ce genre de sujet durant votre éducation à Swanbird, avec toutes vos études sur la peste, et ainsi de suite.

— Swanburne.

Penelope savait que le nom avait peu de chance de rester dans la tête de lady Constance, mais elle se sentait si maussade qu'elle ne pouvait plus supporter le caquetage de sa maîtresse.

— J'ai étudié à l'Académie Swanburne pour les filles pauvres mais intelligentes.

— Swanburne, Swanburne, bien sûr ! Pourquoi est-ce si difficile de s'en souvenir ?

Évidemment, lady Constance pouvait difficilement s'attendre que Penelope offre une réponse à sa question, mais elle l'avait tout de même posée.

— Académie Swanburne, filles pauvres mais intelligentes. Académie Swanburne, filles pauvres mais intelligentes... Oh ! Mon Dieu ! cria-t-elle, comme si quelqu'un l'avait pincée. Mademoiselle Lumley, est-ce que cela signifie que vous-même avez déjà été pauvre ?

Penelope s'agita nerveusement et se demanda si elle était sur le point d'être renvoyée.

— Je suppose que oui, répondit-elle prudemment, autrement on ne m'y aurait pas admise.

Lady Constance se leva de son fauteuil et regarda Penelope bien en face.

— Mademoiselle Lumley, voilà une nouvelle stupéfiante. Plus tôt, j'ai dit des choses déplaisantes au sujet des pauvres. À ce moment-là, je n'avais aucune idée que vous aviez eu quelque chose à voir avec ces gens, ou même que vous en aviez fait partie. Je crois maintenant que je vous dois des excuses.

Puis lady Constance sortit d'un pas vif du salon en appelant Margaret d'une voix assourdissante, afin que celle-ci choisisse la tenue appropriée pour la première des *Pirates en vacances*. Penelope fut laissée à elle-même pour finir d'ouvrir et de trier le courrier.

« Croire maintenant que vous me devez des excuses n'est pas tout à fait la même chose que de dire “Je suis désolée”, pensa-t-elle tristement en enfonçant l'ouvre-lettres dans l'enveloppe suivante du dessus de la pile. Mais comme il s'agit de lady Constance, je suppose qu'on peut dire qu'il y a du progrès. »

Ce fut la pensée la plus optimiste qui lui traversa l'esprit ce jour-là.

Chapitre quatorze

LORD FREDRICK ATTRAPE UN RHUME DE CERVEAU, EN QUELQUE SORTE.

Ce fut seulement le lendemain matin que Penelope découvrit la raison de l'absence de madame Clarke. Apparemment, la chère vieille servante avait elle-même vécu une épiphanie ; en fait, elle avait si hâte d'en parler qu'elle se lança dans son histoire avant même que Penelope ne puisse lui demander conseil au sujet de Simon. À présent, le récit était en cours, et tout ce que Penelope pouvait faire, c'était d'écouter et d'attendre qu'une occasion de parler se présente.

— C'est à cause de vous, mademoiselle Lumley, et la façon dont vous m'avez fait penser au vieux monsieur Clarke, confia madame Clarke devant une tasse de thé matinale dans la nursery, pendant que les enfants mangeaient leur déjeuner tout près. J'ai compris tout à coup que je n'étais pas allée visiter sa pierre tombale depuis des années, même si je ne pourrais vous dire pourquoi... je n'avais jamais le temps, je suppose. Alors, je me suis sentie... pas exactement émue, mais de cette sorte d'humeur pensive dans laquelle vous vous arrêtez pour vous demander pourquoi les choses sont comme elles sont. Quel est le mot ?

— « Philosophique » ? suggéra Penelope.

Madame Clarke grouina.

— Non, rien de si grandiose ! Mais je ne pouvais m'arrêter de songer à la vitesse à laquelle le temps file et de penser à quel point la vie est compliquée, mais si simple aussi, et que la plupart des gens ne profitent pas des minutes qui passent, jusqu'à ce qu'ils disparaissent, pour toujours et à jamais. Cette sorte d'humeur – vous me passeriez les scones, chère ?

Penelope obtempéra, puis en prit un autre pour elle-même.

— Agatha Swanburne a dit quelque chose un jour dans le même esprit, commenta-t-elle. Elle a dit : « Vous n'êtes pas où vous étiez et vous n'êtes pas où vous allez. Vous êtes ici ; donc, soyez attentif ! ».

Bien que rien ne puisse être comparé à la tarte à la Philippe, les scones, dut reconnaître Penelope, étaient absolument délicieux.

— Soyez attentif, hein ?

Madame Clarke étala une grosse cuillerée de crème anglaise grumeleuse sur son scone.

— J'aimerais bien rencontrer votre amie Agatha, un jour. Elle me semble être une fille intelligente.

Agatha Swanburne était décédée depuis longtemps, bien sûr, quoiqu'elle eût vécu très vieille, en réalité. Mais les propos de madame Clarke firent prendre conscience à Penelope qu'elle ne savait pas à quel endroit la vieille femme pleine de sagesse avait été enterrée. Elle ne s'était jamais demandé non plus si quiconque avait l'habitude de visiter sa pierre tombale, et peut-être d'y laisser des fleurs.

« Y a-t-il des parents d'Agatha Swanburne qui soient encore vivants ? se demanda Penelope. Je n'ai assurément jamais entendu parler d'aucun d'eux, si c'est le cas. »

Contrairement, disons, au bureau de lord Fredrick au domaine Ashton, qui présentait toute la parade des aïeux Ashton sur une série de peintures à l'huile si sombres et menaçantes que, si elles avaient été des paysages, elles auraient été qualifiées de « sinistres », à l'Académie Swanburne, le portrait d'Agatha Swanburne était suspendu seul, sur son mur. On lui avait accordé une place d'honneur dans le bureau de la directrice, où le visage à la fois sage et espiègle de la fondatrice posait son regard sur toute étudiante qui se trouvait assise devant mademoiselle Mortimer.

« Comme c'est étrange que l'arbre généalogique de la famille Swanburne ne soit pas mieux connu. Il y a sûrement de nombreuses filles de Swanburne, fières et loyales, qui seraient curieuses d'en savoir plus à ce sujet. »

Ces pensées intéressantes, parmi tant d'autres, auraient pu facilement occuper Penelope, le temps de déguster un autre scone ou deux, mais elle les mit de côté, car elle se rendit compte qu'elle avait tout à fait arrêté d'être attentive, et madame Clarke parlait toujours.

— Vous savez, je n'ai presque jamais de journée de congé, pas même à mon anniversaire ! Mais je me suis dit « Nellie (jusqu'alors, Penelope n'avait aucune idée que le prénom de madame Clarke était Nellie), Nellie, vieille fille, il est grandement temps que tu prennes une journée, juste pour toi. Achète un nouveau chapeau et fais une balade dans le parc. Si lady Constance fait une crise d'hystérie, c'est son problème. Ce ne serait pas la première fois, ni la dernière. » Alors, c'est ce que j'ai fait. Monsieur Clarke a été enterré à la campagne, donc je n'ai pu visiter sa pierre tombale, pauvre chéri, mais en son honneur, j'ai marché dans le cimetière de Kensal Green et j'ai pensé au temps passé. C'est un endroit très agréable, et la marche a fait du bien à mon pauvre cœur. Et sur le trajet du retour, j'ai trouvé une boutique de confiserie. J'ai donc acheté des douceurs pour les enfants. Ils mangent des douceurs, n'est-ce pas ?

Comme madame Clarke le savait bien, les enfants pouvaient être capricieux par rapport aux mets de viandes (qu'ils préféraient cuites très saignantes et enduites de ketchup), mais pour ce qui était des bonbons, eh bien, quel enfant n'aime pas les bonbons ?

Avant de répondre, Penelope jeta un œil aux Incorrigibles. Ils avaient terminé leur petit-déjeuner ; elle remarqua avec fierté qu'ils avaient ramassé leurs bols et sorti leurs journaux sans qu'elle le leur ait demandé.

— Je suis certaine que les enfants en seront ravis. Et parlant de monsieur Clarke, continua-t-elle pour saisir la chance de changer de sujet, d'après votre expérience, existe-t-il une façon de savoir avec certitude si ma connaissance, monsieur Harley-Dickinson, est détenu par la police, et si c'est le cas, comment « l'aider à s'échapper », pour ainsi dire ?

Madame Clarke ricana.

— Vous pensez toujours à ce jeune garçon, hein ? Mademoiselle Lumley, mon conseil est de le laisser là où il est, jusqu'à ce qu'il ait dormi pour faire passer le rafraîchissement puissant qui l'a flanqué en taule en premier lieu. S'il ressemble de près ou de loin à monsieur Clarke, il sera vraiment désolé, en plus d'être doux comme un agneau, lorsqu'il en sortira. Peut-être que cela lui servira de leçon. Non que d'être désolé ait jamais forcé monsieur Clarke à changer !

La servante rit de bon cœur.

— Oh, comme j'avais l'habitude de le gronder ! Je rougis en pensant aux choses que j'ai pu dire. Et maintenant, le pauvre type est six pieds sous terre, et je ne le gronderai plus, c'est certain.

Toujours en riant, elle épongea une larme à l'aide de sa serviette.

— « Soyez attentif », c'est ce que votre amie Agatha a dit ! C'est un bon conseil, il n'y a pas de doute. J'espère que je serai capable de le suivre.

Bien qu'elle ne le voie pas de cette façon, le changement de perspective de madame Clarke était bel et bien de nature philosophique, en plus d'être réellement éclairant, et ainsi il pouvait être considéré comme étant une véritable épiphanie. Par contre, le choc et l'aversion ressentis par lady Constance en rencontrant des gens moins privilégiés que sa petite personne bichonnée avaient le potentiel d'un réveil brutal – du moins, si la dame avait pu manifester un quelconque signe de réveil.

Et jusqu'à ce jour, elle n'en avait manifesté aucun. Dans l'esprit de lady Constance, ces billets difficiles à obtenir pour *Les Pirates en vacances* représentaient un paiement bien mérité pour sa propre gentillesse et son cœur charitable. Alors qu'elle avait sa récompense en main, le problème consistant à aider les pauvres était affaire classée.

— C'est merveilleux de savoir qu'on a contribué un peu à la cause des plus défavorisés, proclama-t-elle alors que Margaret domptait sa chevelure au moyen d'un rituel consistant à brosser, épingler, tirer et tresser chaque mèche blonde. Mais je ne suis pas près de renouveler l'expérience. Je ne pourrais tolérer l'odeur une fois de plus !

Lady Constance était pleine d'entrain, et pourquoi ne l'aurait-elle pas été ? Elle irait dîner tôt avec lord Fredrick dans un grand restaurant (mais pas au *Fern Court* ; même la baronne Hoover, qui avait des relations dans toute la ville, n'avait pu obtenir une réservation au *Piazza Hotel* à la dernière minute), ils profiteraient ensuite d'une promenade dans le parc à bord d'une voiture découverte, puis assisteraient à la première des *Pirates en vacances*. La question concernant la tenue que la dame porterait au théâtre avait été réglée avec une touche de fantaisie ; après mûre réflexion, lady Constance avait ordonné à Margaret de lui confectionner rapidement un fourreau en feutre orné de faux diamants et muni d'une ceinture, qu'elle prévoyait de porter par-dessus la jupe de sa robe de soirée vert olive.

— Je sais que c'est une première théâtrale, et non un bal mondain, déclara-t-elle en attendant que les faux diamants soient cousus, mais vraiment, qui s'y opposerait ? C'est festif, et ce qui est festif met de la joie dans l'atmosphère, n'êtes-vous pas d'accord, Margaret ?

— Je ne pourrais dire le contraire, madame, répondit diplomatiquement Margaret, car comment oserait-elle contredire lady Constance ?

Penelope était navrée d'être dans le secret de cette conversation mais, hélas, l'idée qu'elle pourrait être utile en tant que secrétaire personnelle avait pris racine dans l'esprit de lady Constance. Elle avait fait venir Penelope quatre fois depuis le goûter de l'après-midi pour lui dicter les réponses aux lettres qu'elle avait reçues. Mais la maîtresse de maison ne parvenait pas à se décider ; elle commençait et arrêtait, puis reformulait sans cesse ce que Penelope devait écrire, jusqu'à ce que des pages et des pages soient détruites et que la gouvernante doive recopier ses paroles depuis le début.

Puis, lady Constance perdit tout intérêt pour le sujet, et Penelope finit par écrire la plupart des lettres elle-même. Elle s'amusa à les terminer toutes par des phrases socialement utiles, qui étaient devenues la spécialité des enfants. « Veuillez agréer mes salutations distinguées, lady A. », « Avec mes vœux les plus sincères de rétablissement définitif, lady A. », « Meilleurs vœux en cette journée toute spéciale, et joyeux anniversaire, lady A. », et ainsi de suite.

Enfin, le cache-œil était terminé, et Margaret l'installa délicatement afin de ne pas défaire la coiffure élaborée et remontée de lady Constance. La dame poussa un petit cri de joie en ouvrant finalement son œil libre pour s'admirer dans le miroir.

— Vous verrez, proclama-t-elle, exaltée, lorsqu'on me verra portant ceci, le cache-œil décoratif deviendra la grande mode. D'ici la fin de semaine, les jeunes dames distinguées de tout Londres se pavaneront comme des marins. Imaginez, une femme pirate ! Quelle idée originale, et c'est moi qui l'ai eue !

— En fait, plusieurs dames pirates ont existé, se sentit contrainte de l'informer Penelope. Anne Bonny, lady Killigrew, Grace O'Malley, pour n'en nommer que quelques-unes.

Lentement, lady Constance se retourna. Même avec un seul œil, elle parvenait à lancer un regard noir à l'objet de son mécontentement.

— Mademoiselle Lumley, mon père avait l'habitude de dire que trop d'instruction rendait une fille ennuyeuse. Je commence à comprendre pourquoi.

Puis elle s'adressa à la bonne aux doigts agiles.

— Margaret, je suis curieuse de le savoir ; vos parents sont-ils pauvres aussi ? Comme ceux de mademoiselle Lumley ?

Penelope ne savait trop si elle devait se sentir honteuse ou fâchée de la remarque de lady Constance. Margaret lui lança un regard perplexe, avant de répondre :

— Je ne le crois pas, madame. Ce n'est jamais facile de se débrouiller, mais maman fait des lessives supplémentaires, et mon frère, Frank, aide papa à la forge. Depuis qu'un cheval effrayé a lancé un coup de sabot dans son genou, papa boite affreusement. Mais Frank peut ferrer un cheval aussi vite que n'importe quel homme au pays, et ce n'est qu'un jeunet de douze ans.

— Un travail noble et honnête, dit lady Constance avec approbation en se regardant dans le miroir de sa coiffeuse. Je suis heureuse de l'entendre. Car comment lord Ashton et moi pourrions faire un tour agréable en voiture un dimanche si nos chevaux n'étaient pas bien fer... Aaah ! Est-ce que j'ai un bouton ?

— Haouuuuuuuuuu !

— Ouaf ! Ouaf !

— Haouuuuuuuuuu !

À l'intérieur de la maison, ils avaient retenti, les indéniables sons de hurlements et d'aboiements. Penelope pâlit.

— Si vous voulez bien m'excuser, lady Constance, je ne devrais pas laisser les enfants sans surveillance si longtemps...

— Haouuuuuuuuuu !

— Ouaf ! Ouaf !

— Haouuuuuuuuuu !

Le bruit semblait s'approcher. Lady Constance posa une main menaçante sur son fourreau.

— Je suis stupéfaite, mademoiselle Lumley, du fait que vous insistiez pour appeler ces trois créatures non domestiquées des « enfants ». Vous n'avez qu'à les écouter ! S'ils osent entrer dans mon dressing, je vais... je vais... bien, je ne sais pas ce que je vais faire !

— Pardon, Lumahou ?

Les trois Incorrigibles apparurent dans l'embrasure de la porte du dressing de lady Constance. Ils avaient dans les mains des crayons, des règles et des compas. Alexandre tenait plusieurs feuilles de papier quadrillé, toutes couvertes de dessins de triangles.

— Vraiment désolé de vous déranger, dit-il en s'inclinant.

— Salutations, gente dame ! Pardonnez l'interruption !

Beowulf s'inclina encore plus bas, et Cassiopée effectua une si grande révérence qu'elle eut besoin d'aide pour se relever.

Timidement, Alexandre présenta les feuilles.

— Question, Lumahou. L'aire d'un triangle ?

— *Chaos est rex regis,* ajouta Beowulf en latin.

Par cela, il voulait dire « la confusion règne ».

Cassiopée leva les yeux au ciel.

— Pas chaos. Moitié base fois hauteur. Facile !

Les garçons avaient toujours l'air perplexe.

— Mais quelle est la hauteur ?

Ils retournèrent leurs feuilles dans tous les sens, tentant de comprendre quel bout du triangle était le sommet.

— C'est une excellente question, dit Penelope en attroupant rapidement les enfants. Si vous me raccompagnez à la nursery, nous en discuterons...

— Haouuuuuuuuuu !

— Ouaf ! Ouaf !

— Haouuuuuuuuuu !

Les enfants se regardèrent tour à tour, déconcertés.

— Utiliser mots, pas aboyer ? suggéra Beowulf, mais à qui le suggérait-il ?

Même si ces « haouu » et « ouaf » consistaient sans contredit en aboiements et hurlements, et sem blaient provenir de l'autre côté de la pièce, ils ne sortaient certainement pas des Incorrigibles.

Dans le couloir tonnèrent des bruits d'affrontement et de bagarre.

— Sacrebleu de sacrebleu de sacrebleu ! tonitrua une voix d'homme, suivie d'un « ouaf ! ».

Lord Fredrick tituba dans la pièce. Aux yeux de Penelope, il paraissait horriblement incommodé. Il se grattait de manière incontrôlée, et de temps en temps, l'une de ses jambes semblait tressauter.

— Je vous le demande, Constance, où est mon almanach ? Je ne peux le trouver, pour une raison ou une autre. J'ai besoin de vérifier quelque chose... fichu calendrier ! Je crains de m'être trompé de date... Ouaf !

Alexandre se pencha vers lord Fredrick pour le renifler, puis se tourna vers son frère et sa sœur, et haussa les épaules.

— Cher idiot de Fredrick, nous allons au théâtre ; c'est impossible de se tromper à ce sujet.

Lady Constance se leva, puis tournoya sur elle-même.

— Vous ne me complimentez pas sur ma tenue ?

— Très jolie, oui, oui.

Il regarda fixement son cache-œil.

— Mais vous avez quelque chose sur le visage, chère. Vous devriez peut-être le nettoyer, ouaf !

Lady Constance fronça les sourcils.

— Quel est cet affreux son que vous faites sans cesse ? Vous ne vous moquez certainement pas de moi ?

— Pas du tout, chère. J'ai... ouaf ! ouaf ! quelque chose de pris dans la gorge, c'est tout.

Il se racla la gorge pour le démontrer, mais au lieu d'un « hum, hum », il émit plutôt un « haouu », puis il se couvrit rapidement la bouche.

— Bien, j'espère que vous ne serez pas aussi bruyant durant la pièce. Je déteste tout simplement lorsque les gens parlent pendant une représentation.

Elle parada en passant à côté des enfants et fixa Fredrick de son seul œil utilisable.

— Êtes-vous prêt, mon mari ? Vous paraissez un peu... ébouriffé.

— Bien sûr, parfaitement prêt (il avait dressé ses cheveux dans tous les sens à force de se frotter et de se gratter), mais j'aimerais jeter un coup d'œil à l'almanach... Zut, j'espère ne pas l'avoir oublié au club...

— Ne soyez pas idiot, vous pourrez le trouver lorsque nous reviendrons à la maison. Allons, demandez à Timothy de conduire la voiture devant l'entrée, s'il vous plaît. Et dites-lui que nous prendrons le coupé de ville ; il est terriblement chic à la lumière du jour...

— C'est déjà fait, ma chère. Vous pourriez dire que l'envie de partir me démange, hein ?

Lord Fredrick commença à se frotter le dos contre le cadre de porte.

— Où diable est-il... *ouaf, ouaf*...

Un majordome apparut à ses côtés et annonça :

— Votre voiture vous attend dehors, monsieur.

— Vous avez votre étole, Constance ? demanda lord Fredrick entre deux grattements.

— Bien sûr, et mon sabre, hi, hi !

Personne ne rit, mais lady Constance ne sembla pas s'en soucier, trop occupée qu'elle était à admirer son fourreau.

— *Ouaf* ! Pardonnez-moi !

Lord Fredrick parut embarrassé.

— Ces sacrées crises d'éternuements ! Je crains d'avoir attrapé un petit rhume.

Penelope et les enfants observaient lord Fredrick, fascinés. Même pendant ces quelques minutes, ses soubresauts, ses grattements et ses grognements s'étaient aggravés, à un point tel que lady Constance, qui prêtait rarement attention à autrui, n'eut d'autre choix que de le remarquer.

— Tout va bien, cher ? demanda-t-elle impatiemment. Vous êtes horriblement agité.

Il se donna des coups de patte à l'oreille et jeta un œil par la fenêtre.

— Une petite éruption, je crois... ça doit être quelque chose que j'ai mangé. Il ne fera pas noir avant des heures, je vois. Quelle sorte de lune aura-t-on, hein ? Quelqu'un le sait ? Serait-il possible de changer nos billets pour un autre soir, par hasard ?

— Ne soyez pas ridicule, Fredrick ; c'est la première ! Et qu'importe la lueur de la lune ? dit lady Constance d'un ton joyeux en prenant le bras de son mari. Nous verrons bientôt les feux de la rampe briller !

— C'est bien vrai, chère... *ouaf* ! Pardonnez-moi. *Ouaf* !

Et sur ce, ils partirent.

Dans la cuisine, la blanchisserie et les divers salons des étages inférieurs du numéro douze, Muffinshire Lane, Penelope savait que les domestiques entretenaient les feux et taillaient les mèches de bougie, époussetaient les étagères et balayaient les tapis, remplissaient les cuvettes d'eau fraîche après les avoir vidées de leur vieille eau, mais malgré tout, la maison lui paraissait terriblement silencieuse. Aussi plaisant fût-il d'être libérée du caquetage désagréable de lady Constance et du comportement bizarre de lord Fredrick, c'était également bizarrement triste d'être celle qu'on avait laissée seule.

Bizarre, c'est vrai, mais certainement pas étonnant. Imaginez comment vous vous sentiriez si plusieurs personnes de votre entourage achetaient de nouvelles tenues en vue d'une occasion spéciale, s'habillaient dans un déluge de rires et de blagues, puis partaient en groupe, bavardant et rigolant, tandis que vous restez à la maison, en pantalon de gymnastique, avec rien d'autre à faire que de trier les chaussettes. Penelope se complaisait rarement dans l'apitoiement sur soi, mais elle ressentait à cet instant ce que Cendrillon avait dû éprouver après que ses méchantes belles-sœurs furent parties pour le bal du palais, laissant la pauvre seule à la maison, avec pour unique occupation de ramasser les lentilles parmi les cendres.

« Pourtant, c'est tout à fait normal que lady et lord Ashton profitent d'une sortie ensemble, pensa-t-elle bravement. Ils sont riches et ils viennent de la classe noble, mais pas moi. Ma place est ici, à être la bonne gouvernante des enfants et répondre au courrier de lady Constance, conclut-elle en soupirant. Et répondre à des lettres est beaucoup moins désagréable que de ramasser les lentilles parmi les cendres, je dois donc faire de mon mieux pour être enjouée, ce faisant. »

Penelope fit même participer les Incorrigibles. Elle ne leur demanda pas de répondre aux lettres, bien sûr, mais de les compter. Ils avaient apporté tout le courrier dans la salle à manger pour pouvoir se servir de la grande table ; les enfants classaient à ce moment les enveloppes en groupes de cinq et de dix, s'exerçant ainsi du même coup à mémoriser leurs tables de multiplication. Ce n'était pas aussi amusant qu'une soirée au théâtre l'aurait été mais, au moins, du point de vue de l'enseignement, la soirée n'était pas une totale perte de temps.

Toc ! Toc !

Deux coups secs retentirent dans toute la maison depuis la porte d'entrée.

« Pas encore la poste », se dit Penelope en séchant au buvard une autre lettre (elle avait signé celle-ci par « Malgré tout, vous pouvez me faire confiance. Motus et bouche cousue. Affectueusement, lady A. »). Combien d'autres lettres pouvait-il y avoir ?

— Dix... Vingt... Trente...

Les enfants faisaient d'excellents compteurs, ce qui ne faisait que souligner le nombre impressionnant de lettres auxquelles il fallait répondre. Toute cette correspondance, et pas encore de nouvelles de Simon, ni de mademoiselle Mortimer ! C'était trop injuste, et le moment de quitter Londres arriverait beaucoup trop vite. Jusqu'à ce jour, leur voyage n'avait pas vraiment été l'incessant carnaval de culture qu'avait espéré Penelope, avec toute cette histoire distrayante de danger et de mystère, mais malgré tout, c'était Londres, et qui sait si et quand elle y reviendrait ? Les feux de la rampe du West End demeureraient peut-être à jamais un lointain rêve inassouvi.

Et peut-être ne reverrait-elle jamais Simon. Pauvre Simon ! Elle espéra qu'il n'avait pas été déclaré coupable de vol, puis déporté en Australie sur ce stupide vélocipède. Il s'était attiré tous ces problèmes en voulant simplement aider Penelope, et voilà qu'elle n'aurait même jamais l'occasion de dire « merci » à ce cher et gentil Simon, ce garçon parfaitement convenable.

— Simahouu, dit Alexandre.

Légèrement embarrassée, Penelope s'aperçut qu'elle avait dû prononcer son nom tout haut.

— Oui, Simon, dit-elle rapidement. Maintenant, reprenons ces tables de multiplication...

— Simahouu, insista Beowulf en tirant sur la manche de son enseignante, tout en pointant le doigt.

— Simahouuuuuu ! hurla de joie Cassiopée.

— C'est bien vrai, les enfants. C'est moi ! Simahouu Harley-Dickinson, auparavant domicilié à Scotland Yard[1]. Bonsoir à vous, mademoiselle Lumley. Dites, j'espère que ça ne vous dérange pas que je fasse irruption comme ça, sans prévenir ?

1. Quartier général de la police de Londres (*N.d.T.*).

Penelope se leva de sa chaise. Les lettres qui étaient sur ses genoux tombèrent au sol, et sa bouche s'ouvrit aussi grand que ses mâchoires le permettaient.

— Monsieur Harley-Dickinson ! Je suis tellement heureuse de vous voir ! Comment allez-vous ? Oh, j'ai imaginé les choses les plus horribles...

Puis elle s'arrêta avant d'en dire plus, car elle craignit de fondre en larmes, ce qui ne lui sembla pas du tout approprié, vu son intense sentiment de joie.

Les enfants n'éprouvèrent aucun trouble de la sorte ; ils se jetèrent tous les trois sur monsieur Harley-Dickinson comme s'il était une cage à grimper. Le jeune homme rit.

— Je peux vous dire, mademoiselle Lumley, que dernièrement, ma vie passe de rebondissement en rebondissement ! Je dois dire que vous êtes d'une bonne influence, vous tous.

Il décolla gentiment les enfants de ses membres.

— Je dois vous présenter mes excuses d'avoir manqué notre rendez-vous d'hier. Vous voyez...

— C'était le vélocipède ! s'exclama-t-elle.

— En effet. Dès que j'ai eu terminé mon tour de toutes les librairies de Londres...

— Avez-vous trouvé un autre *Hixby* ? laissa-t-elle échapper cette fois-ci.

Simon sourit.

— J'y arrive ! Dès que j'ai eu terminé mon tour des librairies de Londres, j'ai été arrêté par un policier.

Le type a jeté un long regard suspicieux sur mon moyen de transport. « Titre de propriété », a-t-il demandé en tendant sa main potelée, comme ceci. « Monsieur, ai-je dit, pour quelle raison exigez-vous ce document ? » « Je l'exige, car cet engin correspond à la description d'un objet de ce genre qu'on a déclaré volé », a-t-il répliqué. « Quelle est la description ? » ai-je demandé. Sans même consulter ses notes, le type a répondu : « Vélocipède, légèrement utilisé. Deux roues, un guidon, noir. » « Je vois, ai-je dit. Et quand a-t-il été volé ? » « Ce matin même », a-t-il affirmé. « Bien, ai-je dit, voici mon alibi : ce matin, j'étais au zoo avec le juge Quinzy, un juge, pensez-y. Et si vous ne me croyez pas, vous pouvez demander à son honneur vous-même. » « Bon, a-t-il répondu, d'accord, venez avec moi au poste, et nous parlerons de votre juge Quinzy. » Nous sommes donc allés au poste de police. Ils ont rempli des formulaires en trois copies. Ils m'ont mis les menottes. Puis j'ai attendu, et attendu. Après une éternité environ, le policier est revenu. « Ce juge n'existe pas », a-t-il dit. « Que voulez-vous dire ? » ai-je rétorqué. Je vous jure que j'étais vexé ! « Ce juge n'existe pas ? Je suis monté à bord de la voiture du type moi-même », ai-je dit. Et le flic a répondu : « Il n'y a pas de Quinzy dans le *Répertoire des juges*, c'est ce que je veux dire ! » Il m'a montré le livre lui-même, et il avait raison. Pas de Quinzy du tout. Mon alibi leur a donc paru un tantinet suspect, et c'est comme ça qu'on m'a jeté en taule. Ils m'ont laissé sortir seulement parce que, vous ne le croirez pas, un petit voyou culotté a volé le vélocipède directement au commissariat de police !

Simon se tapa les cuisses de rire.

— Pas de preuve, pas d'accusation. Ils ont dû me laisser partir.

— Oh, non !

Penelope était à la fois horrifiée et fascinée par cette aventure étrange et comique.

— Menotté, mon Dieu ! Cela a dû être terrible !

— Terriblement intéressant, plutôt. Quelle collection inspirante de voyous j'ai pu rencontrer derrière les barreaux ! J'ai maintenant suffisamment de matériel pour une vingtaine de pièces.

Son visage s'épanouit en un large sourire :

— Je vous le dis, mademoiselle Lumley, depuis le jour où je vous ai rencontrés, vous et ces charmants enfants incorrigibles, des choses inattendues ne cessent de se produire. Je ne manquerai plus jamais d'inspiration.

— Quinzhaouu, zoo, qui ? demanda Cassiopée, qui voulait dire, évidemment : « Si, comme vous l'affirmez, il n'existe pas de juge Quinzy, qui était l'homme qui nous a emmenés au zoo l'autre jour ? »

— Bonne question, Cassaouaf.

Simon hissa la fillette sur son genou.

— Ce type que nous avons rencontré se présente comme étant le juge Quinzy. Si son nom est véritablement Quinzy, je n'en sais rien, mais une chose est sûre, il n'est pas juge.

Penelope brûlait d'envie de savoir :

— Et le *Hixby* ?

L'expression de Simon devint sérieuse.

— C'est exactement ce que vous pensiez, mademoiselle Lumley. J'ai vérifié dans chaque librairie, d'ici à Charing Cross. Il n'existe aucun autre *Guide Hixby*, nulle part. Personne n'en a jamais entendu parler. Ce que vous possédez est *sui generis*.

— Latin ? demanda Beowulf, excité.

— Quel garçon intelligent ! C'est bien du latin et cela signifie « unique en son genre ». Pour ce qui est de madame Ionesco, la gitane disparue, avec toute cette histoire de prison, je n'ai pas eu l'occasion de mener une recherche approfondie pour la trouver. Par contre, en venant ici, j'ai réussi à dénicher ceci...

Comme si tout le reste n'était pas assez extraordinaire, Simon enfonça la main dans sa poche, puis en sortit une poignée de billets. Penelope fut d'abord déconcertée ; tout ce à quoi elle pouvait penser était cet homme à l'extérieur du palais de Buckingham, vendant des billets pour la queue pour la soupe des indigents.

— Est-ce que ce sont... des billets ? haleta-t-elle.

— Pas seulement des billets, mademoiselle Lumley. Des billets de théâtre !

Il sourit.

— Vous vous souvenez que je vous ai dit que je connaissais le régisseur du théâtre de Drury Lane ? Et qu'ils présentaient une nouvelle pièce pour la première fois, ce soir justement ? Apparemment, le roi de Belgique, ou de Hongrie, ou d'un autre pays de taille moyenne d'Europe, a acheté toute une loge pour la première, puis a annulé en raison du déclenchement d'une guerre civile ; mon ami avait donc des places libres. Cinq, précisément.

— Des billets de théâtre ! Vous ne parlez pas de...

Penelope avait du mal à y croire.

— Vous avez deviné, mademoiselle Lumley.

Déjà, les enfants se pavanaient comme des marins ; Alexandre avait levé une main pour se couvrir un œil.

— Nous irons voir *Les Pirates en vacances.*

Chapitre quinze

LE PUBLIC S'ENFLAMME, DE MÊME QUE LES ACTEURS.

« Ne regardez pas tout de suite, mais tout est sur le point de changer », prévenait Agatha Swanburne, et la femme pleine de sagesse avait habituellement raison. L'inconstante oscillation de la fortune était de nouveau sur une montée, et cette fois, Penelope se trouvait sur le siège ascendant.

En matière de chance, on pourrait dire que les Incorrigibles et Simon étaient, eux aussi, propulsés vers le ciel, car ils assisteraient bientôt avec grand plaisir à la première représentation des *Pirates en vacances*, depuis le confort luxueux de la loge royale. Cinq billets, gratuits ! Il s'agissait en effet d'un rebondissement inattendu.

Peut-être était-ce en raison d'un changement abrupt d'altitude, mais Penelope se sentait presque étourdie par la joie. Toutefois, elle n'avait pas complètement perdu le sens des réalités. Elle savait que ce serait du suroptimisme aigu que de croire qu'ils pourraient ne pas rencontrer les Ashton de toute la soirée, ou même de croire que cette rencontre ne serait pas parfaitement déplaisante. Quelle explication pourrait-elle fournir pour justifier sa présence au théâtre de Drury Lane ?

« La vérité constitue toujours la meilleure explication », conclut-elle en choisissant des vêtements propres pour les enfants, avant de brosser son seul et unique chapeau pour en retirer la poussière.

Et à quoi bon s'inquiéter à ce moment d'une chose pareille ? S'ils voulaient arriver à temps pour le lever du rideau, ils devaient partir sans tarder. Simon lui assura qu'il serait plus rapide de marcher, car les rues du quartier des théâtres devenaient tellement encombrées, le soir venu, que même l'omnibus avait du mal à circuler. Elle n'avait pas non plus le temps de donner un dîner approprié aux enfants, et il n'y avait plus de biscuits dans la cuisine. Penelope espéra que le divertissement de la scène suffirait à retenir leur attention, jusqu'à ce qu'elle puisse leur trouver quelque chose à grignoter après le spectacle.

— Lune, lune, lune, lune, lune, comptaient les enfants sur le chemin du théâtre.

Penelope supposa qu'ils pensaient aux dates encerclées dans l'almanach de lord Fredrick, mais non : ils passaient devant l'un de ces longs édifices rectangulaires à l'architecture néoclassique, que l'on voyait souvent à Londres, avec des colonnes de fenêtres disposées en rangées. Chaque fenêtre encadrait un reflet de la lune, qui était montée encore plus haut pendant leur marche. Elle était aussi pleine que puisse l'être la lune, ronde telle une assiette, et elle brillait d'une lumière surnaturelle d'un blanc bleuté.

— Dites, les enfants, suggéra Simon, après que le chant « lune, lune, lune » fut devenu quelque peu ennuyeux, je connais une autre chanson que vous aimeriez peut-être. C'est sur le thème de Drury Lane, et nous sommes justement en route vers le théâtre de Drury Lane. Je vais vous l'apprendre.

Ce qu'il fit, et les enfants et Simon chantèrent durant tout le trajet vers le théâtre :

— *Connaissez-vous monsieur Muffaou ?*
Monsieur Muffaou, monsieur Muffaou !
Connaissez-vous monsieur Muffaou,
Qui vit sur Drury Lane ? Ouaf !

Penelope demeura silencieuse. Elle levait sans cesse les yeux vers la lune en songeant à lord Fredrick et à son comportement étrange. Elle réfléchit au *Guide Hixby sui generis*, au juge Quinzy fictif et au danger mystérieux dont mademoiselle Mortimer l'avait prévenue. Elle pensa au « passé inhabituel » des Incorrigibles, de même qu'aux Lumley, perdus de vue depuis si longtemps.

Penelope avait résolu une bonne quantité de problèmes de mathématiques plus tôt, ce jour-là, en montrant aux enfants comment trouver l'aire d'un triangle, puis en effectuant avec eux une révision approfondie des tables de multiplication. Mais à ce moment précis, elle aurait surtout voulu pouvoir appliquer une équation des faits qui lui permettrait de résoudre l'énigme et ainsi obtenir une réponse sensée.

Hélas, la bonne solution n'était toujours pas claire.

Il y avait tout un tapage devant l'entrée du théâtre de Drury Lane, et ce tapage n'avait rien à voir avec les muffins.

— Quelqu'un voudrait-il un billet ? lança lady Constance Ashton, au bord des larmes. Mon mari est tombé malade pendant le dîner et il a dû rentrer, enfin, c'est ce qu'il a dit. Personnellement, je ne suis pas certaine de le croire, étant donné qu'il se portait parfaitement bien ce matin ! Je crois qu'il ne désire pas venir au théâtre ; il préférerait sûrement être à son club. Un billet ? Un billet, quelqu'un ? C'est la première, et vous auriez la chance de vous asseoir à côté de moi, lady Constance Ashton, du domaine Ashton... y a-t-il des intéressés ?

Peut-être était-ce parce que l'oscillation de la fortune de lady Constance avait effectué un piqué, ou peut-être était-ce à cause de sa tenue de pirate ridicule, mais quelle que soit la raison et malgré l'attrait que représentait le billet, lady Constance ne trouva aucun preneur. Cependant, elle faisait l'objet de nombreux regards curieux, compatissants, voire dédaigneux.

— Cette femme est ma maîtresse, lady Ashton, chuchota Penelope à l'oreille de Simon.

Ils se trouvaient toujours à l'extérieur du théâtre, cachés par la foule, mais assez près pour assister à ce triste spectacle.

— Attendons un moment, jusqu'à ce qu'elle trouve sa place à l'intérieur.

— D'accord, dit Simon. Mais elle a l'air de quelqu'un qui s'est perdu en mer. Ne devrions-nous pas la ramener au rivage, en quelque sorte ? Peut-être pourrions-nous l'égayer un peu ?

Penelope soupira et se rappela le jour où elle avait tenté, en vain, de se rapprocher amicalement de sa maîtresse.

— Votre suggestion est très gentille, mais je crains que les choses ne soient jamais si simples avec lady Constance.

Les enfants se mirent à faire de grands gestes énervés.

— Gitanhouu, gitanhouu, crièrent-ils.

Penelope se retourna, mais Simon l'avait vue en premier.

— Hé, c'est madame Ionesco ! s'exclama-t-il.

La vieille diseuse de bonne aventure semi-édentée avait monté sa boutique dans l'allée étroite menant à l'entrée des artistes du théâtre. En ce moment, elle était en train de lire les lignes de la main d'un homme qui était soit un pirate, soit un acteur déguisé en pirate. Si l'on se fiait à son expression, les nouvelles venant du monde spirituel n'étaient pas bonnes. Malgré cela, madame Ionesco gardait possession de sa main ouverte, pendant qu'il fouillait de sa main libre la poche de sa culotte. Il sortit finalement quelques doublons d'or (ou étaient-ils peints en doré ?), qu'elle examina attentivement avant de les accepter.

— Gitanhouu ! hurla Beowulf, plutôt fort.

Madame Ionesco leva la tête et aperçut les enfants.

Rapidement, elle éteignit ses bâtons d'encens qui brûlait, puis elle commença à ramasser ses outils de prédiction : ses cartes de bonne aventure et sa boule de cristal, ses sacs à cordonnet remplis de runes gravées et d'os blanchis de petits animaux malchanceux.

— Elle s'en va ! Nous devons lui parler, affirma Penelope, voulant se précipiter vers elle, mais les masses de visiteurs du théâtre étaient comme une marée la poussant dans la direction opposée.

Ding ! Ding !

Un placeur avait sonné une clochette pour obtenir l'attention de la foule. Puis il lança à haute voix :

— Dernier appel pour *Les Pirates en vacances.* La représentation est sur le point de commencer. Tous les détenteurs de billets doivent entrer !

Simon flanqua quatre billets dans la main de Penelope et garda le cinquième pour lui-même.

— Mademoiselle Lumley, allez trouver vos places avec les enfants. Je vais suivre madame Ionesco et je prendrai rendez-vous avec elle pour que nous la rencontrions après la pièce.

La foule déferla vers les portes ; Penelope dut retenir fermement les enfants pour les garder près d'elle.

— Et *Les Pirates en vacances,* alors ?

Simon jeta un coup d'œil par-dessus son épaule. Madame Ionesco avait replié son tabouret et était en train de dévaler la rue. Elle aurait disparue dans un bref moment.

— Ce que cette femme sait est important, n'est-ce pas ?

— Peut-être bien. Mais ce serait vraiment dommage que vous manquiez le spectacle ! C'est vous qui avez obtenu les billets, après tout...

Simon secoua la tête.

— J'ai vu une kyrielle de spectacles. Mais pas vous. Je vais rattraper la diseuse de bonne aventure ; profitez de la pièce. Ne vous inquiétez pas, mademoiselle Lumley, je serai de retour avant l'entracte.

Penelope le regarda anxieusement frayer son chemin dans la cohue.

« J'espère que rien de fâcheux ne lui arrivera cette fois-ci, pensa-t-elle. Après tout, il vient tout juste de sortir de prison. »

Ding ! Ding !

— Tous les détenteurs de billets doivent entrer ! Dernier appel !

La foule qui se pressait à l'intérieur était comme l'un de ces courants littoraux dans lequel vous devez simplement nager, jusqu'à ce qu'il vous ballotte bon gré mal gré sur le sable. Penelope et les Incorrigibles, pris dans la foule, furent emportés à l'intérieur ; ils s'agrippèrent les uns aux autres exactement comme ils l'avaient fait à la gare d'Euston, le jour de leur arrivée à Londres.

Le placeur eut l'air suspicieux lorsque Penelope et les enfants présentèrent leurs billets indiquant ROYAL BOX, mais il leur remit à chacun le programme de la soirée, puis leur fit signe d'avancer d'un geste houleux. Ils gravirent donc une série de marches, puis un autre placeur leur indiqua de descendre une allée latérale et d'emprunter une petite porte. Ils se trouvèrent dans un compartiment privé doté de sièges rembourrés, presque comme dans un compartiment de train. Mais celui-ci était ouvert sur un côté, de sorte que l'on puisse regarder la pièce, et il était si proche du devant de la salle que ses occupants se trouvaient presque au-dessus de la scène.

Depuis ce nid-de-pie, Penelope pouvait voir tous les spectateurs... et tous les spectateurs pouvaient la voir, s'aperçut-elle, consternée. Il serait bien assez bouleversant pour lady Constance de découvrir son employée pauvre mais intelligente et trois pupilles sauvages au théâtre ; s'il fallait en plus que la dame prenne conscience qu'ils avaient les meilleures places de la salle, ils risquaient tous la catastrophe. Penelope s'affaissa dans son siège, se cacha le visage à l'aide de son programme et espéra que la représentation commencerait bientôt.

Hélas, les Incorrigibles étaient beaucoup trop excités pour se cacher derrière leur programme. Alexandre avait apporté sa boussole et l'utilisait pour déterminer l'orientation de la scène. Toujours intéressé par l'art, Beowulf contemplait avec fascination les peintures au plafond du théâtre, qui figuraient d'adorables chérubins ailés jouant de la harpe dorée.

Cassiopée, dont l'heure du coucher habituelle approchait à grands pas, bâilla et s'allongea sur son siège et le siège vide d'à côté, réservé à Simon.

— Cassaouaf fatiguée, se plaignit-elle. J'ai faim. Pas dîné. Veux manger.

— Tu vois, Cassaouaf, fit remarquer Beowulf en pointant le doigt vers le haut. Pigeons. Miam.

Penelope leva aussi les yeux et vit les chérubins potelés appétissants avec leurs ailes d'oiseaux.

— Oh, mon Dieu, ce ne sont pas du tout des pigeons, rouspéta Penelope.

Mais avant qu'elle puisse dire un mot de plus, la rampe lumineuse fut allumée, le rideau fut levé, et *Les Pirates en vacances* firent leur apparition.

Penelope et les enfants se trouvaient sans contredit dans un vrai théâtre professionnel de Londres ! Dès les premières notes d'ouverture jouées par l'orchestre, c'était comme s'ils avaient été transportés dans un autre monde. Les acteurs étaient talentueux, aussi talentueux que les Comédiens sur demande de Leeds, la troupe populaire que lady Constance avait engagée à l'occasion du bal de Noël désastreux du domaine Ashton. L'histoire était comique et extraordinairement tortueuse, avec des pirates qui étaient en réalité des aristocrates déguisés, des pirates qui se faisaient passer pour des aristocrates, plusieurs histoires d'amour entrecroisées, une chasse au trésor volé, et bien sûr, des cache-œil, des sabres, des fourreaux et des jambes de bois à profusion.

C'était, pour tout dire, spectaculaire. Penelope ne s'était pas aussi bien amusée depuis qu'elle avait lu *Saute, Arc-en-ciel, saute !* pour la première fois, une histoire tout aussi merveilleuse, dans laquelle le cher Arc-en-ciel, si attachant, vainquait sa peur de sauter. Mais la pièce de théâtre relevait d'un tout autre genre, car en plus du récit éblouissant déployé sur scène, de temps en temps, les pirates se mettaient à chanter. Arc-en-ciel était capable de produire un joli hennissement sur demande et passait au trot dès qu'Edith-Anne sifflotait *Que Dieu protège la reine,* mais ce n'était pas du tout la même chose.

— Lumahouu, chuchota Cassiopée. J'ai faim ! Pas dîné ! Veux manger maintenant.

— Miam, miam, commenta Beowulf en levant les yeux vers les peintures.

Alexandre consulta sa boussole.

— Délicieux oiseaux-anges, nord-nord-ouest.

— Chut ! fit Penelope, incapable de détacher les yeux de la scène. Nous achèterons un goûter à l'entracte. Maintenant, suivons la pièce.

Ce qu'ils firent, plus ou moins attentivement, et tout se déroula sans accroc, jusqu'à la troisième scène, au moment où un nouvel acteur fit son entrée (c'était possiblement une actrice, en réalité, mais Penelope ne pouvait en être certaine, pour des raisons qui sont sur le point d'être révélées). Le nouvel acteur (ou la nouvelle actrice) ne mesurait pas plus d'un pied, sans tenir compte de sa queue, arborait un costume vert clair parsemé de taches écarlates et jaunes. La créature aux couleurs tape-à-l'œil était perchée sur l'épaule du second capitaine. Il s'agissait, en fait, d'un perroquet.

« Ce perroquet n'est certainement qu'un accessoire de théâtre », se dit Penelope.

Mais alors la créature poussa un cri et battit des ailes. Puis elle tourna la tête brusquement au moment où la lumière fut projetée sur elle.

— Ohé, matelot ! craqua-t-elle du bec, clignant des yeux devant la salle. Croâ, croâ !

Au moment où les rires et les applaudissements s'atténuaient, Penelope pensa à la manière dont les pigeons de Londres avaient tenté les enfants, qui avaient eu du mal à se retenir de les attaquer. Au fait qu'ils n'avaient rien mangé pour dîner. À la façon dont Beowulf commençait déjà à baver à la vue de l'illustration des chérubins ailés (qui, pour être juste, étaient d'apparence charnue et bien tendre).

Soudain en alerte, Cassiopée tira sur la manche de Penelope.

— Goûter ? chuchota-t-elle avidement, les yeux fixés sur la scène.

— Ce n'est pas un goûter, lui répondit tout bas Penelope, aussi fermement qu'une personne puisse chuchoter. C'est un acteur. Ce perroquet est un comédien professionnel, hautement spécialisé.

Penelope avait tout à fait raison, sans vraiment le savoir. Car, tout comme les acteurs se spécialisent à faire semblant d'être ce qu'ils ne sont pas, souvent à l'aide de déguisements astucieux, de nez faits de mastic et d'accents énigmatiques, ce perroquet, lui aussi, faisait semblant. C'était un vrai perroquet, il va sans dire. Mais ce n'était pas le perroquet d'un pirate. C'était le perroquet d'un acteur. Et aucun perroquet sauvage n'était probablement capable d'exprimer ses émotions aussi bien que celui-ci :

— Ohé, matelot ! Croâ, croâ ! Ohé ! Ohé-houuuuuu !

Était-ce possible, ou Penelope l'imaginait-elle ? Ce perroquet, cet acteur pour ainsi dire, personnifiant le perroquet d'un pirate, avec son minuscule cache-œil couvrant son petit œil d'oiseau tout rond, ce talentueux volatile de la scène était-il en train de hurler ?

— Ohé-houuuuuuu !

— Ohé-houuuuuu !

— Les enfants, suivez-moi, ordonna-t-elle.

Elle se leva, puis arracha sans cérémonie les trois Incorrigibles à leurs sièges.

Alexandre n'y comprenait rien.

— Spectacle pas terminé, Lumahouu.

— C'est vrai, mais ce sera bientôt l'entracte, et si nous nous levons maintenant, nous serons les premiers de la file pour acheter des biscuits proposés dans le hall.

Elle avait beau essayer, elle ne pouvait trouver la sortie de la loge royale dans le noir. À la place, elle se hissa par-dessus la balustrade. Les enfants étaient de bien meilleurs grimpeurs qu'elle, aussi franchirent-ils l'appui sans effort. Tous les quatre atterrirent bruyamment dans la rangée K de l'orchestre, qui était, bien sûr, occupée.

— Asseyez-vous, mademoiselle, vous masquez la scène.

— Aïe ! Attention où vous marchez, madame ! Vous êtes sur mon pied !

Avec une insolence inhabituelle, Penelope ignora les plaintes des spectateurs, car les cris stridents provenant de la scène s'intensifiaient et ressemblaient de plus en plus dangereusement à ceux d'un loup.

— Ohé-houuuuuuu !

— Ohé-houuuuuuu !

— Ohé-houuuuuuu !

Même si Penelope entraînait affectueusement les Incorrigibles vers le haut de l'allée, leurs yeux restaient rivés sur l'oiseau inexplicable, avec ses hurlements canins et son plumage vert clair, sa jambe de bois miniature et son tricorne désinvolte.

— Alexandre ! Beowulf ! Cassiopée ! Restez près de moi, nous devons sortir maintenant... Excusez-moi, pardon, nous devons passer...

Mais il était trop tard.

— Ohé-houuuuuuuuuuuuuu ! gémit l'oiseau.

— Croâ, croâ ! répliqua Cassiopée avec enthousiasme, agitant ses bras comme si c'étaient des ailes.

— Haouuuuuuuuuu !

— Ohé-houuuuuuu !

L'oiseau paraissait à ce moment complètement perdu. Beowulf se joignit à la cacophonie.

— Haouuuuuuuuuu !

Quelque part dans la salle, lady Constance Ashton se leva et s'indigna :

— Suis-je devenue folle, ou ces horribles enfants incorrigibles sont ici ? Arrêtez ! Arrêtez tout de

suite ! Vous me donnez le mal de tête le plus accablant... Aaaaaaaahhhh !

— Ohé-houuuuuuuuuuuuuu ! se plaignit l'oiseau.

Même Alexandre ne pouvait alors plus se contrôler.

— Haouuuuuuuuuu !

— Haouuuuuuuuuu !

— Goûthaouuuuuuuuuu ! brailla Cassiopée en pointant l'oiseau du doigt.

Les trois enfants se jetèrent vers la scène, aboyant et grondant, l'air de s'amuser tout simplement follement.

Si le perroquet terrifié avait entretenu l'intention de continuer à jouer, il l'avait à cet instant tout à fait laissé tomber. Il secoua la tête pour se défaire de son cache-œil, puis tenta de s'envoler. Hélas, l'une de ses pattes était attachée par une longue corde fine à l'épaulette du pirate de scène sur lequel il était perché jusqu'alors. La pauvre créature battait des ailes en vain, croassait et gémissait, mais comme elle ne pouvait s'enfuir, tous ses efforts ne servirent qu'à créer un tourbillon de plumes vertes voltigeant de tous côtés, et dont chaque mouvement était illuminé par les projecteurs.

Arrivés sur scène, Alexandre, Beowulf et Cassiopée firent tout leur possible pour attraper l'oiseau, qui demeura aisément hors de leur portée. Le pirate qui portait la boîte à croasser fut le plus abîmé par le violent rebondissement de l'action car le perroquet s'agitait frénétiquement sur sa tête, pris de panique.

— Plumes vertes ! s'exclama Cassiopée en balayant la pluie de plumage tombée sur sa tête.

— Comme homme dans train !

— Est-ce que quelqu'un pourrait nous aider ? cria Penelope de l'arrière de la salle.

Mais elle se souvint (vous vous en souviendrez certainement aussi) de l'affreuse vérité du syndrome « Qui, moi ? ». Avec autant de témoins de cette catastrophe, les chances que l'un d'eux leur offre de l'aide étaient tragiquement minces. En fait, la plupart des spectateurs semblaient croire que l'apparition soudaine de trois enfants hurlant sur scène faisait partie de la pièce. Ils se redressaient sur leur siège et sortaient leurs jumelles de théâtre pour s'assurer de ne rien manquer de l'action en cours.

L'un des pirates, un grand acteur aux cheveux foncés et au nez singulièrement asymétrique, leva son sabre très haut.

— Branle-bas d'combat ! Le navire a été pris d'assaut par des truands ! Renégats ! Assassins ! Des rats d'fond d'cale qui jappent et aboient comme des chiens misérables ! Pas d'quartier ! Ces trois gredins hurlants seront balancés par-dessus bord, ou j'suis pas vot'cap'taine !

— Grr ! grondèrent les pirates en menaçant de leurs sabres les assaillants.

— Mais ce n'est pas votre capitaine, ni le capitaine de qui que ce soit, protesta vivement Penelope depuis l'allée. Ce n'est qu'un acteur ! Et pas un très bon, soit dit en passant ! ajouta-t-elle sans réfléchir.

Le silence s'abattit sur le théâtre de Drury Lane. Cassiopée était à présent debout sur les épaules de Beowulf. Elle s'étira vers l'oiseau. Le perroquet recula aussi loin qu'il le pouvait, ses griffes s'enfonçant profondément dans le cuir chevelu de l'acteur protestataire auquel il était attaché.

Alexandre, qui, au contraire de son frère et de sa sœur, avait compris qu'il faisait ses débuts dans le West End, prit la parole.

— Pardon, capitaine, dit-il d'une voix claire et retentissante. Pourquoi par-dessus bord ?

— Parce que t'as effrayé mon perroquet, sale môme ! rugit le capitaine. Attrapez-les, matelots !

Le capitaine fonça vers eux. Les enfants s'enfuirent en courant. Les pirates, le sabre en l'air et une odeur de rhum émanant de leur haleine collective, se lancèrent à leur poursuite.

— Oh, dieux du ciel... est-ce possible ? La chasse est ouverte ! s'écria Penelope.

Mais pas un chat ne l'entendit parmi le tonnerre d'applaudissements.

Chapitre seize

AU MIOU-EEZUM, QUELQUE CHOSE DE CACHÉ EST RÉVÉLÉ.

— Génial ! Avant-gardiste ! Du rire à profusion !

Ainsi s'émerveillèrent les membres du public en se pressant vers le hall, comme ils présumaient tous que le moment de l'entracte était venu.

— Le meilleur finale du premier acte depuis *Attila le Hun en pentamètres iambiques*. Eh bien, allons chercher quelque chose à nous mettre sous la dent !

La critique de Penelope devrait attendre.

— Alexandre ! Beowulf ! Cassiopée ! Où êtes-vous passés ? Attendez ! Attendez-moi !

Oubliant ses bonnes manières, elle poussa et joua des coudes pour se frayer un passage jusqu'à la sortie du théâtre. Une fois de l'autre côté des portes, sur Drury Lane, elle appela désespérément :

— Les enfants ! Où êtes-vous ?

Entre-temps, les acteurs pirates (ou les pirates acteurs, si vous préférez) avaient également jailli du théâtre, toujours costumés, et poursuivaient leur chasse aux Incorrigibles. Leurs « grr ! » et leurs « sales mômes ! » tonitruaient autour d'elle. Jouaient-ils la comédie ? Penelope ne pouvait le dire. Elle avait peur pour les enfants, mais elle était aussi furieuse, au point de monter sur ses grands chevaux. Imaginez, trois enfants parfaitement mignons et leur gouvernante assistent à une pièce de théâtre, ce qui est censé être une expérience éducative et culturelle de première classe, mais ils se font attaquer par des pirates ! Sur la terre ferme, en outre !

Elle tira sur la pointe du foulard du pirate le plus proche d'elle et le gronda farouchement :

— Monsieur ! Vous avez poussé les choses assez loin maintenant. Il est évident que vous essayez d'ajouter de l'action à votre première, aux dépens des enfants, ce que je trouve tout simplement inacceptable. Je vous garantis que je vais porter plainte auprès de la direction.

— Grr ! lança le pirate, ignorant complètement Penelope, les voilà ces chenapans !

— Où ça, mille sabords ? répliqua Penelope sans réfléchir.

Le langage des pirates était plutôt contagieux.

— Là-bas, grr !

Il pointa son coutelas en direction de la rue.

— Lumahouuuuuuu !

C'étaient les Incorrigibles !

— Holà, mademoiselle Lumley, par ici !

Et Simon !

— Ho, holà, attention ! Ne restez pas là, mademoiselle, à moins que vous ne vouliez vous faire bousculer par une bande de voyous des mers ?

Et... le vieux Timothy ?

C'était bien le vieux Timothy ! Le coupé de ville des Ashton se trouvait sur Drury Lane, juste en face du théâtre, avec le vieux Timothy à la place du conducteur. Il avait un mal fou à empêcher les chevaux de s'emballer, avec tous ces pirates se pressant autour d'eux. Penelope n'aurait pas été plus surprise si Agatha Swanburne elle-même avait tenu les rênes.

— Doucement, doucement !

Les muscles du cou du vieux cocher étaient tendus comme des lanières de fouet alors qu'il retenait les chevaux.

— Montez, mademoiselle, avant que ces brutes ne rendent les chevaux à moitié morts de peur ! Holà, doucement...

La porte de la voiture s'ouvrit. La main de Simon invita rapidement Penelope à monter. Dès qu'elle fut à l'intérieur, son ami ordonna :

— Tout le monde à bord ! Mettons les voiles, et vite.

— À vos ordres !

Le vieux Timothy se retourna et fit claquer son fouet au-dessus des têtes des pirates pour disperser la foule.

Clac !

Puis, de nouveau, sur les chevaux.

Clac ! Clac !

Les bêtes se cabrèrent et s'ébranlèrent à toute allure ; la voiture se souleva à leur départ, puis un trajet rebondissant et cahoteux secoua les passagers jusqu'à la moelle des os. La circulation des alentours du théâtre était dense, mais le vieux Timothy conduisit les chevaux comme un homme qui savait garder son sang-froid. Les Incorrigibles s'exclamèrent et s'époumonèrent comme s'ils ne s'étaient jamais si bien amusés de leur vie.

Toujours en train de se remettre du choc, Penelope regarda les passagers de la voiture. Il y avait Simon et les trois Incorrigibles, assis à côté d'un tas de loques. Entre leurs cris de joie, les enfants grignotaient des gâteaux ronds et plats. Leurs visages heureux étaient couverts de miettes.

— Goûter, hourra ! annonça Cassiopée en montrant à Penelope le gâteau à demi entamé.

Avant que quiconque ne pût fournir une explication, les loques prirent la parole :

— Gentils bébés. Nourrir bébés.

Au beau milieu de la pile de linges, un large sourire à moitié édenté émergea, et la gitane se dévoila de sous le camouflage de ses propres châles.

La voiture fit une embardée vers le bord de la route. Simon retint son chapeau et dit :

— Mademoiselle Lumley, permettez-moi de vous présenter madame Ionesco. Voyante extraordinaire. Toutefois, je crois que vous avez déjà fait connaissance.

— Enchantée... – *hop !* – de faire votre connaissance, dit Penelope, étonnée. Je suis ravie qu'on me présente à vous comme il se doit, madame. Cependant, je dois l'avouer, tout cela est plutôt inattendu.

— Inattendu pour moi aussi, confia la diseuse de bonne aventure. Et je vois dans l'avenir, donc choses inattendues très rares.

— Madame Ionesco a été assez gentille pour accepter de nous rencontrer après la représentation, en échange d'une modeste somme, bien sûr, expliqua Simon. Nous venions tout juste de conclure un marché lorsque nous avons vu les enfants sortir en courant, suivis de ces pirates ridicules, puis le chauffeur des Ashton est apparu et a offert de tous nous emmener en lieu sûr.

— Je savais que bébés loups seraient au spectacle de pirates, se vanta la vieille femme. J'avais vu... ici...

Elle ferma les yeux et fit un geste dans les airs, pour désigner le domaine du *misterioso*.

— Merci pour les gâteaux gitans, miam-miam, dit Beowulf tout en prenant un autre gâteau.

— De rien, chéri.

Madame Ionesco semblait beaucoup mieux préparée pour cette aventure que Penelope. Manifestement, la voyance avait ses avantages.

— Hé !

C'était le vieux Timothy qui avait crié par-dessus le cliquètement des sabots au galop.

— Avant de servir le thé et les *crumpets*, ça ne vous dérange pas de me dire où nous allons ?

Car, en effet, les pirates étaient toujours à leurs trousses. Certains à dos de cheval, d'autres à pied, et quelques-uns – était-ce possible ? – à vélocipède.

— Grr ! grondaient les pirates en agitant leurs sabres.

— Ohé-houuuuu ! Croâ ! Croâ !

Le perroquet s'était finalement libéré de sa laisse et jouait désormais le rôle de navigateur en volant jusqu'au coupé, puis en faisant demi-tour en piqué pour retrouver les pirates pourchasseurs et leur indiquer le chemin.

Penelope demanda immédiatement à Simon :

— Si je comprends bien la tradition théâtrale, l'entracte sera bientôt terminé, et les acteurs devront retourner au Drury Lane pour jouer le deuxième acte ? Nous devons simplement nous cacher entretemps !

— Que pensez-vous de ma mansarde ? C'est un peu à l'étroit, il n'y a pas de doute, mais c'est loin des sentiers battus.

Penelope fronça les sourcils.

— Loin des sentiers battus n'est pas assez sûr. Nous devons trouver un endroit complètement invisible.

— Peu fréquenté, suggéra madame Ionesco. D'autres gâteaux, bébés loups ?

« Peu fréquenté » ? La vieille gitane avait-elle possiblement prononcé ces mots ? Peu importait. À cet instant, Penelope savait exactement quoi faire. Elle posa la main sur son sac et sentit le contour familier du *Guide Hixby* à l'intérieur.

— Emmenez-nous au British Museum, ordonna-t-elle au cocher. Et faites vite !

— Le miou-eezum ! Le miou-eezum !

Les enfants étaient fous de joie. D'abord le théâtre, puis un tour au British Museum ; cette journée était sans contredit la plus éducative depuis leur arrivée à Londres.

Les « hep-hep » et les « hii-haa ! » du vieux Timothy maintenaient les chevaux au grand galop. La voiture rebondissait tout en faisant des bruits de ferraille le long des rues pavées, parfois si violemment qu'on aurait cru que les roues allaient voler en éclats. À cette vitesse, Penelope savait qu'elle ne disposait que de peu de temps pour poser à la diseuse de bonne aventure toutes les questions qui tournaient dans son esprit depuis quelques jours.

Elle parla rapidement et tout bas, pour ne pas que les enfants l'entendissent.

— Madame Ionesco, le jour de notre rencontre, vous avez dit quelque chose aux enfants. « La chasse est ouverte. » Pouvez-vous m'expliquer ce que cela signifie ?

— Chuuuut !

La gitane ferma les yeux et fit une série de gestes étranges.

— Sort jeté sur bébés loups et sur leur famille, psalmodia-t-elle. Sort terrible, décidé bien avant leur naissance.

— Un sort ? Madame Ionesco, c'est absurde, lança Simon.

La diseuse de bonne aventure haussa les épaules.

— « La chasse est ouverte. » Voyez vous-même.

Penelope tendit le cou pour passer la tête par la fenêtre. Qu'il y eût des essaims de pirates acteurs à la poursuite de la voiture *était* tout à fait absurde, en plus d'être tout à fait dangereux. Les costumes étaient ridicules, les accents étaient ridicules, mais les sabres étaient tellement tranchants.

Elle tourna la tête vers la gitane.

— Madame, on m'a dit que vous étiez une vraie voyante de l'Au-delà. Quelqu'un qui voit à travers le Voile, qui peut percevoir les choses derrière le brouillard.

— Merci, chérie.

Madame Ionesco révéla son sourire semi-édenté.

— Je fais de mon mieux.

— Avec tous vos pouvoirs, pourriez-vous supprimer ce sort ?

Madame Ionesco eut l'air nerveuse.

— Si sort jeté par personne humaine, peut-être. Mais pas par humain…

Penelope sentit la chair de poule lui couvrir la nuque.

— Pas humain ? Alors, qu'est-ce qui leur a jeté un sort ?

En guise de réponse, madame Ionesco jeta la tête en arrière et poussa un hurlement.

— *Haouuuuuuuuuu !*

Beowulf et Cassiopée l'accompagnèrent avec joie.

— *Haouuuuuuuuuu !*

— *Haouuuuuuuuuu !*

— Miou-eezum ! annonça Alexandre. Nous sommes arrivés !

Les chevaux hennirent tandis que la voiture s'arrêta dans une secousse. Penelope tenta de remercier le vieux Timothy de leur avoir porté secours juste à temps, mais le vieux cocher souleva simplement sa casquette et grommela :

— Je suis à votre service, mademoiselle. Et au service des enfants.

Penelope trouva cette remarque à la fois significative et énigmatique.

Mais toute conversation à ce sujet avec le vieux Timothy devrait attendre, car dès que ses passagers furent sortis de la voiture, il retrouva son siège d'un bond, saisit les rênes et le fouet, et s'éloigna sans tarder. Il retournait au théâtre de Drury Lane, puisque personne n'avait su ce qu'il était advenu de lady Constance dans tout le chaos, et elle était, après tout, son employeuse.

Une fois leur sauveur parti, Penelope, Simon, madame Ionesco et les enfants se retrouvèrent debout devant l'entrée du British Museum.

— Parthénon, fit remarquer Alexandre, admirant l'architecture de l'édifice.

— Joli fronton, observa Beowulf.

— Gros, gros, gros, gros, gros, commenta Cassiopée en comptant les massives colonnes cannelées disposées en rangée qui formaient la colonnade.

Les trois enfants avaient vu juste, puisque le British Museum avait récemment été doté d'une nouvelle entrée qui ressemblait quelque peu aux façades de la Grèce antique. C'était l'occasion parfaite pour une leçon sur la relation entre les styles architecturaux néoclassique et de la Renaissance grecque ; hélas, le temps leur manquait. Ils avaient échappé aux pirates déchaînés pour le moment, mais le perroquet aux aptitudes théâtrales planait encore dans le ciel. En croassant des « *croâ, croâ ! ohé-houuuuuuu !* » railleurs, il fila comme une flèche par là d'où il était venu.

— Ce perroquet guidera nos poursuivants jusqu'ici en quelques minutes. Nous devons trouver immédiatement la dix-septième galerie, déclara

Penelope en retirant le *Guide Hixby* de son sac à main.

Simon posa les yeux sur les imposants piliers de pierre.

— Vous savez, mademoiselle Lumley, je suis désolé de vous le dire, mais il est un peu tard pour le musée. Il est fermé.

— Ne craignez rien ; en ce qui a trait à la dix-septième galerie, les instructions de monsieur Hixby sont très claires.

Elle trouva la page appropriée, puis lut :

— Après les heures d'ouverture, utiliser l'entrée cachée.

— Où entrée cachée ? demanda Cassiopée à Alexandre, qui manipulait déjà sa boussole.

— Sais pas, Cassaouaf. C'est caché.

— Grr !

— Par ici, grr !

— Ohéééé !

Ils pouvaient entendre au loin le faible bruit de leurs poursuivants, qui s'intensifiait peu à peu.

— Puis-je ?

Simon prit le *Guide Hixby,* puis déplia la carte.

— Si seulement j'avais mon sextant... Qu'en pensez-vous, Alexandre ?

Pendant que Simon et les enfants examinaient la carte, Penelope se tourna vers madame Ionesco :

— Je crains que ces comédiens brandissant leurs sabres ne soient ici d'une minute à l'autre. Pourriez-vous créer une diversion quelconque ? Cela pourra peut-être nous donner le temps de nous enfuir.

La diseuse de bonne aventure ricana.

— Suis reine de diversion. Regardez bien.

Simon et Alexandre ne trouvaient manifestement pas ce qu'ils cherchaient ; ils tournaient la carte dans tous les sens comme s'ils essayaient de déterminer quel était le sommet d'un triangle.

— Cette carte est très détaillée, mais l'entrée cachée ne semble pas s'y trouver, affirma Simon, frustré.

— Je vous ai dit, c'est caché, expliqua Alexandre avec un haussement d'épaules.

Soudain, Beowulf émit un aboiement strident pour obtenir l'attention de tout le monde.

— Beowuu idée ! s'exclama-t-il. Suivre l'odeur des peintures !

Penelope et Simon échangèrent un regard. Beowulf était manifestement atteint d'optimisme aigu. Pourtant...

— C'est un plan absurde, mais je n'en ai pas de meilleur à proposer, dit Simon.

— Cela vaut tout de même la peine d'essayer, acquiesça Penelope. Les enfants, je vous en prie, reniflez !

Et les Incorrigibles reniflèrent. Ils fermèrent les yeux et reniflèrent encore. L'un après l'autre, ils distinguèrent l'odeur recherchée.

— Peintures à l'huile ! montra Cassiopée.

— Térébenthine ! confirma Alexandre en pointant le doigt dans la même direction.

— Paysages sinistres, par là ! cria Beowulf.

Les trois enfants détalèrent vers le côté du musée.

— Je fais diversion ! Ne craignez rien ! Sauvez bébés ! lança madame Ionesco derrière eux.

Mais ce n'était pas le moment de se retourner ; Penelope et Simon couraient déjà pour rattraper les Incorrigibles.

Reniflant et courant, puis reniflant de plus belle, ils parvinrent à l'arrière du musée avant de trouver la source de ces arômes artistiques distinctifs : une porte à l'aspect plutôt ordinaire dissimulée derrière une haie. Une inspection attentive de la porte révéla qu'elle était marquée des chiffres un et sept décolorés.

— Cette porte doit être l'entrée cachée de la dix-septième galerie ! Bien joué, les enfants.

Penelope prit mentalement note d'offrir d'abondantes gourmandises aux enfants, une fois qu'ils seraient rentrés à la maison, pour les récompenser de s'être montrés si futés.

Simon tira vigoureusement sur la porte, qui était coincée comme une porte qu'on utilise rarement, ou même jamais. Beowulf lubrifia adroitement les gonds à l'aide d'un peu de salive ; après un « ho ! hisse ! » poussé par Simon et une dernière tentative pour tourner la poignée, la porte s'entrouvrit en grinçant.

Simon jeta un coup d'œil à l'intérieur.

17

— Il fait un peu sombre, là-dedans. Il vaut mieux regarder dans le *Guide Hixby* pour voir quoi faire ensuite. Je vais me cacher derrière les arbustes pour voir si la diversion fonctionne.

D'un pas silencieux, qu'il avait acquis en traversant les arrière-scènes sans faire de bruit pendant les représentations, Simon se glissa derrière la haie. Penelope tendit le bras pour saisir son sac à main... et fut presque prise de panique.

— Qui a le *Guide Hixby* ?

— Vous avez, Lumahouu.

— Non, je suis absolument certaine de l'avoir donné à Alexandre.

— J'ai seulement boussole. Demander à Beowuu ?

— Beowulf, vérifiez dans vos poches, s'il vous plaît !

— Poche a miettes de gâteaux, fusain, deux pence. Pas de livre.

Tous les yeux se posèrent sur Cassiopée. La petite haussa les épaules.

— Désolée, pas *Hixby*.

Penelope prit une grande respiration pour se calmer.

— Il a dû tomber dans toute l'agitation. Tant pis. Nous avons trouvé la porte de la dix-septième galerie, mais à l'intérieur du musée, tout sentira la peinture. Nous devons concevoir une autre façon de naviguer : un plan B, pour ainsi dire... *Ah !*

Mais le bruissement et le craquement de brindilles étaient causés par Simon. Il émergea de la haie, le sourire fendu jusqu'aux oreilles.

— Les pirates nous ont trouvés, mais madame Ionesco les a complètement fait dévier de leur cap. Elle tient une séance en plein sur les marches du musée et elle leur a promis de faire venir l'esprit de Richard Burbage, le plus grand acteur tragique de l'époque de Shakespeare. Des leçons d'art dramatique d'outre-tombe ! Ils sont tous accrochés. En tant que barde, je serais, moi aussi, curieux de connaître ce que Burbage a à dire...

Penelope regarda le ciel. Le perroquet tournait en rond, très haut au-dessus du musée.

— J'ai bien peur que nous n'ayons pas le temps pour les leçons d'outre-tombe. Vite, les enfants, à l'intérieur !

Les Incorrigibles disparurent docilement (et intrépidement) dans l'obscurité. Simon hésita.

— Il fait affreusement noir, là-dedans. Que dit le *Hixby* ?

— J'aimerais bien le savoir, répondit Penelope en soulevant sa jupe pour entrer derrière les enfants.

Simon, qui en plus d'être un jeune homme parfaitement convenable, était brave et loyal, haussa les épaules et suivit ses amis, puis ferma la porte derrière lui.

On pourrait présumer que n'importe quelle entrée (même une entrée cachée) d'un endroit aussi splendide que le British Museum devrait être au moins un tout petit peu grandiose. Mais Penelope, Simon et les enfants se retrouvèrent dans un tunnel complètement noir qui semblait plutôt être le chemin vers un cachot. C'était étroit, humide et silencieux, à l'exception de l'occasionnel *ploc... ploc... ploc* de l'eau qui tombait goutte à goutte. Le plafond était si bas qu'ils durent marcher à quatre pattes ; malgré cette manœuvre, Penelope ne put s'empêcher de se cogner la tête quelques fois.

Elle fouilla péniblement sa mémoire pour trouver ce qu'Agatha Swanburne pourrait avoir dit qui fût approprié pour leur situation obscure. À sa connaissance, la vieille fondatrice pleine de sagesse n'avait jamais eu à fuir des acteurs déguisés en pirates en rampant dans un tunnel noir, froid et humide traversant le British Museum après les heures d'ouverture.

« Mais si elle avait eu à le faire, songea Penelope, elle l'aurait certainement fait courageusement et sans se plaindre. »

Elle dit donc tout haut :

— Soyez courageux, les enfants. Je sais qu'il fait noir, mais nous atteindrons la sortie bientôt, j'en suis certaine.

Évidemment, les Incorrigibles n'avaient pas peur du tout dans le noir, et ils étaient parfaitement habitués à ramper. En fait, ils s'amusaient comme au bon vieux temps en se tortillant vers le bout du tunnel. C'était leur gouvernante anxieuse que Penelope encourageait. Car, voyez-vous, les personnes particulièrement courageuses sont comme nous tous. Il leur arrive d'avoir peur, ou de se sentir seules, tout comme les personnes moins courageuses ; la différence, c'est qu'elles excellent à garder le moral même lorsqu'elles sont dans le pétrin. Comme l'avait dit un jour Agatha Swanburne : « on ne panique pas, on ne pleurniche pas et on ne baisse pas les bras » – trois conseils à suivre pour rester optimiste.

Simon devait aussi éprouver le besoin de se remonter le moral.

— Nous y sommes presque, mademoiselle Lumley, lança-t-il d'une voix encourageante depuis quelque part derrière elle.

Penelope fut reconnaissante de cette affirmation, laquelle lui fit aussi remarquer qu'elle était heureuse qu'il fasse trop noir pour voir, car le spectacle d'elle rampant à quatre pattes aurait été à tout le moins disgracieux.

— Merci, monsieur Harley-Dickinson. Oh ! Monsieur Harley-Dickinson !

— Quoi ?

— Vu les circonstances périlleuses... aïe ! je crois que vous pouvez m'appeler Penelope, si vous le voulez bien.

— Parfait ! Bien ! Appelez-moi Simon, alors.

Elle fut tout aussi heureuse qu'il ne puisse la voir rougir, puis sourire.

Si vous avez déjà eu la malchance de n'avoir d'autre choix que de ramper le long d'un tunnel complètement noir sans pouvoir revenir en arrière, ne sachant pas si cette expérience angoissante se terminerait ni quand, vous savez déjà que même cinq minutes d'un pareil exercice peuvent facilement sembler être un très long moment.

Penelope, Simon et les Incorrigibles rampèrent héroïquement pendant presque deux fois plus longtemps, ce qui, peut-on imaginer, leur parut une éternité. Il existe un vieux proverbe (ne venant pas d'Agatha Swanburne, soit dit en passant, mais elle l'aurait trouvé parfaitement sensé) qui insiste sur le fait que la plupart des tunnels ont effectivement une lumière à leur extrémité, même si cette extrémité se trouve très, très loin.

Ce tunnel en particulier ne contredisait pas cette idée, car les cinq explorateurs émergèrent finalement dans ce qui semblait être un bosquet dense et doux comme du velours. Ils se trouvaient toujours dans le noir, mais au moins, ils pouvaient se tenir debout. Et après qu'ils eurent poussé pour se frayer un chemin dans le bosquet (qui se révéla bientôt être un enchevêtrement de lourds rideaux de velours), non seulement la lumière fut, mais l'art aussi.

Beowulf huma l'air profondément.

— Peintures à l'huile, déclara-t-il avec satisfaction.

Sur chaque mur étaient accrochés des portraits historiques si impudents quant à leur abus de symbolisme que n'importe quel étudiant de première année en art aurait deviné de quelle exposition il s'agissait. Penelope avait pris trois semestres en appréciation de l'art à l'Académie Swanburne, elle n'avait donc aucun doute à ce sujet.

— Dix-septième galerie : *Abus du symbolisme dans les portraits historiques mineurs,* annonça-t-elle en battant le sol de ses pieds pour retirer la boue de ses chaussures humides. Nous y sommes !

Vraiment, on aurait cru que personne n'avait jamais mis les pieds dans cette galerie. Une pellicule de poussière couvrait le sol, et des toiles d'araignées s'amoncelaient dans chaque coin. Il ne semblait pas y avoir d'entrée ou de sortie, à part cet horrible tunnel. Mais quelqu'un, à un moment donné, avait suspendu toutes ces toiles franchement médiocres. Pourquoi le faire, si personne ne les voyait jamais ?

Ils se déplacèrent de portrait en portrait ; pour chacun d'eux, Simon lut à voix haute la plaque correspondante.

— *Le Général en chef de Bavière,* dit-il. *Le Régent du Lichtenstein. Le Wazir de Constantinople.*

Même sous une couche de saleté, le caractère bâclé des peintures était évident, avec leurs silhouettes raides aux poses singulières et leur parade étourdissante de symboles. On pouvait difficilement voir autre chose que les couronnes, roses, trèfles, auréoles, tas d'or, ailes d'anges, feuilles de laurier, lions rugissants... La liste était interminable.

— *La Déesse Diane,* lut Simon quand ils se réunirent devant la dernière peinture, plus étrange que toutes les autres.

— Athènes et Sparte ? proposa Alexandre.

— D'une certaine façon. Les Grecs l'appelaient Artémis, mais les Romains l'appelaient Diane. Vous voyez l'arc et la flèche, la forêt en arrière-plan, le croissant de lune dans le ciel, la portée de loups à ses pieds ? Il s'agit bien de Diane, expliqua Simon. Déesse de la chasse, de la forêt et de la lune. Protectrice des enfants, aussi.

— Regardez, s'exclama Beowulf. Sinistre !

— Je sais que c'est lugubre, mais n'ayez pas peur, conseilla Simon d'une voix réconfortante. Ce n'est qu'une peinture, après tout.

— Non, paysage sinistre. Dans grenier ! Même sinistre !

Beowulf paraissait tout à fait sûr de lui, et de fait il avait l'œil pour ce qui était des œuvres d'art.

Penelope examina la toile : les couleurs, les coups de pinceau, la composition. Un frisson parcourut sa colonne vertébrale quand elle reconnut le tableau. À l'exception de la présence de Diane à la place du loup aux crocs sanglants, cette œuvre ressemblait exceptionnellement à celle du domaine Ashton.

— Beowulf a raison, confirma-t-elle, et cette toile a été créée par le même artiste qui a peint une œuvre murale plutôt troublante dans le grenier du domaine Ashton.

— Aaaaaaaaaaah, gémit Cassiopée.

Penelope posa une main apaisante sur la tête de la fillette.

— Je sais que c'est une découverte importante, mais ce n'est pas le moment de hurler, chère.

— Aaaaaaaah. Cursive. Regardez, dit la petite en montrant le coin inférieur droit de la toile, où les artistes signent souvent leurs œuvres.

À peine visible sous la poussière était inscrite la lettre *A*, d'une écriture fantaisiste.

— Dites donc, quelle drôle de coïncidence ! La pochette à billets que ma connaissance du Drury Lane m'a remise, celle qui contenait nos billets pour la première, était marquée du même *A* sophistiqué...

Penelope n'entendit qu'à moitié les songeries de Simon, car son regard s'était arrêté sur le visage de Diane.

— J'ai vu cette femme quelque part... mais où ? murmura-t-elle.

Beowulf secoua fermement la tête.

— Paysage sinistre. Dame mythique. Mauvaise galerie, conclut-il.

Il aurait eu raison si la déesse Diane avait simplement été jetée au milieu d'un paysage sinistre. La toile aurait alors fait partie de la onzième galerie, rassemblant la collection sur l'utilisation des personnages mythiques dans les paysages sinistres.

Cependant, cette peinture consistait, en réalité, en un portrait (autrement dit, une image d'une personne réelle, et non d'une personne imaginaire). Cette vérité frappa Penelope avec la force d'une épiphanie. Cette « Diane » avait en fait l'air d'être un peu plus jeune, mais la gouvernante avait contemplé tant de fois l'image suspendue au mur du bureau de mademoiselle Mortimer qu'elle en avait la certitude.

C'était Agatha Swanburne. Son portrait la représentait fidèlement : jolie, les traits pas trop prononcés, une expression à la fois espiègle et sage dans ses grands yeux vert océan, ses cheveux soyeux et leur couleur auburn distinctive...

Penelope en eut le souffle coupé.

— Qu'est-ce qu'il y a, Lumahouu ? s'inquiéta Cassiopée, s'approchant tout de suite de sa gouvernante.

— Vu fantôme ? demanda Beowulf.

— Burbage, peut-être, ajouta Alexandre avec optimisme.

Pour dire la vérité, il avait bien aimé dire sa brève réplique sur une scène professionnelle.

— Non, pas un fantôme, dit Penelope après un moment.

Mais les poils de sa nuque se soulevèrent, et ses bras se couvrirent de chair de poule.

Car le fait de recevoir en quelque sorte un message d'une personne décédée il y a longtemps... eh bien, si cela n'était pas la même chose que de voir un fantôme, qu'est-ce qui l'était ?

Chapitre dix-sept

UN FAUX PAS ÉPOUVANTABLE MÈNE À UNE RETRAITE ANTICIPÉE.

Lorsque vous voyagez, le fait de savoir où vous allez est toujours très réconfortant, ce qui constitue une raison pour laquelle les navigateurs expérimentés étaient aussi prisés à l'époque de mademoiselle Penelope Lumley que ces gadgets ingénieux d'aujourd'hui, qui fournissent des directions avec leur voix de robot. Ceci explique également la popularité durable des guides et le fait que de ramper de nouveau dans ce tunnel noir et humide fut beaucoup moins effrayant que la première traversée. Cette fois-ci, Penelope, Simon et les Incorrigibles savaient précisément où ils aboutiraient.

En peu de temps, ils se trouvèrent de nouveau à l'extérieur du musée. Exactement comme ils l'avaient espéré, les comédiens brandissant leurs sabres s'étaient dispersés ; ils étaient vraisemblablement retournés au théâtre de Drury Lane pour jouer le deuxième acte des *Pirates en vacances.* Penelope se demanda si leur interprétation serait le moindrement améliorée grâce à leur leçon avec Richard Burbage, mais hélas, elle ne serait pas là pour le constater.

« Peu importe, songea-t-elle avec une pointe de déception, la moitié d'une première dans le West End est mieux que rien, je suppose. Le plus important, c'est que les Incorrigibles aient échappé à ces ridicules pirates. Et puis nous avons finalement réussi à visiter une partie du British Museum ! Les enfants auront beaucoup de choses à écrire dans leurs journaux, ce soir. »

Ces chers enfants. Leurs cheveux roussâtres paraissaient presque gris sous la lueur neutralisante de la lune, mais chaque fois qu'ils passaient sous un lampadaire, le lustre auburn rougeoyait comme les braises. C'était la même teinte que sa chevelure naturelle, non cataplasmée, et que celle d'Agatha Swanburne aussi. Était-ce le fruit du hasard ? Tout le long de la marche illuminée par l'astre lunaire, en direction de Muffinshire Lane, Penelope regardait les Incorrigibles d'un œil neuf.

Alexandre, Beowulf et Cassiopée. Perdus par leurs parents, ou possiblement volés à ceux-ci.

Abandonnés dans les bois du domaine Ashton... mais par qui ?

Invraisemblablement et inopinément trouvés par lord Fredrick Ashton, qui les avait pris sous tutelle.

Et puis, parmi toutes les gouvernantes du monde incommensurablement vaste, mademoiselle Penelope Lumley, de l'Académie Swanburne pour les filles pauvres mais intelligentes, avait été choisie pour les élever, les instruire et, comme elle le comprenait désormais mieux que jamais, pour les protéger du mal.

D'une certaine façon, tout était relié. *Ils* étaient tous reliés : elle et les enfants, et peut-être même Agatha Swanburne. Mais comment ? Que savait mademoiselle Mortimer qu'ignorait Penelope ? Et que venait faire dans tout cela ce sort inhumain, dont madame Ionesco avait parlé ?

— Lune, lune, lune, scandaient les enfants dans l'expectative, en marchant vers la maison. Puis ils s'étonnèrent :

— Où sont lunes ?

Car comme il était très tard, la pleine lune était montée trop haut dans le ciel pour se refléter dans les fenêtres des immeubles. Les rectangles de verre étaient obscurs comme des flaques d'encre.

« Et maintenant, il y a cette histoire de peintures à débrouiller », médita Penelope. Elle se remémora la nuit où les enfants et elle avaient découvert cette étrange peinture murale dans le grenier du domaine

Ashton. Elle pensa à l'écho du hurlement mystérieux qu'ils avaient vaguement entendu de l'autre côté de cet endroit caché derrière le mur.

« Quel est le lien avec toute cette histoire ? »

Elle fronça les sourcils pour faire venir rapidement ses pouvoirs de déduction. « Quel est le lien ? Quel est le lien ? »

— Lune, lune, lune, marmonnèrent les enfants aux paupières lourdes.

La journée avait été très longue ; Cassiopée n'avait plus de forces et Simon la portait à présent sur ses épaules.

« Lune ? comprit Penelope, soudainement excitée. Lune, lune, lune ! » Oui ! Car c'était la pleine lune le soir du bal de Noël, et c'était la pleine lune cette nuit, le soir de la première des *Pirates en vacances*.

Les deux soirées s'étaient terminées dans le chaos – chaque fois les enfants avaient été poursuivis, ou traqués, pour ainsi dire.

Lord Fredrick avait été absent des deux événements : le bal de Noël et la première.

Et plus tôt cette même soirée, Penelope avait eu un indice hurlant de la raison qui se cachait derrière son absence.

« Soit il y avait des loups vivant dans le grenier, pensa-t-elle, se remémorant le comportement bizarre de son maître, soit lord Fredrick était caché à l'intérieur et traversait l'une de ces étranges crises de démangeaisons, d'aboiements et de hurlements, qui sont d'une certaine façon liées à la pleine lune ! »

— *Eurêka !* s'exclama-t-elle, se sentant très contente d'elle-même.

Simon et les enfants la regardèrent d'un air interrogateur.

— Pas leçon de grec, Lumahouu. Trop fatiguée, supplia Cassiopée.

Penelope sourit.

— Le grec peut attendre jusqu'à demain. J'ai simplement eu une sorte d'épiphanie, au sujet de quelque chose qui me trotte dans la tête depuis des mois. Maintenant, voulez-vous chanter cette chanson du monsieur Muffin en marchant ?

Contrairement aux enfants, Penelope se sentait soudain très énergique.

— C'est un petit air vivant, et il nous gardera de bonne humeur. Regardez, tout le monde, nous sommes presque à la maison !

« *Eurêka* », comme vous le savez peut-être déjà, est une expression dérivant du grec qui signifie « j'ai trouvé ». Comme « ça y est » ou « voilà », « *eurêka* » est parfois vivement exprimé par des personnes qui viennent de trouver la réponse à un genre de problème ou d'énigme qui les tracassait au plus haut point.

Mais pourquoi Penelope utilisa-t-elle cette expression, alors qu'elle se trouvait à des milles de la

Grèce ? Il s'agit d'une question raisonnable, et la réponse est la suivante : il existe des mots de langues étrangères universellement utilisés, même à Londres. De la même manière, il y a des mots français et des expressions françaises que tout le monde utilise. La raison est que certaines idées sont si parfaitement bien décrites dans une langue qu'aucune autre n'ose essayer de mieux les dire.

Par exemple, considérons l'expression « *joie de vivre** ». Elle signifie « gaieté provenant du sentiment d'exister » et désigne une passion constante et inébranlable pour la vie qui se situe juste en dessous du suroptimisme aigu et qui rend une personne franchement agréable à fréquenter. « *Gauche** » signifie terriblement maladroit. Un « *provocateur** » est une personne qui essaie de créer des problèmes. Et puis il y a le « *faux pas** », qui constitue une bourde embarrassante ou un manque de bonnes manières.

En d'autres termes, « faux pas » pourrait vouloir dire « mauvaise manœuvre », mais quoi qu'il en soit, on en commet très souvent. Tout le monde fait des erreurs de temps en temps. Les erreurs simples peuvent être corrigées au moyen d'une gomme à effacer, tandis que les bourdes plus compliquées exigent de présenter des excuses et de montrer des efforts sincères pour arranger les choses. Dans les deux cas, la plupart des erreurs sont vite pardonnées et oubliées ; elles constituent un fait de la vie, il ne vaut pas la peine de s'en faire outre mesure.

Quelquefois cependant, pour une raison que la science ne peut encore expliquer, un faux pas parfaitement ordinaire n'est pas oublié de sitôt. Il devient le sujet des potins et attire bientôt l'attention des médias, après quoi il se transforme en une crise aux proportions énormes et humiliantes.

Hélas, le journal livré au numéro douze, Muffinshire Lane, le matin suivant la première des *Pirates en vacances*, présentait un article sur ce type précis de faux pas, bien parti pour causer une humiliation à l'échelle mondiale.

Ce n'était pas la critique cinglante de la pièce elle-même (qui, malgré l'enthousiasme du public, fut jugée comme étant « un échec colossal, qui quittera l'affiche à coup sûr dans une semaine, à quoi ont-ils pensé ? » par le critique théâtral en chef du journal *Times*, qui ne se trompait jamais sur ce genre de choses. En revanche, pour être juste, le critique avait aussi écrit : « ... une interprétation judicieuse inattendue dans la deuxième moitié ne suffira pas à sauver cette épave de pièce incrustée de loups de mer ».).

Non, le *scandale du jour**, comme disent les Français, fut signalé sur la page société du *Times* qui, après quelques lignes spéculant sur la cause du faux bond du roi de Belgique, consacra le reste de la rubrique à se moquer du costume de mauvais goût porté à la première par une certaine lady Constance Ashton.

— Ce que je n'arrive pas à comprendre, c'est comment ces incorrigibles enfants peuvent se comporter si abominablement, alors que tout cc qu'ils désirent critiquer est *ma* tenue !

Lady Constance avait lu et relu la page société tant de fois, et avait versé dessus tant de larmes salées, que des traces d'encre couvraient son visage et ses mains.

— Fredrick, écoutez ceci : « Manifestement pas habituée au mode de vie citadin, la lady enfantine (ou est-elle carrément simplette ?) a assisté à la pièce vêtue d'une robe fantaisiste aussi absurde qu'on puisse l'imaginer. Un conseil à la grande dame : seuls les acteurs doivent porter un costume ! ». Et ceci : « L'accoutrement de pirate de lady Ashton était si mal choisi qu'il en est illégal ; vite, quelqu'un, jetez-la en *carabousse* ! ».

— Vous en avez manqué une, chère.

Lord Fredrick ouvrit la section affaires du journal *Times* de Londres en l'agitant, l'approcha assez près pour voir et lut : « Les valeurs financières du marché de Londres ont enregistré une modeste hausse, et parlant de valeurs, le ridicule de l'habit porté par lady Constance Ashton dans le West End, hier soir, n'avait pas de prix... ».

— Assez ! cria-t-elle, avant d'enfouir sa tête larmoyante dans ses mains.

Le pire restait à venir. La poste de onze heures apporta un flot de lettres, tout comme la livraison suivante, et celle d'après. Des lettres et des lettres arrivèrent, toutes adressées à lady Ashton, et toutes retirant les invitations mondaines qu'elle avait si récemment reçues. Les plans avaient changé, des invités inattendus étaient arrivés, des hôtesses avaient soudainement attrapé la malaria, des tornades dangereuses étaient prévues... les excuses s'empilaient.

Aucune des dames qui avaient annulé une rencontre n'avait été assez audacieuse pour écrire en grosses lettres que le cache-œil représentait le véritable problème, mais le message était clair : en raison d'un seul faux pas constellé de faux diamants, du jour au lendemain, lady Constance était devenue une « paria de la société », autrement dit le genre d'individu avec qui absolument personne pour qui la popularité revêt une grande importance ne voudrait socialiser, de près ou de loin.

— Allons, chère. L'affaire sera vite oubliée, hein ?

Lord Fredrick avait l'air un peu défraîchi luimême ; des égratignures couvraient ses mains et son visage, et il avait une tendance persistante à se racler la gorge en émettant des sons typiquement canins, mais au moins les démangeaisons et les hurlements semblaient s'être apaisés.

— Les journaux ne font que rigoler un peu. Faut pas croire que vous soyez personnellement visée, hein ?

Penelope avait, elle aussi, les idées un peu embrouillées. Ils étaient tous rentrés sans incident, après qu'elle et Simon (elle l'appelait depuis Simon, imaginez !) se furent quittés en se souhaitant affectueusement bonne nuit et en échangeant des mots d'admiration pour avoir fait preuve de courage dans une situation précaire. Penelope avait dormi comme une bûche, et ses rêves n'avaient été remplis que de prairies alpines et de jolis petits oiseaux chanteurs.

Mais le jour s'était désormais levé, et elle devait décider de ce qu'elle allait dire à lady Constance au sujet de l'incident de la veille. Au lieu d'attendre d'être mise à la porte, ou que lady Constance menace d'expédier les enfants dans un orphelinat ou de les jeter dans leur ancienne forêt (comme elle l'avait proposé si brutalement après les dégâts causés au bal de Noël), Penelope voulait prendre le taureau par les cornes, à la manière d'un matador, pour ainsi dire, et présenter sa propre version de l'histoire. Car, vraiment, qui avait déjà entendu parler d'un perroquet dressé pour hurler ? Un provocateur se cachait derrière tout ce mystère, et les enfants n'étaient pas à blâmer, du moins pas entièrement.

Elle demanda à madame Clarke de transmettre le message spécifiant qu'elle demandait une audience, mais aucune réponse ne vint. Elle devina que lord Fredrick passait la journée à la maison pour faire diversion ; lui et lady Constance n'avaient pas quitté leurs appartements depuis l'arrivée du journal du matin.

« Peut-être est-il encore sous l'emprise de sa "crise" infligée par la lune. Si c'est le cas, au moins cet état le garde-t-il auprès de sa femme, pensa Penelope. Sans doute sera-t-elle de meilleure humeur grâce à cette attention tant espérée, ce qui facilitera notre conversation. »

Manifestait-elle des symptômes de suroptimisme aigu ? La possibilité ne lui traversa même pas l'esprit.

Finalement, bien après l'heure du thé, Penelope reçut le message l'informant que lord et lady Ashton la recevraient. Elle lissa ses cheveux ternes couleur de mûre, puis se dirigea vers la salle à manger. Il y avait une grande pile de lettres non ouvertes sur la table, près de lady Constance. Avec un regard maniaque, lady Constance ouvrait chaque lettre d'un geste tranchant, parcourait rapidement son contenu, puis la déchirait en morceaux, qu'elle laissait tomber avec insouciance sur le plancher. Il y avait à ce moment de petits amas de flocons de papier accumulés autour de sa chaise.

Lord Fredrick était assis à l'autre bout de la table avec une bouillotte sur la tête, une poche de glace pressée contre ses yeux, un verre de schnaps devant lui et une petite boîte à pilules contenant des pastilles contre le mal de tête à côté du schnaps.

Trop nerveuse pour attendre qu'on lui demande de s'asseoir, Penelope commença à s'expliquer et à se confondre en excuses dès qu'elle fut entrée dans la pièce. Lady Constance ne faisait qu'ouvrir et déchirer, ouvrir et déchirer, telle une déchiqueteuse à papier humaine. Lorsque Penelope eut terminé de parler, la maîtresse de maison se leva de sa chaise. Elle tendit ce qu'il restait de la page société du *Times,* que Penelope n'avait évidemment pas vue, prise qu'elle était sous les griffes angoissées de lady Constance depuis le moment où le journal avait été livré.

Lady Constance attendit, pendant que Penelope digérait les horribles révélations de la page. Puis elle annonça :

— Mademoiselle Lumley, je serai directe. Hier soir a été la pire soirée de ma vie. Mon humiliation est totale ; mes amis ont coupé les ponts avec moi, et ma réputation est dévastée. Je suis convaincue qu'il ne s'agit pas d'un simple accident. Quelqu'un en est responsable.

Elle étrécit les yeux.

— Et je sais exactement qui est responsable.

— Vous le savez ?

Penelope était étonnée de l'entendre. Les nombreux mystères accumulés depuis leur arrivée à Londres étaient-ils sur le point d'être résolus ?

— Oui, je le sais, affirma lady Constance. La source de tous mes problèmes, passés, présents et futurs, ce sont ces trois... enfants... incorrigibles !

— Les enfants ? Mais ils n'avaient rien à voir avec...

Penelope aurait peut-être dit « votre tenue mal choisie, l'insolence du chroniqueur des potins ou le manque de loyauté de vos soi-disant amis », mais elle s'abstint, étant donné que lady Constance n'était manifestement pas d'humeur à entendre la vérité.

— Mais *bien sûr* que c'étaient les enfants ! déclara la dame. Rien de bon n'arrive jamais lorsqu'ils sont dans les environs. Ils sont insupportables ! Intolérables ! Incorrigibles !

Elle se tourna vers son mari, qui avait les pieds posés sur la table et l'air à demi conscient.

— Si seulement vous aviez été là, Fredrick ! Vous auriez vu à quel point ils étaient sauvages et incontrôlables. Ma foi ! Ils ont carrément pris la scène d'assaut et attaqué les pirates ! Ils ont complètement fichu en l'air la représentation.

Lord Fredrick bâilla, puis grogna sous sa poche de glace.

— Si j'étais un jeune garçon et que je tombais par hasard sur une bande de pirates, je serais déjà assez nerveux, mais si les brutes se mettaient à chanter en plus, parbleu, je serais vert de peur ! Je commencerais probablement à tirer, juste pour me calmer les nerfs, quoi ?

— Hum ! rétorqua lady Constance.

Lord Fredrick souleva le coin de la poche de glace et posa un œil sur Penelope ; elle ne pouvait s'empêcher de penser qu'il avait lui-même l'air de porter un cache-œil.

— En parlant des Incorrigibles, pas de pertes matérielles ? Pas de dommages causés aux enfants-loups ? J'en ai toujours trois, non ?

— Oui, lord Ashton, répondit Penelope.

Comment pouvait-il parler des enfants avec si peu de considération ? Son attitude ne cessait de la sidérer.

— Tout va bien, donc.

Il bâilla de nouveau, gémit et se jeta une pastille dans la bouche avant de la faire descendre avec une gorgée de schnaps.

— Mais Constance, chère. Avec tous ces désagréments, pourquoi ne pas retourner au domaine Ashton ? J'en ai moi-même fini avec Londres. J'aimerais bien mieux me retrouver dans les bois à tirer, hein ?

Lady Constance arracha la page société des mains de Penelope, la réduisit en miettes, puis lança les morceaux sur le plancher, par-dessus le reste du désordre.

— Excellente suggestion ! Nous quitterons la ville sans tarder.

Elle courut jusqu'à la sonnette et tira dessus à plusieurs reprises, tout en se plaignant :

— Les pauvres ! Les pirates ! Quel horrible endroit est Londres ! Des chevaux indomptés n'arriveraient pas à m'entraîner de nouveau dans cette ville inhospitalière... madame Clarke !

La sonnette et les appels stridents continuèrent à retentir, jusqu'à ce que madame Clarke arrive, pas du tout nerveuse ni à bout de souffle comme à son habitude, mais avec un visage serein, et après être montée en prenant son temps.

— Bonjour, madame. Seigneur, quel désordre ! Avez-vous besoin d'aide pour ramasser le papier ?

— Je n'ai aucunement l'intention de le ramasser, répliqua lady Constance, momentanément déconcertée. Je vous ai simplement fait monter pour vous l'annoncer : nous partons !

— Vraiment, maintenant ?

Madame Clarke hocha la tête en souriant.

— Où donc allez-vous ?

— Non, non, non ! Nous partons *tous* ! Nous retournons au domaine Ashton immédiatement. Ordonnez aux domestiques d'empaqueter la maisonnée. Pourquoi sommes-nous venus à Londres en premier lieu, je ne peux le dire, cela a été un cauchemar du début à la fin, et moi, pour être franche, j'en ai assez.

— Nous tous ? Immédiatement ? répéta Penelope.

Ses idées se bousculèrent dans son esprit ; elle aurait sûrement la possibilité de dire au revoir à Simon ? Et mademoiselle Mortimer n'avait pas encore répondu à sa lettre... et de plus, elle n'avait même pas encore rencontré les enfants...

— Oui, nous tous, même si j'aimerais bien vous laisser ici avec ces incorrigibles créatures.

Elle jeta un coup d'œil à lord Fredrick, à moitié endormi, et baissa la voix.

— Et souvenez-vous que ma bonne amie, la baronne Hoover, connaît de très bons orphelinats pour les pauvres. Prenez garde, mademoiselle Lumley... prenez garde, ou vous perdrez vos élèves au profit de l'un de ces établissements !

Lady Constance souhaitait peut-être partir sans tarder, mais un simple souhait ne suffit pas pour empaqueter toute une maisonnée. En veillant à la tâche, madame Clarke ne céda pas à la panique et elle ne pressa pas non plus les domestiques, comme elle l'aurait peut-être fait auparavant. Comme on pouvait s'y attendre, rester calme et prendre son temps fit avancer le travail beaucoup plus vite, car sans les réprimandes et la pression, on commit moins d'erreurs, et tout le monde conserva sa bonne humeur.

Malgré tout, le nettoyage et l'empaquetage ne furent pas terminés avant quelques jours. Penelope et les Incorrigibles utilisèrent ce temps à bon escient : ils explorèrent les attractions de Londres à leur rythme, sans trop se soucier des plans et des cartes, ou même de l'aspect plus ou moins éducatif de leurs promenades. Les enfants, il faut le dire, préféraient les parcs plus que tout, et Penelope réussit enfin à trouver un joli chapeau de paille avec un long ruban rose qui lui donnait une allure éclatante sur ses cheveux foncés.

Enfin arriva le moment de faire leurs adieux à la grande ville. Lady Constance et lord Fredrick furent les premiers à partir dans leur coupé de ville, conduit par le vieux Timothy, bien sûr. Les domestiques devaient rester jusqu'à ce que la toute dernière cuillère soit astiquée, puis rangée. Ils prendraient ensuite le train vers la ville d'Ashton, tassés comme des sardines dans leur voiture de troisième classe.

Penelope insista pour faire ses bagages elle-même et ceux des enfants aussi, y compris leurs livres, leurs trirèmes et leurs nombreuses pages de journaux de voyage. Elle avait aussi des adieux à faire et une course qui attendait depuis longtemps ; elle accomplit donc ces deux tâches au cours de son tout dernier après-midi à Londres.

— Dites, je me demande si la reine les lit vraiment toutes ? fit remarquer Simon au moment où Penelope déposa sa lettre dans la boîte de suggestions du palais de Buckingham.

— Elle doit le faire, confirma Penelope fermement. Car c'est une bonne reine, ce qui signifie qu'elle doit être curieuse de ce qui se passe à l'extérieur du palais aussi bien qu'à l'intérieur.

Elle contempla la magnifique place qui menait aux grilles du palais. La queue pour la soupe des indigents s'y trouvait toujours, longeant patiemment deux des murs de l'édifice : les jeunes, les vieux et les autres entre les deux, tous aussi affamés et opprimés que jamais.

— « Le palais royal est chaud et majestueux, celui qui a froid et faim doit faire la queue », récita Beowulf solennellement.

Simon se tourna vers lui, impressionné.

— C'est un brillant petit poème. Venez-vous tout juste d'y penser ?

Beowulf secoua la tête.

— Livre guide, expliqua-t-il.

— C'était dans l'entrée du *Guide Hixby* sur le palais de Buckingham, dit Penelope. Cher vieux *Hixby*. N'est-ce pas curieux ? Le livre ne revêtait presque aucune utilité, mais je me sens un peu perdue sans lui.

— J'aimerais bien vous proposer de le remplacer, mais nous savons tous les deux que c'est impossible.

Simon fronça les sourcils.

— Je suis terriblement désolé qu'il ait été perdu, mademoiselle Lumley... pardon, Penelope. Ce n'était pas le volume le plus pratique, mais il avait quelque chose de charmant. Je l'aimais bien.

— Je l'aimais bien aussi, même si j'ai manqué de me faire heurter par une voiture en suivant son conseil, c'est-à-dire suivre l'odeur des éléphants.

Sur ce, Simon parut perplexe, car bien sûr il n'était pas au courant de la partie concernant les éléphants.

— De toute façon, continua-t-elle rapidement, nous retournons à la maison et nous n'aurons plus besoin d'un guide.

Beowulf avait apporté des feuilles de papier et une boîte de fusains dans le but d'ébaucher ses derniers dessins du palais de Buckingham. Enfin, c'est ce que croyait Penelope. Il décida à ce moment-là de lui montrer son travail. En réalité, il avait passé son temps à dessiner de ravissantes scènes alpines.

— C'est merveilleux.

Penelope admira les illustrations.

— Avez-vous dessiné ces paysages parce que nous avons perdu le *Guide Hixby* et que vous vouliez recréer certaines des images ?

Beowulf fit timidement oui de la tête. Alexandre jeta un coup d'œil sur le dessin par-dessus l'épaule de son frère et désigna les fleurs dans la prairie.

— Edelweiss, dit-il.

— Dites donc, vous en connaissez, des choses ! s'exclama Simon. Mademoiselle Lumley vous enseigne un peu d'allemand, n'est-ce pas ?

C'était maintenant au tour de Penelope d'avoir l'air un peu perplexe.

— Ma foi, non. Ce serait une langue intéressante à étudier, mais je ne connais pas du tout l'allemand, et vous ?

Simon répondit d'un humble haussement d'épaules.

— Pas vraiment. Juste assez pour lire des bouts de poèmes mélancoliques de temps à autre. J'ai toujours eu un faible pour ce genre littéraire, pour une raison que j'ignore.

— Je dois donc vous montrer mon recueil de poésie préféré, dit-elle avec enthousiasme. Je l'ai depuis que je suis petite fille. Il s'agit d'une traduction anglaise, bien sûr, mais vous connaissez peut-être les textes originaux. Mon poème favori s'intitule *Soif de voyage*...

— Ma foi, je crois connaître celui-là, l'interrompit Simon. Quelque chose sur un pré, pas vrai ?

La cloche d'une église lointaine sonna l'heure.

Ding ! Dong ! Ding ! Dong !

— Quatre heures, déjà, observa Simon. Mais on ne peut pas arrêter le temps ni la marée. C'est un vieux proverbe de marin.

— Quoi veut dire, Simahouu ? demanda Cassiopée.

— J'ai bien peur que ça ne veuille dire que nous devons partir, dit Penelope à contrecœur.

Avant que Simon n'ait la chance de leur offrir de les accompagner, elle continua :

— Si vous le voulez bien, j'aimerais que l'on se dise au revoir ici.

Elle n'était pas du tout pressée de partir, bien entendu, mais elle voulait éviter de devenir exagérément émue devant les enfants. D'une certaine façon, la vue des gardes stoïques du palais, avec leurs visages imperturbables et leurs braves chapeaux de fourrure, lui redonna un peu de courage. Grâce à ces gardes tout proches, elle sentit qu'elle pourrait passer au travers sans fondre en reniflements, ou pire.

— Oui, d'accord. Ce fut un réel plaisir de vous connaître tous les quatre.

La voix de Simon trahissait sa nervosité. De plus, il gardait les yeux rivés sur ses chaussures.

— Peut-être reviendrez-vous à Londres, un jour ou l'autre ? Ou peut-être pas, compte tenu de toute l'agitation. Mais avec un peu de chance, nous nous reverrons.

— Je l'espère, dit Penelope avec émotion. Le domaine Ashton n'est pas très loin, en train.

— Peut-être que je passerai vous voir, la prochaine fois que j'irai visiter mon grand-oncle Pudge à la maison des anciens marins. C'est dans la même direction, plus ou moins.

— Nord-nord-ouest ? suggéra Alexandre.

— Par là ! montra Cassiopée.

— Plus ou moins.

Simon sourit timidement.

— Bon, eh bien, voyagez prudemment. Bonne chance, et bons vents. Merci pour l'inspiration. À la vôtre.

Les pieds de Simon semblaient être rivés au sol par une quelconque substance adhérente et extensible ; il les levait comme pour partir, puis les replaçait là où il les avait d'abord posés.

— *Viel Glück !* ajouta Alexandre. *Danke ! Auf Wiedersehen !*

— N'êtes-vous pas un brillant *Junge*[1] ?

Simon ébouriffa les cheveux du garçon.

1. Le mot allemand « *Junge* » signifie « garçon » (*N.d.T.*).

— Petit futé !

Alexandre lui fit au revoir de la main, rayonnant de fierté. En soulevant son chapeau, Simon réussit finalement à marquer son départ.

Quand il fut hors de vue, Penelope se dit qu'elle composerait peut-être ses propres poèmes mélancoliques.

Cassiopée remarqua immédiatement l'humeur de sa gouvernante.

— Lumahouu triste ? demanda-t-elle, inquiète. Au revoir, Simon ?

— Non, pas triste, Cassaouaf.

Oubliant pour une fois sa distance professionnelle habituelle, Penelope prit la fillette dans ses bras.

— Je suis heureuse de rentrer à la maison, en fait, et pour ce qui est de monsieur Harley-Dickinson, que pourrait-il y avoir de plus plaisant que de se faire un nouvel ami ?

Plus tard, une fois qu'elle eut terminé de faire toutes leurs valises en prévision du voyage en train du lendemain matin et qu'elle eut bordé les Incorrigibles, Penelope prit son recueil de poésie favori et lut :

Je vagabonde dans le vert des champs
Émerveillé du paysage verdoyant...

Quelle coïncidence que Simon connaisse aussi *Soif de voyage* ! C'était un poème beaucoup moins populaire que *À une souris,* de monsieur Robert Burns, ou même que *Le Naufrage de l'Hespérus,* de monsieur Henry Wadsworth Longfellow, un autre poème que les enfants aimaient beaucoup. En fait, *Soif de voyage* aurait pu être qualifié d'obscur et peu fréquenté dans le domaine de la poésie. Mais les choses inattendues étaient devenues chose courante récemment, et plus rien ne surprenait vraiment Penelope.

Était-ce une poussée de suroptimisme aigu que de croire que son amitié avec monsieur Harley-Dickinson, c'est-à-dire Simon, se poursuivrait ? Penelope avait certainement sa propre opinion sur le sujet, mais comme Agatha Swanburne l'avait déjà dit, « le temps le dira, mais seulement avec le recul, car le temps n'est pas encore capable de parler ».

Et, tout compte fait, ce voyage avait été très éducatif.

Épilogue

Au domaine Ashton, le courrier était livré seulement une fois par jour. Il s'agissait d'un système simple et fiable, et alors qu'ils étaient de retour à la maison, Penelope s'aperçut qu'elle le préférait de loin à la constante rafale de livraisons postales qu'ils avaient endurée à Londres. Car le plus important lorsqu'on reçoit du courrier, ce sont les sentiments que l'on éprouve envers la personne qui nous a écrit, de même que les nouvelles que cette personne partage, et non le nombre de centaines d'invitations qu'on peut se vanter d'avoir reçues.

Or, dix jours après leur retour au domaine Ashton, deux lettres arrivèrent, toutes deux adressées à Penelope. La première était écrite sur le papier à lettres le plus élégant qu'ait jamais vu Penelope.

À ma fidèle sujette, mademoiselle Penelope Lumley,

Merci d'avoir partagé votre avis sur un sujet qui vous préoccupe, au moyen de la boîte à suggestions. Nous n'étions pas du tout ravis d'apprendre que des gredins tentent de faire du profit en vendant des billets pour la queue pour la soupe des indigents. J'ai demandé aux gardes du palais de mettre rapidement fin à toute tentative d'exploitation de ce service charitable.
J'ai été intriguée par votre idée suggérant de mettre en œuvre une solution de plus grande envergure afin d'améliorer le sort des pauvres, pour qu'ils ne soient plus pauvres, justement. Je ne sais pas exactement ce qui pourrait constituer la solution idéale. Toutefois, je me pencherai sur la question.
Mademoiselle Lumley, je devine à votre bon jugement, votre grammaire impeccable et votre écriture soignée que vous êtes une excellente gouvernante, ce qui reflète bien la qualité de votre propre éducation. Je veillerai à rechercher des diplômées de votre école, si le palais manque un jour d'employées supplémentaires pour s'occuper des princes et des princesses. Ils peuvent être assez épuisants.

Votre fidèle souveraine,
La reine Victoria

« Ma foi ! Ce n'est pas tous les jours qu'on reçoit une lettre de la reine, pensa Penelope avec satisfaction. Et ce sont aussi de bonnes nouvelles pour l'Académie Swanburne. Je devrai le faire savoir à mademoiselle Mortimer. »

Incidemment, la seconde lettre venait précisément de mademoiselle Mortimer.

Ma chère Penny,

Quel plaisir ce fut de vous voir à Londres ! Je regrette profondément de ne pas avoir eu l'occasion de vous voir de nouveau pendant que vous étiez en ville. Peu de temps après notre succulent repas au Fern Court, *j'ai dû partir pour des raisons familiales. Je suis désolée du retard de ma réponse à votre lettre, qui m'a été envoyée par l'hôtel de Londres où je séjournais et que j'ai seulement reçue ce matin, à mon retour à ma chère vieille Académie Swanburne. Je suis particulièrement désolée de ne pas avoir rencontré les enfants. Je les rencontrerai, dans un avenir pas trop éloigné. Je vous en fais la promesse.*

Vous êtes probablement de retour au domaine Ashton au moment où vous lisez ces lignes. Au risque de passer pour une directrice embêtante (bien que, évidemment, ce soit exactement ce que je suis !), je vous rappelle une fois de plus d'utiliser le cataplasme pour les cheveux régulièrement. L'importance de maintenir un cuir chevelu sain n'est pas à prendre à la légère, et les poux ne sont pas, non plus, une partie de plaisir.

À propos des autres sujets dont nous avons parlé, et que vous avez mentionnés avec beaucoup d'insistance dans votre lettre, Penelope, je dois vous présenter mes

excuses. Je m'aperçois maintenant que j'ai manifesté des signes de « suroptimisme aigu » en croyant que je pourrais venir à bout de votre curiosité et de vos pouvoirs de déduction naturels. Vous n'êtes plus une enfant, et vous devez suivre votre cœur courageux là où il vous mène. Mais soyez prudente. Gardez votre curiosité dans la limite du raisonnable et ne laissez pas vos questions pousser les choses trop loin. Toute autre visite au grenier du domaine Ashton, en particulier, équivaudrait à dépasser les bornes !
Lors de notre déjeuner, vous m'avez posé une question quant à l'éventualité qu'on demande à vous voir à Swanburne. Après mûre réflexion, je crois que je vous dois une réponse plus complète. Je vais vous dire ce qui suit : les « personnes concernées » ne vous ont pas oubliée. En fait, elles vous ont récemment fait parvenir une collection de cartes postales illustrées, bien qu'il ait été nécessaire de déguiser ce geste. Pensez-y, Penelope, vous devinerez sûrement ce dont je parle.
J'espère sincèrement que le guide vous a été utile.

Affectueusement,
Mademoiselle Mortimer

Des cartes postales illustrées ? Elle parlait du *Guide Hixby*, bien entendu !

Ce *Guide Hixby* venait de ses parents ! Les Lumley, perdus de vue depuis longtemps et ainsi en partie retrouvés !

Mais le livre, lui, avait disparu !

Penelope s'en souciait peu.

« Il venait de mes parents, songea-t-elle, rayonnante de joie. Je l'ai tenu dans mes mains ! J'ai regardé les dessins, page par page. Je me souviens de chacun d'eux : les lacs, les montagnes, le bouquetin et ce drôle d'écureuil des montagnes. » Comme elle aurait voulu pouvoir contempler ces images et même serrer le livre contre elle une dernière fois !

« Mais je me demande pourquoi a-t-il fallu qu'il soit déguisé ? Et où sont les Lumley, je veux dire mes parents, en ce moment ? »

Comme il était étrange pour Penelope de concevoir qu'elle avait du mal à se souvenir de sa mère et de son père, ou de la maison qu'ils avaient dû partager par le passé. Nord, sud, est, ouest, où pouvaient-ils se trouver ?

La navigation, vous voyez, n'est pas seulement un problème de marin. Tout le monde, un jour ou l'autre, doit s'aventurer dans un endroit inconnu. Pourtant, trouver le chemin vers son foyer n'est jamais facile. Tout comme l'étoile du Nord et ses camarades brillantes et tournoyantes, l'idée que l'on se fait du lieu où se situe son foyer se déplace perpétuellement, tout au long de la vie.

Un foyer, ou un chez-soi, est plus précieux qu'une maison, même si la maison est des plus grandioses. Les Ashton vivaient au domaine Ashton depuis des générations, toutefois lord Fredrick semblait abhorrer y passer du temps. Quant à Penelope, elle savait très bien que son chez-soi ne correspondait pas à un point fixe sur une carte géographique. Son chez-soi avait été l'Académie Swanburne et mademoiselle Mortimer, mais il était désormais là où se trouvaient les Incorrigibles, de même que ses livres préférés. Si l'endroit était équipé d'un fauteuil confortable pour y lire, tant mieux.

« Londres a certainement été une aventure merveilleuse, mais il est bon d'être de retour au domaine Ashton », songea-t-elle.

Et même avec tant de mystères toujours non résolus, le simple fait de savoir que ses parents étaient en vie, quelque part, et qu'ils pensaient à elle, apaisait Penelope comme aucune tasse de thé ne pouvait le faire, aussi réconfortante fût-elle. Elle se sentait à cet instant chez elle à l'intérieur d'elle-même, ce qui est un sentiment très agréable.

Elle pensa à ces choses pendant le reste de la journée, et lorsque les Incorrigibles voulurent entendre *À une souris* une fois de plus (car les incorrigibles enfants de la famille Ashton prenaient plaisir à écouter d'innombrables fois leurs histoires ou poèmes préférés, tout comme les enfants d'aujourd'hui), Penelope y ajouta une note philosophique qu'aurait sûrement aimée la petite bestiole.

— Alors, vous voyez, la pauvre petite souris a perdu son foyer, lorsque le poète a labouré la terre par-dessus, mais cela ne signifie pas qu'elle n'a aucun espoir d'avoir un autre foyer un jour. Cela signifie simplement qu'elle devra en bâtir un nouveau. Et qui sait : le prochain sera peut-être même plus beau que celui qu'elle a perdu, ajouta-t-elle. De quoi a-t-on besoin pour faire un beau foyer, à votre avis ?

— Des lits qui rebondissent bien ! proposa Alexandre, à qui on devait souvent rappeler de ne pas sauter sur le sien.

— Des amis, suggéra Beowulf en montrant du bout de ses bras *Un ami pour Arc-en-ciel,* de la collection « Allez hop, Arc-en-ciel ! » que Penelope gardait sur l'étagère de la nursery.

— Des amis, bien sûr, acquiesça Penelope en pensant à Simon et à mademoiselle Mortimer.

Oui, il était absolument essentiel d'avoir des amis pour se sentir chez soi.

— Animaux, animaux, animaux, dit Cassiopée en offrant des gourmandises à un Noisettaou qui jacassait avec un enthousiasme délirant.

L'écureuil exalté était très gâté depuis que les enfants étaient revenus de Londres ; il n'avait montré aucun intérêt pour les journaux ou les cartes postales, sauf pour les coins qu'il avait rongés, mais il revenait sans cesse à la fenêtre de la nursery pour supplier qu'on lui apporte des miettes de gâteaux gitans ronds et plats que madame Clarke avait fait préparer par la cuisine, puisque les enfants les aimaient tant.

— Des lits qui rebondissent, des amis, des animaux de compagnie et de bonnes choses à manger.

Penelope referma le recueil de poèmes de monsieur Burns.

— Toutes ces choses feraient effectivement un merveilleux foyer.

— Et Lumahouu ! s'écrièrent en chœur les trois enfants en s'élançant vers elle.

— Des étreintes, pas des coups de langue, leur rappela Penelope, mais elle ne put s'empêcher de rire.

Les enfants obéirent, du mieux qu'ils purent. Et Penelope, qui avait tendance à être enjouée, peu importait la situation, se sentit alors plus heureuse que... eh bien, plus heureuse qu'elle se souvenait de l'avoir été depuis très longtemps.

NORD COMPO
multimédia

Composition et mise en pages
Nord Compo à Villeneuve-d'Ascq

Imprimé à Barcelone par:

BLACK PRINT

Dépôt légal : octobre 2015
N° d'édition : L.01EJEN001162.N001
Loi n° 49-956 du 16 juillet 1949
sur les publications destinées à la jeunesse